가장 아름다운 편지

행복우물

가장 아름다운 편지

2007년 10월 20일 초판 1쇄 발행

지 은 이 안문훈
펴 낸 이 최대석
펴 낸 곳 행복우물
등록번호 제307-2007-14호
등 록 일 2006년 10월 27일
주   소 136-060 서울 성북구 돈암동 609-1 한신아파트
         상가 동관 706호
전   화 02-921-0491
팩   스 02-921-0493
이 메 일 danielcds@naver.com

정가 10,000원

ISBN 978-89-959482-2-4

책·머·리·에

  '가장 아름다운 편지'는 그 교제가 인간적인 차원을 넘어서는 가장 고상하고 가장 아름다운 분과의 교감을 적은 것이기에 붙여질 수 있는 제목이다. 화가인 내가 자주 자연 속에 들어가 그림 그리고, 사진 찍고, 글쓰기를 하면서 그분과 교감을 나눴던 참으로 행복했던 시간들. 나는 잡초들 속에 피어난 한 송이 국화꽃을 보면서 감동했고 잔잔한 호수, 흘러가는 강물, 평범하기 이를 데 없는 푸른 하늘을 보면서도 감동했다. 그 뒤에 숨어계시는 그 분의 숨결과 나를 향한 그분의 미소를 살갑게 느꼈기 때문이었다. 그래서 나는 수시로 그분께 말씀드렸고 그분 또한 나에게 말씀해 주셨다. 그분은 이따금씩 짤막하지만 아주 진한 감동을 실어 말씀하셨는데 이런 교제가 다 편지가 되었다.

  나는 그분을 더 잘 알고 싶어 했다. 그래서 그분 속으로 더 깊이 들어가기 위하여 늘 그분의 말씀을 묵상했다. 그럴 때에도 교감은 자주 있었는데 참으로 꿀맛이었고 보배롭기 이를 데 없었다. 그 역시 '가장 아름다운 편지'로 차곡차곡 쌓여갔다.

  아울러 나는 늘 부족했고 약했으며 생활 또한 빡빡했으므로 수시로 그분을 올려다보았다. 그러면서 무엇이든지 그분께 말씀드리고 간청했는데 살뜰히 보살펴 주시는 손길이 늘 있었다. 그래서 굽이굽이 험난한 고갯길을 넘어올 수 있었고 이런 저런 열매들이 생겨날 수 있었다.

  때론 넘어지기도 했다. 그러나 다시 일어나 먼지 이는 광야를 타박타박 걸어갈 수 있었던 것, 현실과는 동떨어지게 늘 비전이 있어 그 목표를 향하여 전진할 수 있었던 것도 다 그분의 이끄심 때문에 가능한 것이었다.

　그분은 워낙 깊고 넓으셔서 그 오묘하심을 다 헤아릴 수가 없으며 나의 노력만으로는 알 수도 없다. 다행한 것은 내가 조용히 그분께 다가가 겸손히 올려다볼 때 내가 이해할 수 있을만큼 당신을 열어보여 주신다는 것이다. 그분을 알고 그분의 좋으심에 맛들이는 것이야말로 얼마나 고상하고 풍성한 기쁨이었던가.

　나는 자연 속에서, 말씀과 생활 속에서 그분과 함께 호흡해 오면서 그분이야말로 가장 멋진 나의 님인 것을 수시로 확인하고 있다. 그런데 그분은 어떤 한 사람이 독차지해서는 안되는 분이고 모든 분이 사모해야할 분이시다. 나는 그분을 많은 이들에게 자랑하고 싶었고 그분의 좋으심을 나누고 싶었으며 그분을 친절히 소개하고 싶었다. 그래서 '가장 아름다운 편지'가 쓰여졌는데 이처럼 가장 아름다운 편지를 쓸 수 있다는 것은 더없는 행운이다.

　그분을 모셔들이고 그분을 '가장 소중한 나의 님'으로 모셔들이는 사람은 누구나 이런 편지를 쓸 수 있다. 그분은 가슴이 넓으셔서 진정 당신을 사모하는 이, 당신으로 기뻐하고, 당신으로 힘을 얻어 평화를 가꾸기를 바라는 사람들을 누구나 기꺼이 받아주시기 때문이다. 이 글을 읽은 모든 이들에게 그분의 인사를 전힌다.

　"샬롬!"

2007년 10월 가을에
저자 안 문 훈

Contents

제1부

봄, 여름

내 안이 연둣빛입니다

님이여!

　개인전을 준비하면서 일이 많아 봄이 지나가는 것을 보고도 어쩔 수가 없었습니다. 그래서 전시회를 마치자마자 아내와 함께 집을 나섰습니다. 늦은 봄이나마 그 속으로 얼른 들어가야겠다고 마음먹은 것입니다. 화가인 제가 환경에 영향 받을 것은 없다 생각했으므로 행선지를 정하는데 망설일 것이 없었습니다. 그냥 훌쩍 집을 나서서 올림픽대로를 타고 줄곧 달리다보면 서울이 끝나고 이내 팔당대교가 나오고… 그때부터는 제가 좋아하는 양수리로, 양평으로, 청평으로 마냥 이어지는 것입니다. 자동차를 몰면서 강을 흘끔흘끔 바라보았습니다. 순간순간 들어오는 풍경들을 음미하는 것, 그것도 참 좋았습니다.

　비개인 날인데도 먼 산은 몽롱하기만 합니다. 가물가물 아주 먼 곳까지 첩첩이 이어지는 연록의 향연. 그 연록색이 어찌 붉은 꽃만 못하겠습니까? 차에서 내려 사방을 둘러보니 따스한 햇볕 아래 모든 풍경들이 복된 얼굴을 하고 있습니다. 어린 새싹들에 둘러싸여 있는 바윗덩어리도 푸근하게만 보입니다. 잠시 머리맡에 앉아보니 따뜻하니 아랫목 인심처럼 후하기만 합니다.

　금년 봄엔 비가 자주 내렸지요. 그래서 여울물 소리도 힘차고 넉넉합니다. 그 소리를 듣고 있노라니 속 깊이 쌓인 찌꺼기들이 시원하게 씻기는 것 같아 머릿속이 일순 상쾌해집니다. 그 물소리가 아무리 요란한들 소음일 수 있겠습니까? 되레 제 사색에 훌륭한 반주가 되는 것을요.

다랑논,

써레질을 한 후 물을 그득 담아놓은 모습이 여유롭습니다. 봄이면 자주 가뭄에 시달리던 때를 기억하고 있기에 그 모습이 얼마나 편안해 보이는지요. 그것이 다 님의 섭리 속에서 일어나는 님의 자비하심 때문이라는 것. 이를 논임자도 알고 있을까요? 논 가 언덕의 조팝나무꽃과, 산록을 그대로 담아내는 투명한 논물처럼 논임자가 가난한 심령, 복된 심령의 소유자가 되기를 바랄 뿐입니다.

눈길 닿는 곳마다 연둣빛 구름인 듯, 뭉게뭉게 푸르름을 피워내고 있는 산 산 산. 그 산들이 사철 중 이 때보다 더 아름다울 수는 없을 것입니다. 가을 단풍이 곱다지만 떨어지는 목숨 아닙니까? 그런데 이 봄엔 생명과 희망의 푸른 합창만 이어지고 있는 것입니다. 생성과 소멸, 피어남과 떨어짐. 그 이미지가 대칭을 이루고 있습니다.

바람도 좋습니다. 봄을 시샘하던 꽃샘추위의 매운 기억을 온전히 지워버린 때는 아니지만 바람이 언제나 아픈 것은 아니라는 것도 일깨워 주고 있습니다. 지금은 오히려 바람이 건들건들 불어야만 봄이 깊어지고, 생명의 노래를 더 힘있게 부를 수 있다 생각됩니다. 그러므로 이 바람은 '생명의 바람'이라 이름하여도 과장이 아닐 것입니다.

찔레나무 한 가닥이 머리를 쳐들고 있군요. 그렇긴 해도 곧 머리를 숙이겠지요. 아직은 제 분수를 몰라 그런 것이지만 이내 다소곳해질 것입니다. 하늘에 모든 것을 의지하고 하늘의 섭리에 따라야 한다는 것을 곧 터득하게 될 테니까요. 그 몸에 붙어있는 수많은 가시들도 실은 누구를 찌르기 위한 것이 아니라 자신을 보호하기 위함이라는 것을… 자연 속에서 의도적으로 해코지하는 그 무엇을 발견하기란 쉬운 일이 아닐 것입니다. 자연 속엔 평화와 순종, 인내와 열정 같은 덕스럽고, 칭찬 받을 만한 것들이 널려있기 때문입니다. 예외가 있긴 하지만… 이처럼 살가운 풍경 속에서 나온 시 한 수 당신께 바칩니다.

아버지
다랑논에 고인 것은 봄비였습니다.
봄비는 생명과 사랑과 자비의
또 다른 언어였습니다.

아버지
이제 얼마 지나지 않아
사람은 자연과 온전히 화해하겠지요
자연조차 신음을 끝내고
처음처럼 항시 즐거워하겠지요

하늘과 땅이
사람과 자연이
한데 어울려
항시 기뻐하겠지요

그러나 지금은
울컥울컥
내 안으로 밀려 들어왔다가도
오래 머무를 수 없습니다

그때까지는
우리들,
함께 신음하며
님을 기다려야 하겠지요

님이여!
이번 나들이에서 아내와 함께 연록의 싱그러운 산을 보고 또 보며 푸르름을
자꾸 내 안에 끌어들여야겠다 생각합니다. 전 그 푸르름이 그렇게 좋을 수가
없습니다. 푸르르지 못했던 시간들, 푸르르지 못했던 마음들을 연록색으로 물
들이기에 하루 이틀의 시간은 오히려 부족하기만 합니다. 그런데 제가 그토록
푸르고 싶어 했다면 산들은, 들판은 얼마나 더 간절했을까요?

지난 가을에는 푸른 호수를 많이 바라보았었습니다. 그래서 가벼이 출렁거리
지 말고 속 깊이 푸를 수 있어야 한다고 생각했습니다. 호수는 표면이야 작은
바람에도 민감하게 반응하지만 깊이 중심을 잡고 있어서 언제나 평화를 유지할
수 있기 때문입니다. 그래서 저는 그 호수를 많이 쳐다보며 호수로부터 평화를
자꾸 끌어들여서는 제 가슴에 꼭꼭 채워 넣을 수 있었지요. 물론 님의 은혜 안

에서만 가능한 것이었지요. 모든 것은 님의 은혜 안에서만이 참될 수 있고 그
래서 평화도 님 안에서만 온전히 견고할 수 있는 것임을 저는 그때도 이미 잘
알고 있었던 것입니다.

　그에 비하면 이 봄, 싱그러운 산록은 희망과 생명의 힘찬 기운을 저에게 많이
공급해 주고 있습니다. 겨우내 바스락거리던 것들, 손 시려하며 움츠러들었던
것들, 그리하여 굳어있었거나 움울했던 제 속의 여러 생각들이 연둣빛 새로움
으로 빠르게 물들여지고 있음을 느낍니다. 그래서 제가 새롭게 깨어나고 새 힘
을 얻고 있음을 강하게 느끼고 있습니다.

　물 따라 길 따라 끊어짐이 없이 이어지는 푸른 숲과 산. 산은 푸르름을 두텁
게 껴입고 있어서 산의 거대한 덩어리가 속속들이 푸르리라는 전제를 갖게 합
니다. 하지만 그 속은 매우 견고할 것입니다. 흙과 바위가 켜켜로 쌓여있고 그
뿌리는 지구의 뜨거운 곳과 맞닿아 있을 것입니다. 저는 산의 무량한 푸르름을
보면서 그처럼 푸르기 위하여 안으로 견고해지지 않으면 안되겠다는 생각을
합니다. 늘, 깊이 푸르기 위해 견고한 내적 체계를 가지고 있어야만 한다는 것
을 생각하는 것이지요. 그것은 산이 주는 또 하나의 깨달음입니다.

　호수 건너편, 산자락을 가로질러 쇠백로 한 쌍이 한가롭게 날고 있군요. 그들
도 봄의 신록을 보며 얼마쯤의 생명과 자유와 희망을 희고 작은 가슴에 꼭꼭
채우고 있을 것입니다. 그뿐입니까? 한 시간 전부터 비포장도로를 조마조마한
마음으로 덜커덩거리며 달리던 저희들에게 상큼한 노래를 들려주던 호랑지빠
귀 한 마리, 그리고 아무도 살지 않을 것 같은 산골짝 다랑논에서 한낮인데도
시끌벅적 합창을 하고 있던 개구리들, 참! 한낮에 개구리의 합창을 듣는 것도
이례적이었지요. 봄을 더욱 복되고 풍성하게 만드는 풍경입니다. 저는 그 모든

것으로부터 푸른 희망과 활짝 열린 자유를 호흡하고자 합니다.

그럼에도, 그럼에도 이 봄 님께서 우리와 함께 계시지 아니하면 다 헛된 것임을 알겠습니다. 모든 것이 당신 안에서만 참되고, 당신 안에서만 아름답고, 당신 안에서만 유익할 수 있기 때문입니다. 그러므로 모처럼 자연으로 나왔다 해서 여러 욕구들을 다 풀어놓고 즐기려 해서는 안되겠습니다. 자연 속에서, 자연과 함께 당신 안으로 발걸음을 옮길 수 있어야만 하겠습니다. 인도하여 주십시오. 자연은 매개일 뿐 오직 당신 안에서만 새로워질 수 있음을 고백합니다. 님의 자비하신 눈길 늘 보내주십시오.

나도 아름다운 꽃을 피우렵니다

올해도 봄은 어김없이 오고야 말았습니다. 봄이 오기 위하여 몇 차례 꽃샘추위가 요란을 떨었지요. 얼마 전, 이젠 추위가 다 물러가고 봄이 오나보다 했었는데 갑작스럽게 100년만의 폭설이 내렸습니다. 그리고는 곧바로 기온이 급강하하더니 바람이 그렇게 모질 수가 없었습니다. 어떤 날은 돌개바람이 불어서 땅에 있는 먼지란 먼지를 다 쓸어 올리며 하늘을 혼탁하게 만들었지요. 또 어떤 날은 이제 간신히 꽃망울을 터뜨린 목련을 다 날려버리기라도 할 듯이 거세게 나뭇가지를 흔들었습니다. 그러나 한 두 번의 꽃샘추위가 봄이 오는 것을 막지 못했습니다. 몇 십 년 묵은 적송을 다 꺾어버릴 듯 무섭게 퍼붓던 100년만의 폭설이 봄을 막지 못했습니다.

네~ 금년에도 제일 먼저 꽃망울을 수줍게 터뜨린 것은 산수유 꽃이었지요. 양지바른 곳에서조차 간신히 노란 미소를 해맑게 지을 수 있는 산수유 꽃, 그러나 그렇게 수줍어하면서도 제일 먼저 피어날 수 있었던 것은 하루라도 빨리 사람들의 마음을 노랗게 물들이고 싶어서였을 것입니다. 그 다음엔 개나리가 피어나고, 그 다음엔 진달래가 피고, 그 다음엔 조팝꽃이 피고 그 다음엔, 그 다음엔… 꽃들의 세상구경은 계속해서 새롭게 이어질 것이고 사람들은 그 꽃에

취해서 여기저기를 돌아다닐 것입니다. 그리고는 가슴마다 노랑, 분홍, 하양, 빨강의 물감이 들어 새로운 활력을 얻게 될 것입니다.

님이여!

그렇습니다. 봄은 그렇게 꽃으로부터 시작해서 푸르른 녹색의 천지로 들어갑니다. 연두색의 녹음이야말로 꽃보다 더 아름답고 풍성한 봄의 상징이지요. 벌써 나뭇가지마다 새싹이 돋아나고 이제 얼마 안 있으면 세상은 빠르게 푸른 세상으로 변해갈 것입니다. 그 녹색의 행진을 시작하는 선발대는 항상 버드나무지요. 버드나무는 벌써 완연한 연두색으로 덮여가고 있습니다. '부드러운 힘, 온유한 자의 힘' 입니다.

매운 가시를 달고 있는 대추나무는 죽은 듯 웅크리고 있다가 여름이 다 되어서야 겨우 싹을 내는데 미풍에도 하느적거리는 버드나무가 그럴 수 있다는 것은 놀랍습니다. 사실 대추나무가 얼마나 단단합니까? 가시는 또 얼마나 맵습니까? 그런데도 봄을 받아들이는데 제일 늦된 것이 대추나무라는 사실, 열매는 참으로 귀해도 계절을 받아들이는 감각에 있어서는 굼뜨기만 합니다.

그에 비해 버드나무는 가장 먼저 푸르러 가장 늦게까지 푸른 잎새를 달고 있으니 능히 온유한 자의 힘을 상징한다 할 것입니다. 다들 잎새를 떨구고 앙상한 11월을 넘겨 12월에도 잎새를 달고 있다니까요? 게다가 여간해서 푸른 색깔을 잃지도 않고 그냥 푸른 채로 떨어지는 것이 보통입니다.

"온유한 자는 복이 있나니 저는 땅을 차지할 것이요."

님의 말씀대로 버드나무 같은 온유함이 있었던 믿음의 선진, 아브라함, 이사악, 야곱, 요셉 등은 다 많은 땅을 차지했습니다. 그들보다 온유하신 주님은 이 분야에서도 완전한 모범이시고요.

버드나무를 보면서, 주님을 바라보면서 변화되는 상황에 알맞은 적응을 하려면 온유해야 한다는 것을 배웁니다. 강하기만 해서는 변화무쌍한 현실에 신속하고도 적절한 대응을 할 수가 없는 것이지요. 힘을 앞세워 경직되지 않고 쉬이 꺾이지 않는 성품. 이 봄, 님의 온유함을 닮을 수 있기를 소원합니다.

님이여!

저도 봄을 제대로 맞기 위한 한 고비를 넘었습니다. 서른 한 시간의 단식, 참 힘들었지만 사순절을 끝내고 부활의 아침을 더 의미 있게 맞이하기 위하여 꼭 넘어야할 산이었습니다. 다행하게 주께서 자비롭게 보아주셔서 말씀으로 응답하신 것 감사, 감사드립니다.

"내가 너를 이끌어 평화롭게 하리라.

네가 내게 청한 모든 것을 이루어 주리라."

모세에게 주셨던 말씀을 제게 내려주셨습니다. 주님의 말씀대로 저의 삶에도 아름다운 꽃들이 풍성하게 피어날 것을 믿습니다. 꽃을 피워서는 탐스럽게 열매도 맺겠지요. 그것을 확신할 수 있는 주의 말씀을 받았으니 이번 기도는 참으로 의미가 컸다 생각합니다.

나의 주님이시오니 봄의 푸르름이 제 삶에 가득하도록 모든 것을 주관하여 주시옵소서. 아멘.

 # 더 새로워지기 위해

봄의 향기 속으로

오당선생님과의 인터뷰를 마치고,

벼르고 벼르던 봄 향기를 맡기 위해 봄의 정원으로 출발하였습니다. Y형과의 만남은 이번에도 불발로 끝나고 그래서 전 청평기도원으로 방향을 잡았습니다. 조금 가다보니 구적구적 이슬비가 내리고 일찍 어두워져버렸습니다. 전 일단 기도원에서 일박하기로 마음을 굳혔지요. 먼저 기도굴에서 한 시간 가량 간절히 기도드리고 간단한 저녁식사 후 다시 잣나무 숲 속에서의 기도. 그리고는 열 시가 조금 넘어서 취침, 다음날 다섯시에 일어나 새벽예배를 드렸습니다. 설교 시간에도 은혜가 있었고 기도시간에도 많은 은혜가 있었습니다.

설교 본문은 여호사밧왕이 외적의 침입을 받아 절체절명의 민족적 위기에서 오로지 전능하신 하나님만 의지하여 사정을 아뢰었고, 그의 기도를 들으신 하나님께서 적군을 완전히 섬멸해 주셨다는 것. 그 과정에서 이스라엘군대가 한 것이라곤 아무것도 없었고 찬양대를 조직하여 하나님께 찬양을 올린 것뿐이라는 것이었습니다.

그 상황이 저의 현 상황과 흡사한 데가 많이 있었고 여호사밧의 마음과 저의 마음도 비슷하다 여겨졌습니다. 새벽예배를 끝낸 후 저는 감동이 매우 풍부한 아침기도를 드릴 수 있었습니다. 그때 올렸던 기도를 조금 적습니다.

"아버지! 이 글을 쓰는 저는 꽃비를 맞으며 벚나무 밑의 벤치에 앉아 있습니다. 연분홍 꽃비가 내려 길바닥이며 벤치가 온통 화려한 것이 마치 한마당 축제 후 같습니다.

전 지금 최상의 기분입니다. 어제는 종일 봄비가 내렸었지요. 가뭄 끝에 내린, 아주 많이 기다리던 비였습니다. 그래서 오늘 아침은 더욱 싱그럽고, 고맙고, 기쁘고, 평화롭기만 합니다. 연중 이렇게 기분 좋은 아침이 많았으면 좋겠습니다.

당신이 피워내신 봄의 한 가운데 앉아 있음을 감사드립니다. 그리고 오늘 새벽 저의 기도에 응답하시고 저의 상한 마음을 어루만져 주신 것을 감사드립니다. 특히 예배 후에 드리는 저의 간절한 기도를 받아주신 것을 감사드립니다. 저의 모든 기도가 당신 어전에 이르러 그 기도가 참으로 분향 같게 하신다는 것, 그에 대한 확신이 들도록 성령께서 도우신 것을 감사드립니다. 눈물을 섞어, 예수 그리스도의 피를 섞어 올린 기도 고이 받아주신 것을 감사드립니다."

그렇습니다, 아버지.

모든 기도는 예수 그리스도 안에서, 예수 그리스도의 이름으로 드리는 것이기에, 그 분의 진하디 진한 보혈공로를 의지하여 드리는 것이기에 아버지께서 받으실 수밖에 없다는 것을 믿음으로 고백합니다. 그것이 중요하며, 그것이 핵심이라는 것을 어젯밤 잣나무 숲에서 사무치게 깨달았습니다. 그런 깨달음이 은혜의 깊이로 들어가는 가교가 되었던 것이라 믿습니다. 우리 주 예수 그리스도의 보혈, 그 이름, 그 품 안에 늘 머무를 수 있게 하신 당신의 자비와 사랑과 영광과 권세를 찬미합니다. 할렐루야!

호랑지빠귀 소리, 소쩍새 소리를 들으며

지난 밤 몇 해만에 다시 호랑지바귀 소리를 들었습니다. 빈 통을 울리는 듯 청아한 소리, 그 소리에는 어떤 불순물도 없고 어떤 불순한 의도도 느껴지지 않습니다. 어둠 속 어딘가에 있는 짝을 향해 어둠을 뚫고 날아가는 그 소리. 새 날에는 짝을 만나리라는 것을 생각하며 밤새도록 노래의 화살을 날리고 있는 것이었습니다. 그 소리로 인해 밤하늘의 공기가 더 투명하고 더 산뜻해졌습니다. 그래서 저도 님께 더 간절히 기도할 수 있었습니다. 저는 어둠이 깃든 잣나무 숲 속에서 나지막이 당신께 읊조리며 작은 소리로 노래했습니다.

소쩍새 소리도 조금 떨어진 곳에서 계속하여 들려왔습니다. 밤 새워 "소쩍! 소쩍!" 언제 들어도 애절한 그 노랫소리. 그 소리는 틀림없이 구애의 노래일 것입니다. 어딘가 나뭇가지에 앉아 자신의 노랫소리에 귀 기울여줄 미지의 짝을 그리며 열심히 노래하고 있는 것입니다. 시간이 지날수록, 횟수가 거듭될수록 상대의 마음이 움직이고 결국은 그 모습을 드리내게 되리라는 것, 녀석은 그에 대한 신념을 가지고 있음이 틀림없습니다.

밤이 깊어가면서 그 "소쩍"소리는 더욱 애절하게 들렸습니다. 피를 토하듯 혼을 다해 님을 부르는 소리. 칼끝 같은 예리함으로 굳게 닫힌 마음의 빗장을 후벼 파는 소리. 그 소리는 마음의 빗장을 풀어 기필코 문을 열고 말겠다는 강한 의지가 서려있습니다. 동어반복의 단조로운 소리 같지만 그러나 거기에는 많은 메시지가 함축되어 있습니다.

나는 그대를 그리워하며 그대의 사랑에 목마르다고… 그대를 위해서라면 무엇이든 아까워하지 않고 모든 것을 내놓겠노라고… 나의 시간, 나의 재능, 나의 소유, 나의 목숨까지 내어놓겠노라고… 그대는 나의 완전한 기쁨이며 나 역시 그대의 완전한 기쁨이 될 수 있다고…

그 간절한 구애의 메시지를 몇 시간 동안이나 인근에서 듣고 마음이 동하지 않을 소쩍새는 없을 것입니다. 노래하는 소쩍새 또한 그만한 확신이 있기에 그처럼 끈질길 수가 있을 것입니다.

저 또한 그런 끈질김으로 당신의 사랑을 구하리라 다짐합니다. 아무려면 소쩍새만 못하겠습니까? 호랑지빠귀만 못하겠습니까? 제 구애의 기도소리에 일부러 지체하시는 님이시겠습니까? 곧 만나주시고, 곧 이루어주시고, 곧 영광을 받으시지 않겠습니까? 당신의 사랑을 믿습니다. 당신을 사랑합니다.

연둣빛 녹음, 배꽃, 대지

작년 이맘 때 보았던 연둣빛 녹음을 다시 봅니다. 너무 연해서, 너무 부드러워서 바람도 조심조심, 우리의 눈길도 조심조심. 그렇게 순결하고 어린 새싹들이 천지에 가득 피어나고 있습니다. 참나무 떡갈나무 물푸레나무, 벚나무… 나무란 나무의 온갖 새싹들이 뾰시시 얼굴을 내밀고 있는 것입니다. 이 봄 생명을 피워 올리며, 생명을 노래하며 기뻐하고 있는 것입니다.

아! 드넓은 연둣빛 천지, 이를 많이 보고 많이 기억해 두어야겠다 별렀습니다. 싫증이 날 때까지 연둣빛 새싹들이 뿜어내는 신선한 내음과 신선한 공기를 많이 마셔들여야겠다 생각했습니다. 그리하여 연둣빛의 활기와 생명력이 내 안에 가득하도록. 더 오래 머무를 수 있도록, 이 골짜기 저 골짜기의 싱싱한 기운들이 속속들이 스며들 수 있도록, 겨우내 무채색의 황량한 바람을 맞으며 아파했던 의식들이 온전히 새로워지도록, 바스락거리며 부서져버릴 것 같은 소중한 의식들이 이내 소생할 수 있도록.

님이여!

과수원 안에는 반드시 과수원집이 있고 집 뒤로 과수원이 둥글게 펼쳐집니다. 비탈진 언덕에 수백, 수천 그루가 무리 지어 피어있는 배나무 과수원, 과수원에 핀 배꽃의 숫자를 정확히 헤아릴 수 있는 사람은 아무도 없습니다. 그렇게 많은 수의 꽃이 산비탈과, 구불구불한 언덕을 완전히 뒤덮을 수 있다니요? 저는 그것이 경이롭기만 합니다. 님의 손길, 님의 섭리가 있다 생각되기 때문이지요. 순결하고 깨끗하고 밝은 '배꽃세상', 우리는 그것을 보며 흰 것의 이미지가 주는 의미들을 가슴에 품어야합니다. 한동안 밝고 아름다운 세계를 품고 사노라면 배나무처럼 아름답고 튼실한 열매가 달릴 것입니다. 가을이 오면 속이 하이얀 열매를 커다랗게 주렁주렁 가지마다 매달 수 있을 것입니다.

쟁기로 흙을 갈아엎은 후 흙덩어리가 번들번들하게 물을 대어놓은 논과 잘 손질된 채소밭. 대지는 새 생명을 피워내기 위해 분주합니다. 겨우내 웅크려있던 땅은 그동안 변덕스러웠던 기후변화로 얼었다 녹았다를 반복한 탓에 포실포실 최적의 상태가 되어 있습니다. 이제 농부가 써레질을 하고 모내기만 하면 힘 있게 벼포기가 벌어질 것입니다. 그런 후엔 싹을 열심히 밀어 올려서는 우선 벼꽃을 피운 후 주렁주렁, 휘도록 열매 맺겠지요?

밭 역시 그런 기대감에 차 있음을 감지합니다. 고추와, 감자와, 상추와, 무와, 배추 등의 씨앗이 떨어지기만 하면 이내 푸른 싹을 밀어 올리리라 잔뜩 기다리고 있는 것입니다. 그것이 땅의 사명이며, 기쁨이며 보람인 때문인 것이지요.

저는 그런 봄의 모습들을 자세히 들여다보며 어디에도 있는 당신의 섬세하신 손길을 여기저기서 보았습니다. 당신이 만들어내시는 봄의 활력으로 충만하여 저도 힘 있게 저의 삶을 가꾸고 싶습니다. 오늘 새벽 당신의 말씀이 임하였으니 좋은 일이 많이 있겠지요. 당신과 함께 그 좋은 일들을 가꾸며 아버지의 영광을 많이 드러낼 수 있으리라 믿습니다.

청평호에서 갈릴리호로

청평호반의 아침, 호수는 봄바람에 끊임없이 출렁이며 보석처럼 빛나고 있습니다. 호수는 생명을 품고 아주 오래 전부터 그렇게 흔들리고 있었던 것입니다. 골짜기 골짜기를 타고 내려온 생명수를 모아 온갖 설렘과 온갖 소용돌이와 온갖 흐름들을 차분히 가라앉힌 채…

늘 하늘을 향해 활짝 열려 있으면서 하늘로부터 새로운 에너지를 공급받고 있는 호수, 호수가 생명을 가득 품을 수 있게 된 것도 실은 하늘로 말미암은 것입니다. 그렇지 않다면 호수가 언제까지 살아있을 수 있겠습니까? 어찌 물고기를 품을 수 있으며, 미네랄이며 철분이며 산소 등을 함유한 살아있는 물이 될 수 있으며, 평화와 자유를 품을 수 있으며, 그윽한 푸름을 품을 수 있겠습니까?

호수 위를 스쳐 코 끝에 부딪혀 오는 상큼한 냄새. 그것은 희망과 생명의 냄새입니다. 그런데 그것마저도 호수 스스로 할 수 있는 것은 아니지요. 또한 시원스레 산 그림자를 담아내거나, 노을빛을 은은히 또는 강렬함 그대로 받아내거나, 물오리가 미끄러지듯 유유히 흰 물살 긴 꼬리처럼 매어 달고 수면 위를 짓쳐 가게 하는 것도 호수 스스로는 할 수 없는 것입니다.

저기 흰 물살 거세게 일으키며 요란스레 물 위를 질주하는 수상보트의 핸들을 힘 있게 움켜쥐고 있는 사람과 그 보트 안에서 환호성을 지르고 있는 사람들, 뒤이어 물 찬 제비처럼 수상스키로 호수를 가르고 있는 사람들. 그들은 이 호수에 대하여 얼마나 알고 있는 것일까요? 또는 호수가 바라보이는 전망 좋은 곳에 그림 같은 집을 짓고 사는 사람들은요? 누구보다 저는 호수에 대하여 얼마나 이해하고 있는 것일까요?

저는 자동차를 길가에 세워두고 호숫가 언덕에 자리를 잡고 앉았습니다. 저는 늘 다른 호수보다도 이 청평호수에 자꾸 마음이 끌렸고 그래서 이 호수의 깊이와 호수의 푸름과 호수의 평화와 자유를 많이 맛보고 싶어 했습니다. 호수를 더 잘 이해하고 호수를 더 닮을 수 있도록 호수를 내 안에 가득 품기를 원했습니다.

"호수처럼 넓어져야지. 호수처럼 깊어져야지, 푸르러야지, 깊이 있는 푸름이어야지. 호수처럼 빛나야지. 아무 때나 빛나는 것이 아니라 햇빛이 비칠 때 부서지며 빛나야지. 햇빛이 비스듬히 비치는 아침나절이나 노을 지는 저녁에는 더 아름답게 빛나야지, 사람들에게 호수처럼 상큼한 바람을 많이 나누어 주어야지. 호수가 자신을 많이 나누어 주어서 그로 인해 수많은 사람들이 생명을

누리게 하듯… 그렇게 나도 나의 소중한 것, 나 자신을 아낌없이 나누어 주어
야지, 그것을 기쁨으로 알고 더 많이 주기 위해 노력해야지. 호수처럼 하늘의
기운을 받아 생명력으로 충만해서 많은 생명들을 품어야지, 내 안에도 온갖 종
류의 물고기들이 많이 뛰놀 수 있게 해야지, 그렇게 되도록 묵은 것을 자꾸 흘
려보내서 늘 새로워져야지."

그렇습니다.

예수께서 베드로와 야고보와 안드레와 요한 등을 제자로 부르실 때 호숫가를
선택한 것은 우연이 아니었습니다. 요동하는 갈릴리호수를 잔잔케 하거나 물
위를 걷던 일, 물고기 기적을 두 번이나 일으키셨던 일. 더욱이 부활 후에 제자
들을 호숫가에서 만나시게 된 것도 우연한 일이 아니었습니다. 호수로부터 많

은 것을 이끌어내어 제자들이 호수를 많이 닮을 수 있도록 배려하신 때문이었습니다. 그 제자들 뒤에 다시 생겨날 또 다른 제자들이 호수를 보며 당신을 보다 잘 이해할 수 있도록 배려하신 때문이었습니다.

님이야말로 호수 같은 분이 아닙니까? 아니 호수보다 더 넓고, 더 깊고, 더 평화롭고 더 풍성한 분이 아닙니까? 그런데 호수가 저에게 그 무엇을 직접 해줄 수 있는 것이 없음을 저는 알고 있습니다. 호수는 다만 여러 선한 이미지들을 품을 수 있도록 하늘 아래 편안히 펼쳐져 있을 뿐이지요. 그리하여 호수를 사랑하고 호수를 품기를 바라는 사람이 다가오면 아낌없이 그 이미지를 나누어 주는 것뿐이지요. 호수는 그것만 할 수 있습니다. 그것 말고 어떤 사람의 내부가 호수의 품성을 갖게 되는 것은 오로지 당신의 은혜로만 가능한 것입니다.

그러므로 호수를 품고 싶은 사람은 기도해야 합니다. 님의 보혈공로를 의지하여, 님의 이름으로 아버지께 기도해야 합니다. 그러면 아버지께서는 그가 당신 안에 있는 것을 보시고 그에게 모든 것을 허락하십니다. 이에 대한 확신을 가지는 것이야말로 매우 중요하다 여깁니다. 모든 것은 님이신 당신으로 말미암고, 당신을 통하여 임하고, 당신을 위하여 주어지는 것이기 때문입니다. 이에 대한 믿음을 견고히 할수록 우리의 삶은 더욱 풍성하게 될 것이라 믿습니다. 그러므로 저는 저 자신에게 힘주어 말합니다.

"그래, 저 호수 위를 걸어서 오늘 나의 호수에 요동하는 물결을 잔잔하게 하실 분이 다가오신다. 오셔서는 함께 배로 오르시며 나의 배를 끌어 저 안식의 항구에 닿게 하신다. 나는 늘 그분 안에, 그와 함께 살고 있는 것이다."

봄의 향연 속으로

다시 청평호반

새로운 봄이 찾아오고 저는 다시 청평호반으로 왔습니다. 황사 휘몰아치던 바람이 다 자고 모든 것이 잠잠해진 호반의 아침, 따스한 햇빛이 온 대지를 포근히 비추고 있습니다. 적절한 양의 습기가 천지간에 퍼져있는 완연한 봄날. 호수는 막 깨어나 비스듬히 내리비치는 햇빛을 받아 보석처럼 빛나고 있습니다. 이 평화로운 아침을 맞고자 제가 얼마나 기다려 왔던지요.

언제부턴가 제 마음 깊이 청평호수가 자리하고 있었습니다. 청평호수의 풍성한 평화, 자유, 푸르름, 고요를 내 의식 속에 담고 산다는 것, 이는 참 귀중한 것이고 좋은 것이라 생각됩니다. 그러나 청평호수를 다녀간 후 시간이 흐를수록 그 호수의 빛깔이 자꾸 흐려지는 것은 어쩔 수가 없습니다. 그러면 또 이 호수를 찾아야겠다는 생각이 들고, 이내 다시 와서는 내 안에 가득 호수를 채우고 돌아가는 것이지요.

빠르지도 느리지도 않은 저 편안한 일렁임, 그것을 전 '호수의 춤'이라 명명합니다. 그것을 보면서 내 의식속의 호수도 저렇게 빛나며 춤출 수 있기를 소원합니다. 반짝이는 수면을 오래 바라보자니 차이코프스키의 여러 음률이 생각나는군요. 하지만 그 음악으로부터 얻을 수 있는 평화보다 지금 이 순간의 평화가 더없이 좋다 여겨집니다. 마침 부지런히 아침을 준비하는 오리 한 쌍이 백조 대신 다정하게 수면을 짓쳐 나가며 고요한 풍경에 조화를 더 합니다. 요즈음 일기가 매우 거칠었는데 모처럼 맑은 날, 이처럼 아름다운 풍경을 볼 수 있다니⋯ 이런 날 스케치를 나왔다는 것이 감사하기만 하군요.

저 멀리 솟은 삼각형의 산형(山形), 아직 태양빛을 충분히 받지 못하여 그 둔중함이 더해 보입니다. 청평호는 저런 산들을 많이 품고 있기에 더 편안하게 보일 수 있는 것이라 여겨집니다. 호수의 주위를 든든히 감싸줄 수 있으므로⋯ 고인 물이 넘치지 못하도록 방패가 되어줄 수 있으므로⋯

아, 차이코프스키의 음률을 대신하여 온갖 새소리 풍성합니다. 배시 배시 배시, 비리릭 비리릭, 휠리 휠리 휠리, 지리릭 지리릭⋯ 딱따구리가 나무통을 찍는 소리도 저 멀리서 청아하게 들려옵니다. 뚜르르르르! 그 녀석은 나무통을 울리는 소리로 자신의 노래를 대신하는 것일까요? 그리고보니 딱따구리의 노래를 들어본 기억이 없습니다.

자연스런, 아니 자연 그 자체의 품 안에서 느끼는 아침의 신선한 평화, 도시는 그런 아침을 우리에게 제공할 수가 없습니다. 저는 차 안으로 들어가 열어 놓았던 자동차 창문을 닫고 공간을 바짝 축소해 봅니다. 간간히 지나가는 자동차의 엔진소리, 바람소리 외엔 고요합니다. 자연의 고요, 그 고요에 오버랩되는 풍경들. '고요 고요한 아침' 입니다.

요며칠 잎을 피우며 연녹색으로 빠르게 천지를 덮어가고 있는 수목들. 벚꽃, 개나리, 진달래, 조팝꽃⋯ 그러나 그런 꽃들만이 봄의 꽃은 아닙니다. 산 구릉마다 수목들이 피워내는 몽실몽실한 연녹빛 잎새들의 군집도 매우 훌륭한 꽃입니다. 그렇게 생각하면 천지가 꽃밭이라는 표현이 이치에 맞다 여겨집니다.

앞산 너머에 또 하나의 산, 산… 모든 산들은 자신의 경계를 확실히 해두고자 하나 같이 밑자락에 안개를 두르고 있습니다. 온갖 형상들을 안개 속에 감춘 채 꿈을 꾸고 있는 산의 형상들이 아련하기만 합니다. 그처럼 사람들의 온갖 아픔, 절망, 좌절, 시련들을 이 봄의 활력과 평화로 덮어버릴 수 있다면… 그리하여 고뇌와 갈등과 불안의 어두운 그림자를 지우고 봄과 함께 다시금 힘 있게, 아름답게 삶의 그림을 그려볼 수 있다면 좋겠습니다.

오늘은 여기저기를 쏘다니며 부지런히 그림을 그릴 것입니다. 꽃과 나무와, 봄의 공기와, 봄의 꿈과 활력을 담을 것입니다. 시도 쓰고 수필도 쓰며 부지런히 나의 큼직한 망태기에 봄을 쓸어담을 것입니다. 그리하여 봄의 향기를 많은 이들에게 나누어 줄 것입니다. 인도하여 주십시오.

저녁 강변에서

님이여!

제 안엔 늘 강물이 흐른다고 생각했지요. 의식의 강물입니다. 강이 되기까지 많은 냇물들이 있었고 그 이전에 수많은 샘물들이 있었던 것처럼 내 안의 강물도 많은 생각의 샘물과 지류들을 가지고 있습니다. 당신께서는 강물에 관하여 말씀하신 적이 있습니다.

"나를 믿는 사람은 그 배에서 샘솟는 물이 강물처럼 흘러나올 것이다."

역시 의식의 강물을 의미하는 것이며 그것은 직접적으로 성령의 은혜를 일컫는 것이라 믿습니다. 그런데 제 의식의 강물은 늘 흐르고 있다는 것을 감지합니다. 그 강물이 평화와 자유, 기쁨으로 충만하기를 바라는 마음 간절합니다.

그러나 당신의 말씀대로 오직 은혜로만 충만할 수 있습니다. 인간적인 수단과 방법으로는 채워질 수 없는 한계가 있는 것이지요.

길 가에 차를 세우고 강변에 섰습니다. 어두워져가는 강, 저는 물끄러미 강물을 쳐다보고 있습니다. 자연 속에서 하루를 호흡하면서 인간적이고 세상적인 요소를 제 안에 많이 끌어들였다는 반성을 합니다. 다 부질없는 것인데… 다시금 바로 서기를 결심합니다. 늘 그러했던 것처럼 이번에도 당신의 자비로운 은혜를 내려주시기를 바랍니다.

염치없는 일이지요. 그러나 어찌합니까? 다시금 자비와 사랑이 가득하신 당신의 모습을 올려다보는 수밖에 없습니다. 다시금 십자가의 보혈공로를 의지할 수밖에 없습니다. 저를 정결하게 하셔서 당신을 기쁜 마음으로 바라보게 하시고 당신 안에서 이번 봄 여행을 아름답게 마무리할 수 있게 하여 주시기를 바랍니다. 그리하여 제 의식의 강물이 다시금 맑고 푸르게 하시고, 오직 당신의 은혜로 충만하게 하시기를 바랍니다.

님이여!
어두워져가는 강물은 편안히 어둠을 받아들이면서 그 형태를 감추어가고 있습니다. 그렇다하여 강물자체가 어두워지는 것은 아닙니다. 어둠이 강물을 까맣게 만들 수는 없는 것이지요. 다만 스스로 빛날 수 없는 강물인지라 빛이 사라짐과 동시에 형태를 상실하고 있습니다. 그러므로 강물이 자신을 내세울 것은 없고 빛을 만드신 당신께 감사만 드려야 합니다.

그처럼 우리 사람들도 당신이 비춰주시지 않으면 어둠 그대로 있을 뿐 좋은 그 무엇을 드러낼 수 없습니다. 모든 것은 당신의 비추심으로 인하여 생기를 얻고 생명을 얻고 의미를 얻는 것이지요.

제 의식의 강에도 당신의 비추심이 필요합니다. 이 시간 어두워진 강물을 바라보면서 당신의 은혜를 구합니다. 다시금 저를 은혜의 빛으로 비춰주십시오. 그리하여 제게 덮여있는 어둠을 몰아내 주시고 더하여 제 속 깊이 은밀하게 박혀있는 어둠까지 몰아내주시기를 바랍니다.

강물은 날마다 어두워져야 하지만 저는 그럴 필요가 없는 것 아닙니까? 늘 빛나야 하고 늘 생명으로 충만해야 하는 것 아닙니까? 늘 건강한 의식으로 당신의 향기, 당신의 생명과 평화, 그리고 당신의 사랑과 자유의 향기를 풍기고 드러내야 하는 것 아닙니까? 인도하여 주십시오.

꽃처럼 피어나게 하소서

봄은 길도 없이 남쪽으로부터 왔습니다. 봄이 제가 살고 있는 이 땅으로 스스로 걸어올 수는 없으므로 결국 당신께서 봄을 몰고 오신 것입니다. 사람들은 길을 따라 도보로 자동차로 기차로 비행기로 이동하지요. 그러나 당신은 무소부재하신 분이시라 길 없이 오십니다. 바람을 타고, 보이지 않게 은밀히 오시는 당신. 그러므로 당신에겐 하늘도 땅도 바다도 모두 길이 될 수 있습니다.

저는 당신께서 피워내신 봄의 정원에서 종일 봄의 향기를 맡으며 여기저기를 쏘다녔습니다. 그리고는 이제 돌아와 당신 앞에 고요히 앉아 하루의 여행을 정리합니다. 눈을 감으니 자꾸 벚꽃, 매화, 복숭아꽃, 개나리, 진달래, 조팝꽃 등이 어른거리는군요. 그것들이 피어있는 밭둑, 산천이 어른거리는군요. 제 깊숙이 봄과 봄의 아름다운 형상들이 들어와 있음에 감사드립니다.

저는 그 많은 꽃들이 사람들을 위해 피었다 단정했습니다. 꽃을 보며 어두워진 마음들이 다시금 환해지고 아름다워지기를 바라는 당신, 그런 당신께서 수많은 꽃들을 그리도 곱게 피워내신 것이라 생각했습니다. 그것을 바라보는 우리들의 가슴에도 모락모락 꽃이 피어나기를 바라시는 당신, 제발이지 착하고 충성스런 종이 되기를 간절히 바라시는 당신의 의도가 그 모든 아름다움의 근거라 생각했습니다.

보십시오.

벚꽃은 여러 꽃 중에도 특별히 밝아서 그늘진 곳에서 더 환히 빛납니다. 밤 벚꽃놀이가 가능한 것도 그런 연유이지요. 그 점에 있어서는 목련도 마찬가지입니다. 어느날 밤 가로등 불빛 곁의 목련을 보고 참 화사하다는 생각을 많이 했더랬습니다. 그런 꽃들을 묘사하기 위해서는 주변을 짙게 해줄 필요가 있습니다. 밝은 분위기라서 다 밝게 채색을 하면 정작 밝은 꽃들이 제대로 살아나지를 않습니다. 세상이 많이 어두워져 있는데 그래서 우리가 밝은 꽃을 피우면 더 돋보이게 되겠지요. 그리하여 많은 이들이 우리의 환한 모습을 보고 우리 곁으로 다가온 후. 결국 당신께로 나아갈 수 있겠지요. 저는 갈대며 여뀌며 온갖 잡초들이 무성한 가운에 무리지어 피어있는 조팝꽃을 보면서 그런 생각들을 했습니다. 조팝꽃이 그리도 화사할 수 있었던 것은 꽃밭이 아니라 잡초들이 아무렇게나 뒤엉킨 산자락 끄트머리에 피어난 때문이라 생각했습니다.

잡초더미 가운데서 그처럼 하이얀 조팝꽃을 피우시다니요? 깎아지른 산비탈에서 맷방석보다 더 넓은 크기로 벚꽃을 그렇듯 환하게 피우시다니요? 제발 님의 그런 탁월한 솜씨로 저도 그처럼 꽃피울 수 있게 해 주시기를 빕니다. 사실 이제까지 작은 빛으로 살기는 했습니다. 그러나 아직 너무 부족하고 부끄럽기만 합니다. 더 아름답게 하시고 더 빛나게 하여 주십시오. 더 풍성하게 하십시오.

"네 힘을 입을지어다. 네 아름다운 옷을 입을지어다.(사52:1)"

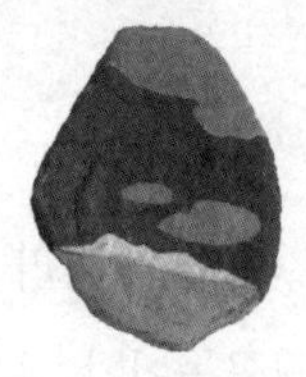

호수공원 장미원에서

올 봄엔 복숭아꽃을 많이 보아두려고 벼렀더랬습니다. 그러나 이사를 준비하면서, 이사 후 짐 정리며 여러 일들을 보는 사이 그 화려한 봄이 훌쩍 지나가버렸습니다. 이제는 됐다 한숨 돌리고 보니 시골처녀의 웃음처럼 화사하고 순박한 복숭아꽃들은 한바탕 잔치를 끝낸 후였습니다.

많이 아쉬웠습니다. 그 다음엔 장미의 계절이 기다리고 있었기에 장미만큼은 놓칠 수 없다 싶었습니다. 그래서 꽃이 언제 피려나 자주 호수공원엘 발걸음 했습니다. 주일예배를 드린 후 아내와 함께 또 호수공원 안에 있는 장미원엘 갔었지요. 이제 피어나기 시작한 것도 있었지만 봉오리가 막 터지려 하는 것들이 대부분, 조금 일렀습니다. 며칠 후 그곳엘 다시 갔습니다. 그제사 만개가 되었더군요. 작년, 그 장미들을 보시고 그리도 좋아하시던 어머니의 모습이 생각났습니다. 그래서 다음날 어머니를 모시고 가서 다시 구경을 시켜드렸는데 이번에는 별 감흥을 못 느끼시더군요. 마음조차 더 늙으신 것 같아 안타까웠습니다.

그리고나서 삼사일이 지난 후 이번에는 그 꽃들을 화폭에 담으려 작심하고 도구들을 챙겨 갔습니다. 여전히 꽃들의 야한 웃음소리로 장미원이 떠들썩해 있더군요. 저는 장미원을 한 바퀴 돌다가 밖으로 나와 노오란 장미가 무수히

핀 울타리 곁에 자리를 잡았습니다. 그리고 한참을 장미와 눈을 맞추었습니다.

장미는 그처럼 꽃을 피우기 위해 참으로 많은 날들을 기다려왔을 것입니다. 지난 겨울, 그렇게 눈이 많이 내리고 혹독했던 추위를 어찌 이겨냈을까요? 그 모진 아픔 삭이느라 다른 꽃들 다 지고 난 오월 하순에서야 피어난 것일까요? 지금 장미들은 땅속 깊이 촉수를 내려 물을 퍼 올리느라 분주할 것입니다. 장미원의 만개, 저 엄청난 꽃더미. 그것은 하나의 벅차오름이며 주체할 수 없는 소리지름이고, 거대한 합창이며, 웃음의 바다입니다. 이 가뭄에도 저렇게 아름다울 수 있다니, 보는 이들을 이처럼 벅차게 만들 수 있다니 놀랍습니다.

작년, 꽃박람회가 사월 하순(정확히는 2000년 4월 26일)에 열렸는데 개화시기를 박람회 개막일에 맞추느라 무리를 했었습니다. 거대한 비닐하우스를 만들어 장미원 전체를 덮고 평년보다 일찍 꽃을 피우게 한 후, 아직 찬바람이 이는데도 불구하고 개막일에 비닐을 벗겨 버렸던 것입니다. 촉진제도 사용했을 것인데 그러나 정작 꽃은 생기가 없었습니다. 님께서 정해 놓으신 섭리를 따라 피어난 것이 아니어서인지 꽃들은 즐거워 보이지 않았고 많이 풀죽어 있었습니다. 잎새마저 싱그럽지 못했지요. 끝내 병든 닭처럼 시들시들 오래 가지 못하고 져버렸습니다. 그 해 사오월이 장미에게는 정녕 '잔인한 달'이었을 것입니다.

님이여!

지금 장미들의 함박웃음을 보며 오월의 끝자락을 밟고 있지만 농민들은 계속되는 가뭄으로 아우성입니다. 농민들뿐만이 아니라 산천초목이 신음하며 고통스러워 하고 있습니다. 밭은 바삭바삭 먼지를 피워 올리고 있고 개울은 바닥을 드러냈습니다. 농부들은 양수기를 동원하여 지하수를 퍼 올리기에 여념이 없지만 역부족일 수 밖에 없습니다. 그런 중에도 장미들은 저토록 아름다운데 그렇다면 대체 저네들은 '누구를 위해 종을 울리는' 것일까요?

 '자신을 위해서?' 천만에요. 저는 그런 흔적을 전혀 발견할 수가 없습니다. '그렇다면 우리 사람을 위해서?' 그럴 수 있겠지요. 그러나 거기에 저네들의 중심이 있지 않다는 것을 저는 잘 알고 있습니다. '그러면 누구?' 네~ 그것들의 중심은 다름 아닌 당신을 향해 있습니다. 이 점에 대해 저는 조금의 의심을 가지고 있지 않습니다. 높은 곳에서 굽어보시며 언제나 저네들의 온갖 사정을 헤아리시는 당신이 계심을 장미들은 본능적으로 잘 알고 있을 것입니다. 그러므로 장미들의 중심은 당신께 있는 것이고 당신께서는 「장미의 합창」을 기꺼이 흠양하시리라 믿습니다.

님이여!

저는 잔디에 앉아 그림을 그리기 시작했습니다. 물론 에스키스하는 정도이지요. 그 정도의 기초작업을 거치면 본격적인 작품을 위한 준비로 충분합니다. 제 머릿속에 문득 장미와 하늘을 어울리게 해야겠다는 생각이 들었습니다. 각목에 흰색 페인트칠을 한 울타리에 덩굴을 올려놓은 채 소담스레 피어있는 장미더미. 그 위에 사각의 하늘을 무정형으로 나열하는 것입니다. 마음먹기에 따라 얼마든지 대작으로도 발전시킬 수 있는 구도이지요. 저는 그런 아이디어를 가지고 몇 작품을 했는데 괜찮은 소득이었습니다. 다 당신께서 지혜를 주신 것입니다.

그림을 그리는 사이사이 벤치에 앉아서 즐겁게 담소하는 이들을 보았습니다. 꽃보다 더 화사하고 예쁜 아이들, 처녀들, 그리고 노인들… 사진 찍고, 웃고, 떠들고, 기뻐하는 사람들의 가슴속으로 꽃의 일부가 흘러 들어가고 있었습니다.

선홍빛의 장미는 사랑을 위해, 정의를 위해 몸 바치는 열정의 이미지입니다. 노란 장미는 더 없는 기쁨과 선함과 관계된 이미지입니다. 핑크빛 장미는 순정, 모성 등의 이미지로 사람들의 뇌리 속에 영향을 줄 것입니다. 순백색의 장미도 많이 피어 있었습니다. 그 깨끗하고 고결한 모습이라니요? 스치기만 해도 때가 탈 것 같은 가녀림이라니요? 순결은 그렇게 밖으로 드러내기조차 위험해 보이는 것인가 봅니다. 그런 순결함이 우리에게 가득해야 할텐데… 죄성이 남아있는 우리에겐 한계가 있는 것, 오직 당신을 의지할 수밖에 없습니다.

아무렴요. 꽃을 보는 가장 큰 유익은 그 이미지들로 하여 우리 안에 잠자고 있는 선한 감각들을 깨우는 것이고 이를 통해 당신의 형상을 회복하는 것이라 생각합니다. 저는 몇 년 전부터 그 사실에 주목했습니다. 그래서 될 수 있으면 꽃을 많이 바라봄으로써 내 안에 보다 많은 꽃을 끌어들여야 된다 생각했습니다.

아, 그런데 너무나 많은 사람들이 주마간산하듯, 꽃을 자신 속으로 끌어들이지 않고 꽃의 겉만 훑고 가버리는군요. 그것은 꽃이 바라는 것이 아닌데, 꽃이 원하는 것은 '예쁘다!'는 단순한 느낌으로 그치는 것이 아니라 그들 안으로 끌려들어가는 것이었는데, 그들 안에서 순정, 열정, 고상함과 거룩, 순결 등으로 다시 피어나는 것인네, 그래서 이 시내의 정년들이, 아이들이, 어른들이, 성치지도자들이, 교회지도자들이 다들 꽃의 아름다움을 닮는 것이었는데, 다들 꽃의 미소를 지으며 꽃의 향기를 발하는 것이었는데…

그렇습니다. 꽃의 아름다움 속으로 빨려들어 갈 수 있는 것이 아무나 가능한 것이 아니었습니다. 새까만 마음, 새까만 양심이 어떻게 그 순진무구한 세계

속으로 그냥 들어갈 수 있겠습니까? 그러므로 꽃들이 바라는 것은 님께서 권능으로 이루실 나라에서만이 완성될 수 있는 것입니다. 꽃들의 소원을, 저의 소원을 이루어 주실 님을 기다립니다. 마라나타!

님이여!

님께서는 정녕 꽃이셨습니다. 아니 꽃보다 아름다운 분이셨습니다. 님께서는 참으로 꽃보다 더 찬란히 세상을 비추셨고 향기를 발하셨습니다. 왜 아니겠습니까? 이 땅의 모든 꽃을 있게 하신 분이신데요.

한 송이 꽃을 피우기 위해 오랜 기다림과 시련이 있었던 것처럼 당신께서는 이 땅에 오셔서 당신의 꽃을 피우시기 위해 삼십년이나 기다리셨습니다. 그런 후에야 공생애가 시작되었고 아름답게 사역을 시작하셨습니다.

"회개하라. 천국이 가까이 왔다."

그 말씀이야말로 얼마나 찬란히 빛나는 아름다움인지요? 그 말씀의 향기가 어찌 수만 송이, 수십만 송이 장미향과 비교할 수 있겠습니까? 그러나 꽃이 잠시 피어있듯 당신께서는 삼년반만 피어 계셨습니다. 말씀의 꽃, 은혜의 꽃, 사랑의 꽃을 피우시던 당신, 마침내 당신께서는 꽃이 지듯 십자가에서 목숨을 떨구셨고 사흘만에 다시 피어나셨습니다. 보다 찬란히 피어나 영원한 꽃이 되시어 훨훨 하늘로 오르시었습니다. 할렐루야!

장미원의 장미들도 얼마 지나지 않아 이내 꽃잎을 떨구고 말 것입니다. 무엇이 애달프겠습니까? 마냥 노래하고 마냥 향기를 발할 수 있었는데… 그러고 보면 장미들이야말로 당신을 드러낸다 여겨십니다. 장미의 무리 속에 오묘하신 당신의 그림자가 새겨져 있음을 알겠습니다.

아, 님이여!

이제 저도 당신처럼 찬란히 피어 한 시절을 마음껏 노래할 수 있기를 바랍니다. 그러다가 때가 되어 아버지께 바쳐지는 한 송이 장미꽃 같은 목숨이기를 바랍니다. 나의 모든 에너지가 꽃처럼, 불꽃처럼 남김없이 소진될 수 있기를 바랍니다. 님께서 인도하여 주십시오.

경에 "인생은 풀과 같고 그 영광은 풀의 꽃과 같다" 했는데 참으로 지당합니다. 짧은 목숨이지만 장미처럼, 당신처럼 떨어질 수 있다면 더 바랄 것이 없겠습니다. 그 무엇을 위해 노래하지 않고 당신을 위해서 노래하다 살아지는 목숨이면 더 바랄 것이 없겠습니다. 인도하여 주십시오.

철쭉으로부터 님의 향기를

님이여!

봄을 꽃피우신 당신의 멋들어진 솜씨를 보며 아침마다 감탄합니다. 저 헤아릴 수 없이 많은 순백색, 담홍색, 진홍색 철쭉의 더미들. 그것들은 다만 땅속에 발을 뻗고 있으면서 양분을 흡수하는 것 뿐인데… 그런데 어쩌면 저렇게 다양하고 아름다운 꽃잎들이 피어날 수 있을까요? 당신께서 관여하지 않으셨던들 어찌 저런 변화가 있을 수 있을까요? 그것이 어찌 꽃들 스스로 이루어낸 것이라 할 수 있을까요?

어디 철쭉뿐이겠습니까? 봄을 맞으면서 다투어 피어나는 모든 꽃들이 다 경탄스럽지요. 무에서 저 놀라운 아름다움을 창조하신 당신, 처음 이 땅에는 아무것도 없었던 것이고 당신께서는 정녕 '완전한 무, 절대적인 무'로부터 그 모든 것을 만들어내셨습니다.

그러므로 아름다운 그림, 아름다운 글을 쓰기를 바라는 저는 당신을 님으로 모시고 살면서 당연히 당신으로부터 에너지를 공급받아야 한다고 생각합니다. 나의 스승은 당신이시지요. "온갖 좋은 것들은 하늘의 빛들을 만드신" 당신께서 위로부터 내려주시는 것. 저는 당신의 후하신 처사를 믿습니다. 기도하는 중에 멋진 형상들이 떠오르게 하시고 그것을 그림으로 옮긴 적이 한 두 번이 아니었고, 기도하는 중에 참으로 귀중한 깨달음을 주서서 글로 옮긴 적은 더 많습니다. 전 아무 거리낌 없이 그림은 물론이고 대부분의 글이 당신께서 주신 깨달음을 통해 나온 것이라 고백할 수 있습니다.

님이여!

핑크빛의 철쭉더미를 보며 도시의 고단함이 지워버린 아름다운 사랑의 느낌들이 모락모락 깨어남을 느낍니다. 어릴 적엔 참 애틋했던 것, 가슴이 아리고 설레이던 것들이 많았는데… 누구누구를 생각하면 가슴이 따뜻해지면서 그리움이 솟아오르고 제자리에 앉아있을 수 없을 때가 많았는데… 그런데 지금은 제 감성이 그냥 덤덤하고 밋밋해져버렸다 싶습니다.

그런 안타까움으로 순백의 철쭉을 보며 애당초 님께서 만드셨던 순진무구한 세계를 연상하게 됩니다. 거기에는 죄와 미움과 시기와 질투 같은 것이 하나 없었을 것입니다. 그저 빛이 가득한 가운데 모든 사람들이 하얀 옷을 입고 고상한 걸음걸이로 조용조용 걸어 다녔을 것입니다. 님의 말씀을 묵상하는 중에 자신의 모습이 자꾸 새하얗게 되는 것을 느끼며 모든 이들이 그런 우아한 노력들을 즐거이 계속했을 것입니다. 모든 이들은 사랑스럽고 서로를 위해 헌신할 만 하며 서로에게 기쁨이 되었을 것입니다. 당연히 강물 같은 평화가 일렁였겠지요. 그 평화는 당신의 권능으로 온전히 지켜지며 항구했을 것입니다. 그런데 죄가 들어왔고 일순간 그 온전함을 다 잃어버렸던 것입니다.

님이여!

금년 봄엔 개인전을 치르느라 좀 늦어지기는 했지만 그래도 봄을 만끽할 수 있었습니다. 이번 봄엔 그런 느낌들을 글보다도 화폭에 더 많이 담기 위해 노력했습니다. 참 많이 스케치했고 많이 작품에 옮겼습니다. 제 그림이 봄에 너무 치중되는 것 아닌가 생각될 정도였으니까요. 님께서 제게 시화집을 낼 수 있는 기회를 허락하셔서 봄 그림이 많이 필요하기도 했습니다.

시화집을 내게 된 것, 참으로 님의 손길이 너무나 역력합니다. 당신께서는 한 사람을 움직이셨고 그를 제게 붙여주셨습니다. 당신께 간청은 드렸지만 저는 이 일이 이처럼 쉽사리 이루어질 줄 예상하지 못했습니다. 이번 시화집은 제 글에 제 그림을 붙이니 보다 따뜻한 울림을 줄 수 있으리라 생각합니다. '사랑은 벅찬 강물입니다' 라는 제목을 달고 세상에 나오게 될 이 시화집이 많은 이들에게 당신의 사랑을 알리고 나눌 수 있는 매개가 되기를 바랄뿐입니다.

그림 이야기로 돌아갑니다. 님께서 펼치시고 일구시는 대자연의 아름다운 풍경들을 제대로 화폭에 담는 것은 오랜 화력을 가졌음에도 쉽지가 않았습니다. 풍경들이 뿜어내는 생명의 에너지와 평화와 기쁨과 의미들까지도 화폭에 담아낼 수 있어야 하는데 늘 아쉬움이 있습니다. 그럼에도 그림을 그리며 저는 자주 평화롭고 즐거웠습니다. 특히 수채화는 많은 공력이 필요치 않으면서도 맑은 느낌을 손쉽게 담아낼 수 있어서 좋았습니다. 유화나 진채화에 비해 가볍기는 하지만 수채화만큼 담백하게 맑은 울림을 줄 수 있는 그림도 없으리라 생각합니다.

손끝의 재주를 넘어 감상자들에게 아름다운 울림을 줄 수 있는 그림을 그리기 위하여 더 많은 노력, 더 많은 훈련이 필요함을 느낍니다. 주의 성령께서 은혜를 더하여 주시기를, 제 그림에서 생명의 기운을 느끼고, 당신의 임재까지도 느낄 수 있게 해 주시기를 바랍니다. 인도하여 주십시오.

여름 여행1 - 하늘

처가식구들과 함께 한 이번 여행에서는 하늘을 많이 바라보았습니다. 첫째 날부터 하늘이 저의 마음을 끌어당겼습니다. 참 오랜만에 바라보는 맑은 하늘이었지요. 장마가 이어진 터라 그렇게 투명한 하늘을 바라보는 것은 오랫동안 쉽지가 않았습니다. 하늘이 파랗다 보니 두둥실 떠가는 구름이 더 희고 선명해서 보풀보풀한 감촉이 손에 닿을 듯 느껴져 오더군요. 참 평화롭고 자유로운 풍경이었습니다.

하늘이야말로 늘 제 묵상의 중요한 소재였습니다. 보이는 하늘을 넘어 보이지 않은 당신을 연결해 주는 것으로써의 하늘. 그 하늘은 늘 무한하신 당신을 오버랩해 주었습니다. 저는 평소 소망, 무한, 영원의 이미지가 담긴 하늘을 보며 당신께 대한 사모의 정을 키우고자 애썼습니다. 아울러 세상의 마지막과 하늘나라가 관련된 말씀들을 묵상하고자 노력해 왔습니다.

최근에는 제 작품에 하늘을 표현하는 비중이 더 많아졌는데 하늘을 작품에 띄워놓고 보면 화면전체가 한결 밝아지고 의미가 깊어집니다. 하늘은 저의 트레이드마크가 된 순례자와 조형적으로도 잘 어울린다 생각됩니다. 최근에는 하늘만을 독립된 소재로 하여 입체, 설치작품으로까지 발전시켜 보았는데 산뜻하면서도 강렬한 인상을 주었습니다.

우리 일행은 숙소를 평창군 '보광휘닉스 파크'의 널찍한 콘도를 하나 잡아 놓고 근거리의 관광지를 들락거리는 것으로 계획했습니다. 첫째날은 숙소에서 가까운 흥정계곡을 다녀왔습니다. 계곡 물이 얼마나 시리도록 차고 맑던지요? 이틀째 되는 날은 동해안의 정동진, 옥계를 거쳐 백두대간의 하나인 백봉령을 넘어 오대천을 끼고 숙소로 돌아왔습니다. 그런데 30여 킬로미터나 계속되는 오대천의 드라이브코스를 지나 영동고속도로를 들어설 때부터 하늘에 거대한 회화가 나타나기 시작했습니다.

석양의 하늘은 참 감동적이었지요. 두둥실 떠있던 흰 구름 덩어리들이 서녘 하늘의 대기변화로 인해 가로로 길게 흩어지면서 붉게 물들기 시작했던 것입니다. 석양은 시간이 지나면서 점점 붉은 기운이 짙어졌습니다. 이날 님께서 펼치시는 '회화'의 포인트는 선명도와 굵기를 달리하는 예닐곱 개의 구름 띠가 은은하게 물들면서 생기는 변화였습니다.

님이여!

이따금씩 나타나는 황혼의 모습이 왜 그리 벅차게 다가오는 것입니까? 노을은 분주했던 하루의 일과를 끝내고 밤으로 가는 길목에서 어떤 메시지를 보내고 있다 느껴졌습니다. 붉은 색이 너무 진해서 핏빛 같아 보이던 하늘, 이는 보혈의 한 상징일 수 있다 생각했습니다. 우리 인생은 하루가 저물 듯 곧 저물게 되어 있으므로 이를 대비하여 주의 보혈공로를 깨닫게 하시려는 섭리. 저는 노을을 그렇게 연관 지었습니다.

장엄한 고요와 거룩한 인상을 영적세계에 대한 관심으로 이어가는 것은 당연합니다. 믿음이 있는 사람은 이에서 더 나아가 소망의 하늘나라까지 끌고 가는 것이지요. 어둠에 매몰되는 노을을 보면서 자신의 마지막을 예감하고 이에 대비

할 수 있는 사람이야말로 복 있는 사람일 것입니다.

하지만 아버지께서 자연을 통해 우리에게 주시는 메시지는 강제적이지 않습니다. 메시지가 풍경 전반에 짙게 깔려 있으면서도 은은하고 은밀해서 마음을 열지 않으면 알아들을 수가 없습니다. 얼마나 지혜롭고 똑똑한가는 전혀 별개이지요.

전 앞으로 제 작품에 그처럼 은밀한 언어를 담아야겠다 생각했습니다. 그동안 복음을 원색적으로 드러내고자 '강하게 강하게'로 치달았는데 이제는 좀 바꿔야겠다 생각했습니다. 벌써 그런 의도를 가지고 작업한 것이 몇 점 나왔지요. 아버지께서 기뻐하시리라 믿습니다.

님이여!

황홀했던 황혼의 감상은 짧았고 그래서 여행 중 계속되었던 푸른 하늘이 저의 기억엔 더 선명하게 남아있습니다. 그 하늘이야말로 존재의 근원이 되시고 모든 은혜의 근원이 되시는 당신의 입김 같은 것입니다. 제 인격의 많은 부분을 하늘로 채우고 있다는 점, 그것이 다 님의 은혜라 생각되기 때문입니다.

하늘을 보며 아버지를 생각할 수 없는 사람은 불행합니다. 반대로 하늘을 보며 아버지를 생각할 수 있는 사람은 행복합니다. 그 행복한 사람 중에 저와 제 가족 그리고 이 민족 중 천만이 넘는 사람이 있음을 감사드립니다. 이 땅에 더 많은 하늘가족이 생길 수 있도록 이 나라 이 민족을 축복하여 주십시오. 그러기 위해서 먼저 믿은 사람들이 해야 할 일이 참 많습니다. 아버지께서 원하셔서 각자에게 맡기신 여러 일들을 잘 감당할 수 있도록 우리 모두를 인도하여 주십시오. 아멘.

여름여행2 - 숲의 견고한 푸르름

아버지!

푸른 숲이 좋았습니다. 하루 이틀 사흘, 보고 또 보아도 싫증나는 일없이 좋았습니다. 볼록볼록한 숲의 질감, 아주 두터운 마티에르에서 우러나오는 함축성 있는 색감, 자연은 끝없는 회화요, 테두리 없는 캔버스입니다. 아버지께선 그 엄청난 크기의 화판에 늘 변화무쌍한 작품을 펼치시지요. 당신의 작품은 언제나 아름답습니다. 언제나 깊이가 있고 의미가 무궁하며 그래서 늘 교훈적입니다. 의미도 없는 것을 동어반복으로 지루하게 나열하는 경우가 절대로 없습니다. 잭슨 폴록의 드리핑 작품처럼 선과 점들이 마구 얽혀있는 혼란한 모습, 단조롭고 지루한 미니멀리즘, 엉뚱한 전위미술과 달리 늘 흥미진진합니다.

여름 숲은 색깔의 변화가 별로 없는 모노톤입니다. 소나무와 물푸레나무, 피나무, 떡갈나무, 참나무 등과의 구분이 잘되지 않습니다. 미세한 차이는 있지만 멀리서 보면 그저 한 색깔로 어우러져 있는 것이지요. 그러나 그런 숲도 전혀 지루하지 않음은 예의 그 두텁고 함축성 있는 색깔 때문입니다. 깊은 골짜기의 짙고 힘 있는 선, 그리고 리듬을 타며 중첩되는 공제선도 변화의 중요한 요소입니다.

저는 그동안 제 그림에 녹색, 청색 계열의 색을 많이 사용했습니다. 생명의 메시지, 복음의 메시지를 담다보니 자연 그렇게 된 것이지요. 당신께서 심어주신 말씀과 은혜 때문인데 혼탁한 그림들이 너무나 많은 시대에 그 선한 색깔로 복음의 향기를 풍겨야 함은 지당하다 확신합니다.

아버지!

이번 여름은 유난히 장마가 길었습니다. 여름과 함께 시작된 장마가 유월 칠월을 넘겨 팔월 중순까지 이어졌으니까요. 그 장마가 그치고 나니 보송보송하니 기분 좋은 날씨가 며칠째 이어지고 있습니다. 절기도 입추를 지나 말복을 넘겼으니 이제 무더위는 다 지나간 것입니다. 별로 힘들이지 않고 여름이 지나가서 다행입니다. 그러나 오랜 비로 과일의 작황이 시원찮을 뿐더러 당도가 떨어지고, 각종 농작물의 작황이 나쁜 것이 문제입니다. 이제 남은 기간 동안 아버지께서 따끈따끈하게 햇빛을 비춰주셔야만 하겠습니다. 그래서 올해도 '풍년'을 노래할 수 있기를 바랍니다.

사실, 봄 여름 내내 정치판의 시끄러운 소리를 귀 아프게 들으며 살아온 국민들. IMF 때보다 더 어렵다는 경제상황인데 여기다 흉작까지 겹치면 얼마나 실망스럽겠습니까? 우리 믿음의 사람들이 드리는 기도를 들으시는 아버지께서 이 민족에게 자비를 베풀어 주시기를 바랍니다.

아버지!

숲에 관한 말씀을 조금 더 드려야겠군요. 숲의 색깔이 너무 선명했습니다. 여름 내 장맛비로 씻고 또 씻은 때문이지요. 그 숲을 바라보는 저의 마음도 자꾸만 푸르고 신선하게 변해가고 있음을 느꼈습니다. 사실 저의 마음에 많은 때가 끼어있다는 자각을 했지요. 그래서 늘 주의 보혈로 씻는 노력을 해왔지만 주께

서는 자연을 통해서도 마음을 맑게 해 주신다는 것을 생각합니다. 동시에 숲의 그 진한 색깔로부터 새로운 에너지를 충전 받도록 이끄시는 것이라 믿습니다.

숲의 색깔이야말로 생명의 색깔이지요. 우리는 그 푸르른 색깔로부터 생명의 에너지를 감지하는 것이며 이 같은 시각적인 자극을 통해 우리 속에 내재되어 있는 '생기의 시스템'이 힘 있게 작동될 수 있는 것이라 믿습니다. 이때 숲이 가지고 있는 푸르름의 깊이는 그것을 가능하게 하는 무량한 자원이지요. 저는 그것을 일컬어 '숲이 가지고 있는 견고하고도 풍부한 시각적 생명력'이라 표현하고자 합니다.

이번에 저는 숲을 어느 때보다 많이 쳐다보았습니다. 전에는 숲의 형태, 즉 골짜기와 골짜기의 어울림, 숲 사이에 형성된 계곡과 돌돌거리며 흐르는 물 또는 물방울에 관심이 많았지요. 그러나 이번에는 숲의 내면을 자세히 들여다보고자 했습니다. 숲의 색깔이 가지고 있는 생명의 견고함, 숲의 활기찬 생명력, 그 에너지의 근원 등에 관해서 주의를 기울여 관찰했습니다.

아버지!

숲의 견고한 푸르름을 보며 나의 표면들이 그렇게 견고함을 가지고 있어야만 한다는 생각을 했습니다. 우리의 외적인 행동이 '덕'을 갖출 정도가 되면 그것이 내면에까지 영향을 준다 생각하기 때문입니다. 신앙인이 무시하기 쉬운 외적인 것도 어느만큼은 중요하다는 것, 그래야만 별 것 아닌 외적인 것에 의해 내적인 것이 손상 받지 않으리라 판단합니다.

그러므로 숲의 푸르름을 더 많이 호흡할 수 있게 하시기를 바랍니다. 그리하여 숲의 생명력으로 더욱 활기있게 하시고, 더욱 튼실히 열매 맺게 하시고, 이를 더욱 많이 이웃들에게 나누어 줄 수 있게 하시기를 바랍니다.

그럼에도 숲의 생명력은 내면에 있는 것, 숲이 가지고 있는 푸르름은 내면의 가득한 생명력의 자연스런 분출일 뿐입니다. 그러므로 저 역시 저의 내면에 님께서 공급해 주시는 은혜로 충만하여 자연스럽게 은혜들을 나타낼 수 있어야 하겠습니다. 은혜가 내면에 많이 고여 있어 덕 있는 사람이란 평을 들을 수 있어야 하겠지요. 더 노력해야만 하겠습니다. 더 힘 있게 영양분을 빨아들이고자 쉬임없이 노력하는 숲처럼 더 부지런히 은혜의 샘물을 길어올려야 하겠습니다. 인도하여 주십시오.

🌸 물방울들의 여행

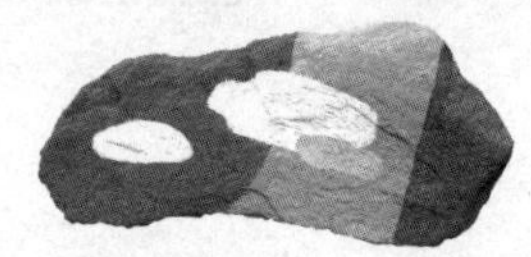

님이여!

벌써 사흘째 비가 내리고 있습니다. 잠깐씩 그칠 때 손바닥만한 넓이의 푸른 하늘을 보여주긴 했지만 어제 아침부터 줄곧 세찬 빗줄기를 내리꽂고 있습니다.

간밤에 저는 밤새도록 내리는 빗소리를 잠결에 문득문득 들었습니다. 창밖을 통해 단조롭게 들려오는 물방울들의 소곤거림 소리에 세상이 다 가라앉는 느낌이었습니다. 그래서 물방울들의 소곤거림을 귓가로 흘려들으면서 드렸던 오늘 아침 님께 드리는 사랑의 고백도 자주 촉촉해졌습니다.

"아버지! 사랑합니다. 주님! 사랑합니다. 성령님! 사랑합니다."

당신께서 주시는 물방울보다 더 진한 감동의 울림들… 그것은 당신께서 내리시는 응답의 한 표현방식이었습니다.

물방울들은 본래 하늘에서 님이 비쳐 주시는 빛을 받아 하얗게 꽃처럼 피어오르던 것들이었습니다. 솜털처럼 가볍게 휘날리며 온갖 형상으로 변하면서 꿈같은 언어를 지상에 보내곤 했지요. 그 언어들은 부드런 가슴 속으로 조용히 스며들어 잃어버린, 구겨진 당신의 형상을 조금씩 회복시켜 주는 것이었습니다. 그러던 것들이 무겁고 겸손한 바람과 함께 지상으로 내려앉는 것인데 이를 보고 우리는 비가 내린다고 말합니다. 그렇게 지상에 발을 내린 물방울들은 이내 행렬을 지어 낮은 곳으로의 여행을 시작합니다. 물방울들이 거슬러 오르는 일은 결코 없습니다. 간혹 폭포로 내려 꽂히는 반동으로 인해 튀어 오르는 수는 있지만 이는 사실 일종의 환호성이지요.

물방울들은 불쑥불쑥 솟아오른 암벽과 바윗돌 사이의 낮은 곳으로만 요리조리 길을 찾아갑니다. 그러다가 마침내 바다에 이르고 그런 후에는 차례도 없이 님의 섭리에 따라 다시 하늘로 기화되어 올라갑니다.

그런 물방울들의 여정이 그리스도의 삶을 나타내는 것이라 한다면 지나칠까요? 저는 그렇지 않다 생각합니다. 물방울처럼 님께서는 '비하와 고난과 승귀'의 과정을 거치셨기 때문입니다.

님이여!

비가 내리기 전 이 땅은 참 무더웠습니다. 물방울들이 아니고서는 오늘의 과학으로 더위의 문제가 해결이 안됩니다. 그런데 요며칠 님께서 내려주신 물방울들로 인해 더위와 가뭄 두 가지 문제가 다 풀렸으니 감사를 드릴 뿐입니다. 그런데 물방울들이 떼 지어 내려올 때면 바람도 함께 일어나는 것이 보통입니다. 이번 비바람 역시 세상 온데를 쏘다니면서 온갖 것들을 휘저었습니다. 오늘 주일예배를 드리러 가는데 가로수들이 참 정신없더군요. 수목들이 유연해서 그렇지 다 부러질 수도 있겠다 싶었습니다.

님이여!

그러나 바람은 정작 도시인들의 내면으로 불어야 된다 생각했습니다. 뇌물과 음란과 사기와 협잡, 광포와 붕당의 악한 집을 짓고 있는 이들의 속으로 사정없이 불어야 합니다. 그래서 그 모든 악한 기운들과 더러운 기운들을 말끔히 날려버려야 합니다. 그런 후에는 님께서 몰고 오시는 풀내음처럼 맑고 깨끗한 바람이 불어야지요.

악한 것 중의 악한 것은 우상숭배입니다. 당신의 바다 같은 마음을 가장 노하게 만드는 것이니까요. 당신께서는 이사야, 예레미야, 에스겔 등을 통해 우상숭배가 얼마나 악한 것인지를 분명히 말씀하셨습니다. 그런 악을 기운차게 날려 버리는 것은 자연의 바람이 아무리 세게 분다 해도 안됩니다. 성령의 바람이 불어야만 합니다. 하늘 높은 줄 모르고 치솟기만 하는 바벨탑 같은 교만과 이로 인한 행태들, 그것들이 돌과 벽돌과 역청으로 제 아무리 단단하게 쌓아올려진 것이라 해도 권능의 성령께서 한 번 바람을 일으키시면 삽시간에 뿌리까지 뽑히고 말 것입니다. 그런 바람이 이 땅에 세차게 한 번 불었으면 좋겠습니다. 그러면 저는 중심을 잃고 쓰러지는 낮은 마음들을 찾아가 말씀을 전해야 합니다. 그 말씀으로 그들의 더러움을 씻어 주고, 마른 목을 축이는 한 동이의 물방울이 되어야 합니다.

님이여!

수해가 많이 발생했다는 소식을 방금 들었습니다. 강물이 넘쳐 도시의 일부가 잠기는 많은 피해를 내고 있다는 군요. 제가 사는 곳에서 삼십 킬로미터도 채 되지 않는 파주가 물난리를 겪고 있다는 황망한 보도가 잇따르고 있습니다.

기왕에 그런 피해가 났다면 속히 복구가 이뤄지고 그들을 돕는 아름다운 손길이 이어져야 하겠습니다. 그런 훈훈한 사랑은 상한 마음들을 보다 속히 치유할 수 있으니까요.

아울러 그들의 묵은 때까지 흙탕물과 함께 다 씻겨지기를 바랍니다. 그래서

그들 내면이 말끔해지고 초롱초롱한 물방울처럼 되기를 바랍니다. 무엇보다
높았던 마음들이 낮아져서 당신을 받아들일 수 있는 상태가 되기를 바랍니다.
치워지고 비워진 영혼들을 불쌍히 여기시는 님의 은혜가 임하기를 바랍니다.
그리되면 이번의 재해가 되레 복으로 채워지는 '전화위복'의 기회가 될 수 있
을 테니까요. 인도하여 주십시오.

동해 바다, 설악을 돌아보며

바다를 보고 싶었습니다. 푸르고 넓은 바다를 보며 내 안에 가득 바다를 끌어들이고 싶었습니다. 좁아터진 마음이 넓어지고 나의 중심이 수평을 회복하며 천길 수심으로 깊어지고 싶었습니다. 한계령을 넘어 수많은 구비를 돌아 자꾸 낮아지다 보면 만나는 바다, 바다는 여전히 푸르고 한결 같은 깊이로 제자리를 지키고 있었습니다. 선배와 저는 바다를 감상하기에 적합한 분위기인 어느 리조트 레스토랑 창가에 자리를 잡고 앉았습니다. 우리는 하얀 의자에 앉아 느긋이 커피를 마시며 백사장 너머로 무한정 뻗어나간 바다를 마냥 바라보았지요.

그런 후 우리는 바다가 보이는 전망 좋은 방을 하나 얻었습니다. 그리고는 밤이 뇌어 밤바다를 보러 나갔지요. 저 멀리 오징어잡이를 하느라 십리 밖에서 한 줄로 늘어서서 불을 밝히고 있는 고깃배들의 불빛, 그로 인해 바다는 적막감을 조금 잃어버리긴 했어도 우리는 칭얼대듯 철썩이는 파도소리를 한참 들었습니다.

아침에는 일출이 조금 지난 다섯시 반에 일어나 눈이 부시도록 빛나는 바다를 경이로운 마음으로 바라보았습니다. 예상과 달리 바다가 얼른 가슴까지 들어오지 않은 것이 조금 안타깝더군요. 냉큼 바다를 가슴에 끌어들이기에는 아직 준비가 안 된 탓이었겠지요. 그만큼 제 안에는 푸른 바닷물로도 씻을 수 없는 어둠과 두터운 때로 누추해져 있기 때문일 것입니다.

님이여!

그런 안타까움은 설악을 오가며 눈에 들어오는 푸른 숲을 보면서도 마찬가지였습니다. 가문 중에도 워낙 숲이 두텁고 골짜기가 깊은지라 맑은 물을 끊임없이 졸졸거리며 흘려보내고 있는 설악의 숲. 설악의 녹음은 참으로 싱그럽고 깊이가 있었습니다. 냇물은 물론이고 홍천강과 소양호가 바닥을 많이 드러냈는데도 골골이 맑은 물을 품을 수 있다니요?

정말이지 강바닥을 보는 것은 못 볼 것을 본 것 같은 죄스러움이 있더군요. 냇가 돌들의 그 멋쩍고 초라한 모습이라니요. 사실 그런 냇가 돌들은 항상 물에 잠겨 있으면서 은근히 형태미를 과시해야 제격인데 온통 다 드러내고 있으니… 그것들이 고통을 당하며 신음하는 것은 저를 포함해서 다 죄 많은 사람들 때문이라 여겨졌습니다.

그런데 그렇게 혹심한 가뭄 중에도 설악의 계곡이 마르지 않고 있는 이유가 무엇일까를 잠시 생각해 보았습니다. 한번 비가 내리면 두터운 숲으로 수분의 증발을 최대한 억제하고, 발밑으론 깎아지른 바위를 힘 있게 버티고 선 나무들이 그물망처럼 뿌리를 뻗어 물기를 꽁꽁 감싸고 있기 때문입니다. 또한 나무들이 떨군 한 자 두께의 낙엽 또한 수분의 증발을 최대한 억제합니다. 그래서 설악의 숲은 늘 계곡으로 돌돌 물을 흘려보낼 수 있는 것이었습니다.

저는 숲의 푸르름을 자꾸 바라보았습니다. 마음 뿐 아니라 우리의 눈을 가장 편안하게 해 준다는 산록. 그 싱그러움이 내 안에 가득하기를 바랐습니다. 그 활력과 생명력이 시들시들해진 내 안의 평화와 기쁨과 자유를 활기 있게 해주기를 바랐습니다. 그러나 돌아오면서 그런 기대들이 충족되지 않았고 그래서 마음이 자꾸 가라앉음을 느꼈습니다. 저는 생각했지요. 근본적으로 당신의 은혜, 당신의 도움이 있어야만 한다는 것을…

그렇습니다.

내 깊은 곳의 갈증은 당신만이 채워주실 수 있고 나의 두터운 때는 오직 당신의 은혜로만이 씻겨질 수 있습니다. 그러므로 저는 이제 당신의 깊이로 더 가까이 다가가리라 마음먹습니다. 헛되게 다른 곳에서 무얼 구할 것이 아니라 모든 것의 모든 것 되시는 당신, 우리의 참된 샘이신 당신께 구해야 하겠습니다. 그러므로 저는 이번 여행에서 자연 그 자체가 아니라 당신과 함께 하는 자연, 당신 안에서 호흡하는 자연이 우리에게 참된 회복을 줄 수 있음을 깨달았습니다.

님이여,

오직 당신 안에서, 당신의 자비하심과 긍휼로 인해 이 가뭄이 극복될 수 있는 것처럼 내 영적인 가뭄도 당신 안에서 극복될 수 있다 확신합니다. 이제 결심하고 당신 깊이로 가까이 가는 종에게 은혜의 해갈을 주시기 바랍니다. 성령의 충만을 허락하여 주시기 바랍니다. 아멘.

황홀한 작별

님이여!

　어제 이어 오늘도 석양과 오랫동안 마주하였습니다. 일상생활이란 게 대부분 그런 것이지만 자질구레한 것에 둘러싸여 하루를 지내다 보니 답답해지더군요. 그럴 때면 밖으로 나가 탁 트인 하늘과 넓게 펼쳐진 호수의 잔잔한 물결을 보며 숨을 고르는 것이 제일입니다. 호수공원에 가면 적절한 벤치에 좀 앉았다가 헉헉 숨이 차도록 조깅을 하거나 팔굽혀펴기, 턱걸이, 평행봉 오르기 등을 하지요. 여느 때처럼 그렇게 일순하고는 자전거를 타고 돌아오는 길이었습니다. 서쪽 하늘이 어제보다 더 붉게 타고 있더군요. 저는 아예 작심을 하고 육교로 이어지는 조금 높은 난간 위에 걸터앉아 '하늘 바라기'를 시작했습니다.

　태양은 그렇게 찬란한 작별의 인사를 하며 하루를 마감하는 것이었습니다. 그런 황홀한 정경을 감동 깊게 경험한 적이 여러번 있었지요. 재작년 '사이판'에 갔을 때의 일입니다. 종일 작열하던 태양이 태평양 한 복판으로 지고 있었습니다. 주위는 무심한 파도만 철부덕거리고 있었고 저는 폭신한 백사장 위에서 아내의 손을 잡고 망연히 하늘을 바라보았습니다. 백사장 뒤쪽에 줄지어 늘어선 야자수만이 몇 길 높이로 치솟아 있을 뿐 하늘도 바다도 수평선을 따라 넓게 퍼

져 있어 모든 풍경이 다 편안하게만 보였습니다.

그런 중에 유독 태양 주위로만 한 떼의 구름이 몰려 있었는데 구름 가장자리가 황금처럼 빛나고 있었습니다. 마음이 어찌 그리 편안하던지요? 참으로 고요했습니다. 파도소리도 들리지 않는 해변, 태양의 황홀한 저녁인사에 모든 소란한 것과 모든 복잡한 것들이 다 빨려 들어간 것인지도 모릅니다.

님이여!

오늘 저녁노을은 찬란하기가 그보다 훨씬 더한 것이었는데 흠이라면 도시의 자동차 소음이 그런 정경과 어울리지 않는다는 것이지요. 주위야 어찌되었건 저는 노을을 바라보면서 이것이야말로 참으로 훌륭한 작별인사라는 생각을 했습니다. 인생의 마지막에 눈물을 뚝뚝 흘리는 슬픈 이별이 아니라 저처럼 찬란하게 빛을 뿌리며 웃어줄 수 있다면… 그것은 평생 갈고 닦여진 인격자의 후회 없는 사라짐이 될 것입니다. 다시 못 만난다는 절박감에 펑펑 감정의 봇물을 터트리는 것이 아니라 다시 못 볼지라도 함께하며 나눴던 그 동안의 고마움을 생각하고 편안히 작별을 나누는 것, 작별이 관계의 종결이 아니라 서로를 따뜻이 가슴에 품은 채 마침내 다시 만나리라는 재회에 대한 신뢰. 그런 신뢰가 있는 작별은 차라리 축복인 것이지요.

태양은 다시 떠오를 것입니다. 하룻밤이 지나면 새로운 느낌으로 볼을 붉히며 동편에 다시 솟아오를 것입니다. 노을은 서로간의 신뢰를 바탕으로 한 태양과 대지가 주고받는 아름다운 감정 표현이라 생각했습니다.

아! 저 직립해 있는 나무들의 저 숙연함을 보십시오. 묵묵히 노을을 바라보며, 어둠을 받아들이며, 고마워하며, 태양에게 답례하고 있지 않습니까? 행복해 하며 평안해 하고 있지 않습니까?

저는 이 땅을 떠나며 그런 찬란한 인사를 지상의 모든 것들에게 고할 수 있도록 여간 노력하지 않으면 안되겠습니다. 거미처럼요. 무슨 거미냐고요? 다름이 아니라 제가 그렇게 석양을 관조하고 있는 앞에 소나무 몇 그루가 서 있었는데 거미 한 마리가 부지런히 나무 사이를 오가며 그물을 만들고 있었던 것입니다. 밤을 예비하기 위해 그 미물이 곡예사처럼 그물을 만드는 그 부지런함이라니요. 감동에 감동을 더하는 님의 오묘한 섭리, 그 한 장면을 추가로 보았던 것 역시 아름다운 기억으로 저장되었습니다.

님이여!

능하신 님께 다짐의 말씀 올립니다. 제 인생의 마지막에 '구름에 황금 띠 두르듯' 조촐한 영광 둘러 주시기를 바랍니다. 항구히 님을 섬기며 성실히 생활할 때 그렇게 해 주시겠지요? 그리하여 저의 인사도 슬픔이 없고 아쉬움이 없는 기쁨과 감사의 인사가 될 수 있게 해 주시겠지요?

미국엘 다녀왔습니다

LA 에서

언젠가는 미국에 갈 기회가 있을 거라 생각했습니다. 그런데 '성막건축기금마련전'을 위해, 이와 관련한 방송출연을 위해 꼭 가야만 하는 상황이 생긴 것입니다. 아내와 저는 LA공항에 도착하여 마중 나온 동서의 자동차로 LA 외곽지역을 향했지요. 우리 한국의 상황과는 매우 달랐습니다. 도시도 그렇고 산이나 들판도 많이 달랐습니다. 동서네가 살고 있는 라투나지역은 건조해서 민둥산이 많았는데 조금이라도 습기가 있으면 잡초와 야생화가 피어있었습니다. 골짜기에는 수분이 조금 더 있어서 아름드리 거목들이 다양한 모습으로 하늘을 향해 힘 있게 솟아있었습니다. '준 사막지대라는 척박한 상황에서 저 나무가 어찌 저리 당당할 수 있을까?' 놀라웠습니다.

동서네 집 뒷산에 올라가서 보면 멀리 프리웨이 위로 물건을 가득 실은 대형 트레일러가 연신 이리저리 오가고 있었습니다. 그 모습 하나만으로도 미국이 풍요의 땅임을 느낄 수 있었습니다. LA거리에서 만난 많은 사람들은 매우 비만했는데 저의 상상을 상회하는 것이었습니다. 그런데 그런 비만한 사람들이 정상인보다 더 많다는 것이 더 놀라웠습니다. 미국문화를 이해하기 위해 평소

영화를 보는 것으로는 어림도 없다는 것을 알았습니다. 그들은 영화 속에서 흔해빠진 비만을 담고 싶지 않았을 것입니다. 영화 속에 등장하는 날씬한 사람들은 좀 특별한 사람들인 것이지요. 그만큼 그들은 비만을 혐오하고 있는지도 모르지요. 앞으로 그들은 비만과 많은 싸움을 해야 할 것이라 생각했습니다.

도심을 피해 숲을 가꾸고 주택을 지어 그림 같은 상황을 연출한 곳도 많이 있었습니다. 그런 주택단지의 숲들이 자연스레 이루어진 것이 아니라 많은 돈을 들여 나무를 심고 부지런히 물 주어 가꾼 것이라는데 다시금 놀랐습니다.

그랜드 캐년 관광

어느 정도 일정을 소화한 우리 부부는 관광을 나섰습니다. 미 서부에서 가장 훌륭한 관광지는 단연 그랜드캐년이라는 말을 확인해보려 그곳으로 향했지요. 이박삼일의 일정이었는데 가는 길은 참 멀었습니다. 사막 한 가운데로 난 길을 고속버스로 하루 종일 달리고, 그 다음날은 새벽 4시에 출발하여 아침 10시경이 되어서야 도착할 수 있었습니다.

끝없이 이어지는 사막길을 달리는 것이 처음 몇 시간은 신기했지요. 그런데 이내 지루해지기 시작했습니다. 그 넓은 땅덩어리가 다 사막이라는 것이 아쉽더군요. "그 땅을 우리 한국으로 옮겨 놓을 수 있다면…"하는 바람도 생겨났습니다. 하지만 사막이라곤 하나 군데군데 잡초며 선인장이 서식하고 있었지요. 그런데 잡초의 색깔이 빛바랜 수채화처럼 푸른 기가 겨우 남아있을 정도였습니다. 첫날은 그렇게 사막을 달리는 것, 가다가 점심 한 끼 먹은 것 외엔 별다른 것이 없었고 다만 입담 좋은 가이드가 너스레를 섞어가며 이런 저런 안내를 하는 것이 무료함을 덜어 주었습니다.

　우리 일행은 Etge호텔에서 일박했습니다. 그곳 뷔페식당에서의 저녁 식사는 참으로 푸짐했지요. 그렇게 음식을 많이 차려놓은 뷔페는 처음 보았는데 음식의 종류도 참 다양했습니다. 양념을 적게 하여 최대한 자연 그대로의 맛을 살린 것이 많았습니다. 싱싱한 야채들은 이런 저런 소스를 뿌리거나 비벼서 먹도록 되어 있었습니다. 저는 본래 그런 음식을 좋아했으므로 야채를 많이 먹었습니다. 고기도 다양했고 음료수도 다양했습니다. 특별하게 보였던 것은 음료수 컵이 우리의 두세 배 정도로 크다는 것입니다.

　식사를 마친 후엔 호텔 1층 난간에서 콜로라도 강을 바라볼 수 있었습니다. 해거름인데도 얼마나 기후가 뜨거운지 마치 불가마 옆에 있는 것 같았습니다. 얼굴과 팔 다리가 데일 것만 같았는데 저는 눈이 약해서 금세 시금거리고 눈물이 났습니다. 강은 폭이 좁았고 푸르며 맑았습니다. 거슬러 올라가면 후버댐이 있고 우리는 그 댐 하류에서 밤을 보내게 된 것이었습니다. 강에는 팔뚝만한 잉어와 송어가 떼를 지어 몰려다니는 것이 선명하게 보였고 물 위에는 오리들이 한가로이 떠 다녔습니다. 그런데 우리를 안내해 주던 가이드가 말하기를 잉어가 오리를 잡아먹는 것을 보았다는 것이었습니다. 키 작은 성인여자만한 잉어가 어찌나 입이 큰지 물에서 불쑥 솟구쳐서는 오리를 물 속으로 끌고 들어갔다는 것인데 저는 여행 중 내내 '그게 사실이었을까?' 하는 궁금증이 떠나지를 않았습니다. 그래서 여행 끝에 "정말 당신이 보았느냐?" 물으니까 사실은 내가 본 것이 아니라 그런 이야기를 들었다는 것이었습니다. 허참!

　호텔의 잠자리는 별로였지만 그래도 숙면할 수 있었습니다. 다음날은 새벽을 달려서 그랜드캐년 근처에 도착, 아이맥스영화관에 들어가서 그랜드캐년을 경비행기로 날면서 촬영한 영화를 보았습니다. 매우 경사가 심한 객석에서 대형화면을 내려다보며 감상했지요. 그랜드캐년에 관해 '이럴 것이다' 예상했던 것과는 영 딴 판이었습니다. 그만큼 실감이 있었고 박진감이 있었는데 실제로 비행기를 타고 본다 해도 그만할까 생각될 정도였습니다. 영화가 다 끝나고 스텝들의 이름이 서서히 올라가는데 뭉클하고 감동이 왔습니다. 저는 그 감동과 함께 "아버지! 당신께서 그 모든 것을 만드셨습니다."조용히 고백했습니다. 성령께서 먼저 감동을 주시고 그에 응답하여 고백이 있었다는 것, 매우 특별한 형식의 은혜였다생각했지요. 저는 그 감동을 통해서 정말이지 그 엄청난 협곡은 오직 하나님께서 만드셨다는 것, 그것이 당신을 경외하며 사는 제가 아주 선명하게 인식하기를 바라셨다는 생각을 했습니다. 또한 이를 입술로 고백할 때 당신께서 영광을 받으신다는 것, 그만큼 하나님께서는 헛되게 다른 무엇에게 영광을 빼앗기는 것을 원치 않으신다는 것도 알게 되었습니다.

드디어 그랜드캐년에 10시경 도착했습니다. 해발 1400미터의 고원이고 협곡의 제일 깊은 곳이 무려 1,700미터나 되며 양쪽 언덕 사이가 제일 넓은 곳이 17킬로미터나 된다더군요. 지금도 아싸바사족의 후예 인디안이 그랜드캐년 계곡 한 켠에 사는데, 절벽 끝에서 저 밑을 내려다보니 인디안 로드기 하얗게 실선으로 보였습니다. 인디언들이 절벽을 타고 내려가서 작은 오두막을 짓고 산다는 것이었습니다.

그랜드캐년의 기후는 가을 날씨처럼 선선했는데 언덕 주위에는 활엽수와 침엽수가 섞이어 서식하고 있었고 벌레소리로 요란했습니다. 여치보다는 약간 크고 매미보다는 좀 적은 것이 날개를 비비며 망치로 철판 두드리는 것 같은 소리를 내었습니다. 워낙 계곡 사이가 넓어서 계곡 사이에 괴암들의 봉우리가 여기저기 솟아있었고 저 멀리 건너편 언덕은 아스라했습니다. 수억 년 전, 지표면이 형성되던 시기에 용암이 흘러 휘돌아나가면서 모양이 만들어졌다더군요. 암석층이 그다지 견고하지 않으므로 그런 협곡이 생길 수 있었던 것인데 정말이지 예술이었습니다. 그 세세한 구성과 마무리가 오직 하나님에 의해 주도면밀하게 이루어졌다는 것, 저는 이에 대한 확신을 가지고 당신께 영광과 감사와 찬송을 돌렸습니다.

라스베가스

버스를 타고 라스베가스로 향하는데 도착 세 시간을 앞두고 에어컨이 고장나버렸습니다. '불덩어리 같은 사막 한 가운데를 냉방도 안되는 차로 달리고 있는 양철상자 안의 사람들'. 생각만 해도 화끈거리는 상황인데 우리는 그런 상태를 세 시간 이상 유지해야만 했었습니다. 끝없이 펼쳐진 사막 한 가운데서 고장 난 차량을 정비할 수 있는 곳은 없었습니다. 우리는 하는 수 없이 세시간을 그대로 달려 마침내 라스베가스에 당도했고 도착한 후엔 한식으로 저녁을 들었습니다.

라스베가스는 사막 한 가운데를 인공적으로 만든 도시입니다. 여기저기 눈에 띄는 나무들은 오랫동안 물주고 가꾸어서 자라난 것들인데 야자수 한 그루에 만오천 불이나 한다더군요. 처음 몰몬교도들이 자신들만의 도시를 만들어서 자기네들끼리 신앙생활을 하기 위해 시작되었답니다. 그러나 오늘에 와서 경건의 모양은 자취도 없이 사라지고 도박의 도시요, 환락의 도시로 변했습니다. 오늘의 결과가 그들의 열매라 할 때 몰몬교도들의 나무가 어떤 나무인지를 알게 해 주는 것이었습니다.

　일행은 인근의 리베리아호텔에 투숙했습니다. 그리고는 곧 이어 호텔관광에 나섰는데 유명호텔에서 벌이는 특별한 이벤트를 공짜로 구경하는 것이었습니다. 노래하는 분수, 화산분수쇼, 베네치아호텔 내부도 구경했습니다. 물의 도시 베네치아를 재현했다는 것으로 넓은 호텔의 이쪽과 저쪽 사이에 풀을 만들어놓고 그럴싸하게 꾸민 청년뱃사공이 산타루치아를 부르며 양끝이 뾰족하게 올라간 얄상한 배를 끌고 있었습니다. 건물 안에 들어섰는데 하늘이 푸르게 열려 있었습니다. 아치형의 천장을 온통 하늘로 그림을 그려놓았던 것입니다. 거기를 나와서는 범선을 타고 해적과 영국군이 싸우는 전투 쇼, 그리고 상가와 상가의 천장에 수십만개의 조명기구를 달아서 그것을 컴퓨터그래픽으로 작동시킴으로써 온갖 동영상을 연출해 내는 전자쇼 등을 관람하였지요.

　돌아오는 길은 좀 지루했습니다. 사막을 거쳐 돌아오기 때문이었지요. 그러나 이박 삼일의 관광, 참으로 새로운 세계를 많이 경험했고 무엇보다 거대한 자연의 신비를 보며 당신께 영광 돌렸던 것을 평생 잊지 못할 것입니다. 할렐루야!

노을, 님의 걸작품입니다

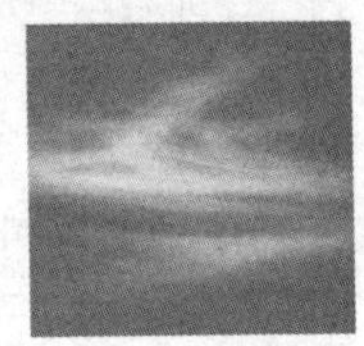

　일하다말고 거실 밖을 보니 멋진 하늘이 만들어지고 있었습니다. 맑은 하늘과 꿈틀거리는 구름이 서쪽 하늘에 멋지게 어우러져 있었던 것입니다. '저기에 붉은 노을까지 곁들여지면 얼마나 멋진 풍경이 될까?' 이를 생각하니 제 마음이 갑자기 급해지기 시작했습니다. 저는 하던 작업을 서둘러 정리하고 자전거를 타고 밖으로 나왔습니다.

　'석양풍경을 카메라에 담기엔 좀 늦지 않았을까?'

　그러나 저는 숨가쁘게 10분여 자전거 페달을 밟았습니다. 이내 성저마을의 뒷동산에 다다랐습니다. 동산의 가장 높은 데로 급하게 뛰어 올라가 보니 구름에 가려 태양은 보이지 않았지만 노을은 아직 뒷불처럼 타고 있었습니다. 불룩 솟은 성저공원 밑으로는 저 멀리까지 들판이 펼쳐져 있고 끝에는 심학산이 우뚝 솟아 있었지요. 노을은 심학산 위를 중심으로 해서 빛을 내고 있었습니다. 두꺼운 암회색 구름 사이로 엷은 구름층이 있었고 사이사이 빈 하늘도 조금 남아 있었는데 노을은 엷은 구름층에 집중되어 있었습니다.

　어린 시절 아궁이 속에서 장작불이 타는 모습을 많이 보며 자랐는데 노을이 정말 그랬습니다. 비좁은 아궁이 속이 아니라 드넓은 하늘의 장작더미, 참 장관이었습니다. 불타는 노을 위로는 넓은 면적의 암회색 구름층이 펼쳐져 있었고 그 위에는 전혀 다른 분위기의 하늘이 조용히 펼쳐져 있었지요. 솜털구름과 조개구름이 적절히 섞여있으면서 가운데는 호수가 맑고 둥글게 고여 있었던 것입니다. 이미 어둠이 내려깔린 지상과는 완전히 다른 세계였습니다.

그런 멋진 하늘이야말로 님께서 펼치시는 웅혼한 회화입니다. 사람이 만든 작품이 아무리 대작이라한들 님의 스케일에 견주겠습니까? 아무리 묘사력이 뛰어난 작가라 한들 님의 솜씨에 견주겠습니까? 님의 회화는 입체요, 설치이며, 동영상입니다. 당신의 매우 예민한 감성으로 만들어지는 노을 작품은 결코 우연이 아닙니다. 그 점에 대해서는 화가인 제가 다른 이들보다 좀 더 알고 있다 자부합니다.

명작이 저절로 생겨난다고 생각하는 이가 있다면 그는 좀 모자란 사람이 아니겠습니까? 어떤 명작도 완성되기까지는 간난신고의 과정을 반드시 거쳐야만 하는 것 아닙니까? 그런데 그처럼 아름다운 하늘이 어떻게 저절로 만들어질 수 있겠습니까?

님께서는 그런 아름다운 하늘을 만들어놓으시곤 흐뭇한 마음으로 바라보고 계실 것입니다. 저 자신 많은 양의 작업량을 소화하며 작품을 하고 있고 또 남의 작품도 많이 보았지요. 정말이지 좋은 작품을 하는 작가는 열심히 실험하고 공부하며 노력하는 사람들입니다. '빈둥거리기만 하다가 오랜만에 한 작품 했는데 좋은 작품이 나왔다?' 있을 수 없는 일입니다. 저는 그런 사람을 본 적이 없습니다.

끊임없이 연구하며 노력하는 과정에서 만들어진 작품과 그렇지 않은 사람의 작품은 한 눈에 판별이 되지요. 그림에 문외한인 사람을 속일 수는 있겠지요.

그러나 작가의 눈은 속일 수가 없습니다. 내공이 쌓이지 않은 작품은 결코 작가들의 공감대를 얻을 수가 없는 것입니다. 아무리 수려한 언변으로 자신의 작품을 포장한다 하더라도, 평론가의 지혜를 빌려 자기작품에 대한 이론체계를 그럴싸하게 세운다 해도 감흥을 불러일으킬 수는 없지요.

그런데 님의 작품은 회화를 아는 사람이건 모르는 사람이건 모두가 감동을 받습니다. 지식이 많건 적건 간에 다 좋아합니다. 모든 사람에게 감동을 주고 사랑을 받을 수 있는 작품이야말로 좋은 작품인 것이지요.

저는 그런 님의 멋진 작품을 부지런히 카메라에 담았습니다. 그리고는 동산엘 올라간 길에 평행봉과 철봉에 매달려 가볍게 운동을 하곤 내려왔습니다. 돌아오는 도시의 거리는 이미 완전히 밤이 되어 있었습니다. 불빛들이 요란을 떨고 있는 교차로에서 신호를 기다리다가 서쪽 하늘을 쳐다보았지요.

그런데 이게 웬일입니까? 아까와는 완전히 다른 분위기의 거대한 회화가 서쪽 하늘에서 펼쳐져 있었습니다. 시꺼먼 청회색의 구름이 큰 덩어리로 뭉쳐져서 화면이 아주 단순해져 버렸는데 굉장히 역동적인 느낌을 주었습니다. 그 거대한 회화로 인해 아파트 구조물들은 아주 보잘 것 없게 보였지요. '우리 님의 작품이다' 라는 생각으로 보니 더 감동적이었습니다.

님이여!

오늘 저녁 제 눈에, 제 가슴에 새겨진 특별한 인상과 감동. 그것은 님의 아름다움과 멋지심에 대한 감동이었다 믿습니다. 그 감동을 오래 간직하기 위하여 글을 쓰는 수고를 했지만 저는 그것이 전혀 아깝지가 않습니다. 앞으로도 님께 대한 소중한 인상 더 추가할 수 있도록 인도하여 주십시오. 더 많은 아름다움, 자주 접촉하며 감사와 찬미와 영광으로 이어질 수 있도록 인도하여 주십시오.

숲의 길을 가며

님이여!

천지의 숲은 어느 때고 내 안으로 들어올 수 있습니다. 그처럼 저 역시 언제라도 숲 안쪽으로 들어갈 수 있고요. 그렇게 내 안에 숲이 들어오고 내가 그 속으로 들어가면 곧 숲과의 교감을 시작합니다.

내 안에 굳어있던 온갖 것들이 금세 녹록하게 되고 여러 사고작용과, 사유들이 온갖 굴레로부터 놓여나 자유롭게 되는 것은 누구에게나 필요합니다. 저는 숲을 보며, 또는 숲에 젖어들며 숲이야말로 내가 떠나왔던 어머니 품 같은 것임을 새삼 확인하게 됩니다. 그 숲은 인간과 이웃하고 지내면서도 본래의 자연스러움을 여전히 간직하고 있기 때문입니다.

그렇습니다.

푸르지 못하였음으로 마음껏 노래하지 못했고 그래서 시들시들했던 많은 것들, 그 중에는 선한 관념들과, 묶여있던 자유들과, 참된 생명과, 참된 평화 같은 것들이 있습니다. 숲의 향기를 맡고 그런 중요한 것들이 꼬물꼬물 머리를 들고 일어나 기지개를 켜므로써 느껴지는 그 신선함과 청량함이라니요? 숲을 만나면 내 안에 잠자고 있던 많은 것들이 일제히 깨어납니다. 그 생명의 활기가 회복되는 소중함이라니요?

님이여!

자연은 얼마나 좋은 것입니까? 그 자연으로부터 힘을 얻어 자연스럽게 된다는 것 또한 얼마나 좋은 것입니까? 막혀있던 것들을 확 뚫어서 시원스레 통하게 하고 생명의 순환이 원활하게 이루어지게 하는 자연스러움의 이치. 자연스럽게 사랑하고, 자연스럽게 말하고, 자연스럽게 바라보고, 자연스럽게 걷고 뛰고 눕고 일하고, 자연스럽게 그림 그리고, 자연스럽게 노래하고, 자연스럽게 나누고, 자연스럽게 소망하고, 자연스럽게 믿고, 자연스럽게 경외하고, 자연스럽게 먹고 배설하고, 자연스럽게 자라고…

그 많은 자연스런 것들 중에 하나를 골라 '사랑'에 관해 더 생각해보기로 하겠습니다. 자연스럽게 사랑하려면 마음 내키는 대로, 육체의 욕구대로 하는 것이라 생각해서는 안됩니다. 본래 우리의 구조가 어떠했던가요? 인간에게 죄가 들어오기 전에는 에로스적인 사랑은 없었습니다. 몸을 비벼대지 않아도 얼마든지 진실되고 수준 높으며 풍성한 사랑을 나눌 수 있었습니다. 아무렴요. 그때의 사람들은 육체적인 사랑이 무엇을 의미하는지 알지도 못했을 것입니다. 육체적인 사랑은 죄악의 멍에를 걸머진 사람들이, 죄에 눈이 뜨여 벗은 몸을 자연스럽게 바라볼 수 없는 사람들이 하는 불완전한 사랑이었습니다.

아담과 하와를 보면 알 수 있지요. 그들에게 죄가 들어오기 전에는 자기들이 벗었다는 것, 부끄럽다는 것을 인식하지 못했었지요. 그런데 죄의 영역에 눈이 열리면서 성에 눈이 뜨였고 부끄러움 같은 감정의 이상 징후가 나타났습니다.

육체에 속한 사람은 성을 알지 못하는 사랑이 사랑일 수 있느냐. 그것이야말로 불완전한 것이 아니냐. 그래가지고서야 어찌 생육하고 번성할 수 있겠느냐 할 것입니다.

아닙니다. 완전한 사랑은 육체를 초월하고 우리는 그런 사랑을 받았고 누리고 있습니다. 하나님께서는 지금과는 다른 체계를 통하여 인류를 번성시킬 수 있으십니다. 범죄 이전의 아담과 하와에게 생육하고 번성하라 말씀하셨다면 성적인 욕구없이도 그리될 수 있습니다.

육체 속에 갇혀 있는 사람은 알 수 없는 차원이겠지요. 그런 사람이 '육체적인 것을 배제한 것으로써의 사랑'을 한다는 것은 불가능해 보입니다. 사람은 누구나 육체의 멍에를 지고 있는데 따라서 '참되게' 사랑하는 것은 님의 은총으로만 가능하다 사료됩니다. 그런데 성서를 보면 사도 요한이 자신의 세 번째 글에서 특별한 모습을 보이고 있습니다. 그 편지에서 요한은 어떤 부인에게 아주 자연스럽게 "사랑하자"고 말하고 있습니다. 그의 어조는 거침이 없고 편안하여 어떤 불순한 의도도 느껴지지 않습니다. 그 사랑이야말로 '육체적인 것을 초월하는 것으로써의 사랑'이 아닐까요? 모든 것이 회복된 천상에서, 새 하늘 새 땅에서 나누는 차원의 사랑이 아닐까요?

님이여!
자연스러움은 그렇게 편안하고 좋은 것입니다. 죄가 없고 거리낌이 없으며 막힘이 없고 자유롭기만 합니다. 그런 자연스러움을 숲은 고스란히 간직하고 있습니다. 그래서 저는 푸른 숲을 보며 그 속에서 자연스럽게 하늘을 우러를 수 있음을 감사드렸습니다. 숲의 자연스러움이 저절로 되어진 것이 아니라 은혜로 된 것임을 알았기 때문이었습니다.
한국의 푸르른 산하, 어디에고 지천으로 널려있는 그 푸르름이야말로 얼마나 보배로운 것입니까? 그 푸르름을 성실하고 세밀한 손길로 보살피신 그 자비하심이야말로 얼마나 귀한 것입니까? 당신께서는 정녕 그 모든 것을 아름답게 보존하실 수도 있고 반대로 광야처럼 황폐하게 만드실 수 있는 분이심을 고백합니다. 저 네바다사막에 물길 돌아오게 하실 수 있는 분, 그 분이 나의 하나님, 나의 아버지라는 사실이 든든합니다.

그런 관찰이 있고 난 후 저는 숲을 주마간산으로 보기만 할 것이 아니라 생각했습니다. 숲을 외형으로만 보지 않고 자주 내면을 들여다봄으로써 숲의 생명력과, 숲의 자유함과, 숲의 성숙함이 내 속에 가득할 수 있게 해야 한다고 생각했습니다. 내 속의 선한 것들이 무성하게 숲을 이룰 수 있도록 당신 깊이로 더욱 들어가야 한다 생각했습니다. 모든 완전한 것과 온갖 푸른 생명들의 원천이신 당신 안에 있어야 한다 생각했습니다. 주관하여 주십시오.

제2부

가을, 그리고

가을편지 - 2004

9월로 들어서면서부터 가을이 오는 것을 유심히 살폈습니다. 수목의 색깔이 왠지 생기를 잃고 있다는 느낌을 받은 것이 9월 하순에 접어들면서부터입니다. 하늘은 속살을 드러낸 채 한없이 푸르고 아침 산책을 하며 심호흡을 할라치면 상큼함이 가슴 가득해집니다. 그러나 보름여가 더 지나야 가을빛이 완연해 질 것입니다. 처음엔 산봉우리가 붉게 타들어가고 그 불길이 서서히 산 밑으로 내려갈 것입니다. 온 산하를 울긋불긋 물들이며 현란하게 작품을 펼치시는 당신. 당신께서 또다시 가을을 채색하시는 손길을 보며 제 가슴이 한동안 따뜻하겠지요. 맑은 하늘을 배경하여 해마다 한 계절을 아름답게 물들이시는 님의 솜씨를 바라보며 다시금 많이 감동하겠지요.

님이여!

가을철 님이 펼치시는 회화를 바라보며 감동하지 않는 이가 있다면 뭔가 잘못된 것이지요. 지극히 사실적이면서 변화무쌍하고 색깔의 깊이가 무궁한 화면, 맑은 날과 흐린 날과 비가 오는 날의 느낌이 다르고, 아침과 한낮과 저녁의 감동이 다릅니다.

안개 낀 날 강변을 끼고 한산한 국도를 천천히 자동차로 달리는 맛, 그러다가 '

이거다' 싶은 멋진 풍경이 나오면 차를 멈추고 저 먼 산을 느긋이 쳐다보는 맛, 붉게 물든 산자락이 호숫가에 비치는데 한 쌍의 물오리가 수면을 짓쳐나가는 것을 보는 맛, 다 참 좋은 느낌들입니다. 가을은 빨리 지나가므로 곧 추워질 것이고 나무들은 이내 옷을 벗고 가난해집니다. 그러므로 붉은 산을 쳐다보며 부지런히 가슴을 데워야겠습니다. 오래 덥혀서, 오랫동안 식지 않게 해야겠습니다.

님이여!

저는 벌써 청평, 가평, 춘천, 화천을 다녀왔고 경남 함양을 다녀왔으며 며칠 전엔 양평, 광주, 곤지암을 갔다 왔습니다. 순전히 가을을 감상하기 위한 목적으로 다닌 것이 아니라 일 때문에 다녀온 경우도 있었습니다. 집 옆의 호수공원에는 거의 매일같이 갔었는데 이런 부지런함으로 인해 금년은 가을의 풍성함을 참 많이 느꼈던 한 해로 기억될 것입니다.

님이여!

이젠 다 떨어졌습니다. 호수공원의 끄트머리 '작은 호수공원'의 상수리나무 숲은 아주 앙상하게 되어버렸습니다. 저는 그 숲을 즐겨 걸었습니다. 발목을 덮을 만큼의 수북한 나뭇잎이 발밑에서 바스락거리며 부서지는 소리를 들으며 걷는 것이 그리도 좋더군요. 괜스레 넉넉하고 편안했습니다.

여름 한철 푸른 생명의 노래를 원 없이 불렀던 수목들, 그 수목들이 떨군 수북한 낙엽들은 그 생명의 노래들이 얼마나 넉넉했던가를 여실히 보여주는 것이지요. 그 잎새들이 더 풍성한 생명으로 새로워지기 위하여, 부활의 새봄을 더 힘 있게 맞이하기 위하여 서서히 땅속으로 스며들고 있습니다.

저는 상수리나무 숲 사이로 난 오솔길을 천천히 거닐면서 님의 말씀을 생각했습니다. 그렇게 밀알이 되어서 기꺼이 떨어지지 않으면 더 많은 열매를 맺을 수 없다는 것을… 그 말씀을 먼저 모범 보이시고 모든 사람을 살게 하신 님의 죽음을 생각했습니다.

네~ 님께서는 한 알의 밀알이었고 한 잎 낙엽이었습니다. 물론 그렇게 떨어지기 위해 아픈 몸부림이 있었지요. 그러나 님께서는 그 극렬한 고통을 다 이겨내셨습니다. 겟세마네동산에서의 특별한 기도, 그 처절한 기도가 있은 후 당신께서는 골고타에서 장렬히 떨어져 내리셨습니다. 저도 그렇게 떨어져 내려야 합니다. 결정적으로 한번 떨어져야 하겠지만 날마다 떨어져 내려야 하는 것이 선행되어야 합니다. 끈끈한 세상의 욕심, 육정들로부터 떨어져 나와 날마다 그 악한 것들을 땅속 깊이 장사지내야 합니다.

아, 그런데 그것이 왜 그리 잘 안되는 것인지요? 저는 요며칠 온전히 떨어지지 못해 애를 써야 했습니다. 모질게 결심을 하고 떨어져 내리면 그만인데, 그러면 다 평화로운 것인데… 그렇게 되기까지가 어려웠습니다. 경계에 서 있지 말아야 하는데, 이쪽저쪽을 오가지 말아야 하는데… 그것이 잘 안되었습니다. 온전히 죽지 못했고 온전히 떨어져 내리지 못했던 것입니다.

님이여!

잘 떨어지기 위하여, 날마다 죽기 위하여 다시금 겟세마네의 그 기도가 다시 필요한 것일까요? 겟세마네가 있은 후에야 골고다가 있음을 알고 있기 때문입니다. 님의 손을 붙들고 있는 저를 인도하여 주십시오. 님께서 인도하시는 곳이라면 어디든 따라가겠습니다. 더 깊이 기도하고 온전히 죽기 위하여 최선을 다하겠습니다. 그리하여 더 큰 평화를 이루는 충직한 종이 되도록 노력하겠습니다. 그렇게 살다가 제게도 쓴 잔을 허락하신다면 그 잔을 기꺼이 들이키겠습니다. 그렇게 될 수 있도록 인도하여 주십시오.

 # 아침 들판을 거닐며

첫서리가 내린 들판, 태양이 천천히 언덕을 넘어와 빛을 뿌리기 시작하면 어둠 속에서 침묵하던 것들이 모두 깨어납니다. 세상의 부지런한 모든 것들은 다시금 하루치의 노래를 부르기 위해 기지개를 켜고요. 빛은 그렇게 생물들에게, 무생물들에게 날마다 노래를 지어 주고 온갖 언어들을 입혀 주는 일을 반복하고 있습니다. 빛이 비치는 곳마다 약동하는 생명들, 그 신비한 세계를 들여다보며 님께 감사를 드리는 나의 내부로부터 울컥 감동의 파문이 입니다.

님이여!

밤새 이슬이 풀잎에 내리고 기온이 내려가면서 이슬은 서리가 되고 쏟아지는 햇빛에 서리는 다시 이슬방울이 되어 영롱히 반짝거립니다. 풀잎과, 거기에 맺힌 작은 물방울들과 빛의 어우러짐. 여기 들판에선 세상에 알려지지 않은 저들만의 언어들이 아침마다 무성합니다. 저는 오늘 잠시 그 많고 다양한 언어의 한 자락을 들쳐보며 경탄하고 있습니다. 눈에 보이는 모든 것들이 감사로 다가오고 님의 임재를 더욱 진하게 느끼게 해 주는 아침. 그래서 오늘의 아침기도는 자유롭게 드리기로 했습니다. 경이로운 것들에 둘러싸여 여기저기 들판을 거닐며 자연과 함께 기도하는 것이지요. 풀내음, 흙내음이 물씬 풍기는 나의 기도를 님께서 기꺼이 가납하시리라 믿습니다.

더 이상 온화할 수 없는 색깔로, 그리고 더 이상 겸손할 수 없는 낮은 자세로 은은히 아침을 펼치고 있는 잔디밭. 폭신한 잔디의 마음을 발밑으로 느끼며 걷는 것은 얼마나 기분 좋은지요? 또한 넓은 언덕을 푸르게 덮어가고 있는 무와 배추들, 그 연푸른 생명에 둘러싸여 심호흡을 하는 것은 얼마나 특별한지요? 냉기를 머금으며 무럭무럭 자라는 무와 배추들, 그것들을 다치지 않기 위해 밭고랑을 이리저리 건너뛰는 나의 내부도 아주 푸르기만 합니다. 그러면서 띄엄띄엄 님께 드려지는 기도의 말들이 배추 잎새에 붙어 있는 아침이슬처럼 기화되리란 생각을 합니다.

나의 발걸음과 호흡과 나의 응시와 나의 맥박까지도 뭉뚱그려 기도가 될 수 있다는 믿음, 그런 자유함이 오직 예수 그리스도 안에서만 가능한 것임을 생각할 때 전 오늘 얼마나 큰 은혜를 누리며 사는 것인지… 그저 황공하기만 합니다.

님이여!

조금 전 한길을 건너 들판으로 들어설 때 저 수풀 속으로 뛰어갔던 누렁개 두 마리는 이제 다시 보이지 않습니다, 그 누렁개들이 얼마나 자유롭게 보이던지요? 그놈들을 얽어맬 수 있는 문명의 족쇄와 견고한 목사리들. 그런 것에 영향 받지 않고 내키는 대로 뛰어 놀 수 있는 자유, 그 자유가 그 녀석들에게 오늘날도 허락되었다는 것이 신기해 보였습니다. 제가 어렸을 적에는 그런 녀석들만 있었는데… 사람보다 일찍 일어나 저희들끼리 골목을 뛰어다니며, 논밭을 뛰어다니며, 엉겨 붙어 힘을 겨루고… 그러다가 화가 나면 으르렁거리며 싸우고… 그리고는 곧 언제 싸웠던가 다 잊어버리고 다시 어울려 놀고… 그렇게 놀다가도 주인이 '워-리-!' 하고 부르면 언제라도 기꺼이 달려가 털이 북슬북슬한 꼬리를 흔들어 대며 기뻐하던 순둥이들.

　저는 그 시점에서 옛날로 더 거슬러 올라가 원시의 세계를 잠시 생각해 보았습니다. 원시의 세계란 무지와 원초적인 욕망만 있는 불편하기 짝이 없는 미개사회를 뜻하는 것이 결코 아닙니다. 오히려 지금과 비교할 수 없는 더 많은 자유와 더 많은 평화가 이어졌으리라 생각합니다. 하나님의 뜻이 굴절 없이 실현되어 사랑과 정의와 기쁨으로 충만한 시절이었다 생각합니다. 그런 시절이 그리스도를 통해서 나날이 다가오고 있음을 믿습니다. 늘 '나라이 임하옵시며' 기도하고 있으니까요. 우리들의 신랑되시는 님께서 곧 오실테니까요.

　여기 들판에는 아직도 님께 대하여 감사와 찬미의 노래를 부를 수 있는 것들로 가득합니다. 이런 곳에는 죄악과 불평과 오만과 독선이 발을 붙이지 못합니다. 지금 저의 마음이 감사와 찬미로 가득하고, 한결 깨끗해진 것이 다 무엇때문이겠습니까? 나를 둘러싸고 있는 것들 모두가 그렇게 님의 아름다우심을 덧입고 있으면서 님을 찬미하기 때문이 아니겠습니까?

　엉크런 들풀도 자세히 들여다보면 하! 정말 얼마나 섬세한 모양을 하고 있는지… 어떤 식물을 보니 가느다란 줄기에 양쪽으로 가지가 일정한 간격으로 위를 향해 나 있습니다. 잎새와 씨앗들이 곳곳에 적당히 달려 있는데 조형적으로 나무랄 데 없을 뿐 아니라 확실하게 개성을 지니고 있습니다. 또한 잡초와 칡넝쿨 사이에서도 용케 한 무더기의 보랏빛 꽃을 피우고 있는 들국화는 어떻고요. 잡초 사이에 있어서일까요? 화원에 진열되어 있는 노오란 국화보다 더 아름다워 보입니다. 그리고 그루터기에서 돋아난 잎사귀를 바람에 너울대면서또 한 차례 결실할 꿈을 버리지 않고 있는 옥수수, 그것들이 넓은 면적 이 곳저 곳에 무리를 지어 햇빛을 받고 있는 풍경은 특별한 눈부심입니다.

그래요! 새벽의 시각으로 사물을 바라보는 것은 또 다른 세계와 만나는 것임을 알겠습니다. 눈을 들어 먼 곳을 보니 연속해서 들판이 열려 있고 목장의 빨간 지붕과 뾰족하게 솟아있는 사료 창고가 눈에 들어옵니다. 그 들판 너머로는 아스라이 푸른 산이 야트막하게 펼쳐져 있는데 사, 오십리는 족히 되어 보이는 그 공간 속으로 잃었던 추억, 잊혀졌던 사연들이 가물가물 피어날 듯도 합니다. 전 평범하면서도 특별한 이 아침에 다시금 결심합니다.

빛이 되어야지.
어두움을 쫓아 버리고,
혼돈과 무질서를 갈아엎고
질서와 생명과 감사와 기쁨과 자유를
창조하는 삶을 살아야지.

빛이 비쳐도 밤마다 다가오는 어둠들, 어둠은 그렇게 세상에 충만한 것이고 그처럼 떠나갔던 악은 다시 떼 몰려옵니다. 그러므로 날마다 뜨는 태양처럼 날마다 빛을 비추지 않으면 어둠을 정복할 수 없음을 알게 됩니다. 사실 빛과 어둠은 대립과 상충을 거듭하는 숙명적인 관계이지요. 그러나 빛은 어둠에 굴하지 않았고 어둠이 빛을 이겨 본 적이 한 번도 없습니다.

안타깝지만 아직도 어둠을 고집하며 문을 닫아걸고 있는 자들이 있음은 어쩔 수 없습니다. 그렇다 하더라도 저는 다만 비추어야 합니다. 햇빛을 받아들여 열매 맺는 것이 자연스런 현상이듯 다만 빛을 비출 때 생명의 역사는 필연적으

로 나타나게 될 것이기 때문입니다.

"빛을 믿으라. 그리하면 빛의 아들이 되리라.(요 12:36)"

님이여!

자연의 외적인 경관으로부터 받는 감동이 늘 같을 수 없고 그런 기쁨이 결코 절대적일 수 없음을 알고 있습니다. 오히려 외관 이면의 내밀한 세계에 시각을 돌릴 때 새로운 부딪힘과 새로운 세계의 개안을 얻을 수 있으며 이것이야말로 자연의 본질로 깊이 들어가는 것이라 생각합니다.

그런 시각을 가지고 자연을 대할 때 잡초 더미에서도 감동은 아름으로 다가올 수 있습니다. 여행길 귀로에 일박했던 처갓집, 그 주변의 극히 평범한 들판에서 경험할 수 있었던 감동들. 이번 여행에서 그조차도 없었다면 얼마나 건조했을까요? 다행스러운 일입니다.

이 가을 님의 자비를

님이여!

무겁게 내려앉은 가을 날씨입니다. 여름내 짓누르던 하늘 아래서 주눅 들어 지내던 숲과 들판. 그러기에 가을 내내 축제일수 만은 없을 것이라는 생각을 합니다. 이미 길고 긴 장마와 태풍이 할퀴고 지나간데다 아침저녁으로 쌀쌀한 공기가 범상치 않게 여겨지기 때문입니다.

제가 님의 징계를 민감하게 느끼기 때문일까요? 아직 알곡들이 여물려면 더 많은 햇볕이 필요한데 혹여 님께서 다시금 한파로, 무서리로 내려치시면 어떻게하나 걱정이 앞섭니다. 제가 농사꾼이 아니면서도 이런 조바심을 하는 것은 이 민족이 그렇게 심한 징계의 채찍을 맞고서도 이의 원인을 아직도 깨닫지 못하고 있기 때문입니다.

저는 논둑으로 걸어가 다소곳이 고개를 숙이고 있는 벼이삭을 손바닥에 받쳐 들고 자세히 살펴보았습니다. 아직 살이 덜 오르고 성긴 낱알임을 한 눈에 확인하면서 안쓰러운 마음이 들었습니다. 벼포기도 예년과 달리 매우 허약해 보였습니다. 일조량이 절대 부족했고 잦은 비로 평균기온이 많이 내려간 여름을 보낸 탓이었습니다. 죄는 사람이 지었는데 자연이 채찍을 맞고 신음하고 있음을 보며 안타까웠습니다.

저는 발걸음을 옮겨 상수리나무 숲으로 들어가 보았습니다. 이따금 툭! 툭!
발끝에 떨어지는 도토리, 언제 보아도 앙증맞습니다. 상수리나무는 그 험한 여
름을 보냈으면서도 어찌 그처럼 귀여운 열매를 여전히 땅바닥으로 떨굴 수 있
는 것일까요? 그 상수리나무가 대견스럽게만 보였습니다. 오랜만에 다시 만난
청솔모는 여전히 수줍고 겁이 많았지요. 이 나무 저 나무로 빠르게 옮겨 다니
며 숨느라 바빴습니다. 그러나 반가웠습니다.

그렇습니다. 숲은 이 가을 님의 자비를 구하고 있는 것이었습니다. 간절히…
저도 님의 자비를 간절히 구해야겠다 싶어 기도 굴에 들어가 눈물 흘리며 간구
했습니다. 신실하신 언약 이루셔서 모세를 인도하시듯, 이스라엘 백성을 인도
하시듯 해 주시기를… 그들에게 늘 일용할 양식을 공급해 주셨듯이 이 혹심한
불경기를 잘 살아갈 수 있게 해 주시기를… 우리 가족뿐 아니라 모든 형제들
이, 자매들이 다 잘 이길 수 있게 하여 주시기를…

오늘 저희 교회에서 김집사의 어려움을 한참 들은 후, 몇몇이 손을 잡고 간절
히 기도를 드려주었지요. 기도 중에 김집사와 저의 눈에서 눈물이 쑥 빠졌습니
다. 참 우리 모두 힘들게 불경기의 강을 건너고 있다고 생각합니다.

이런 이야기를 하는 것을 어떤 넉넉한 사람이 혀를 찰지도 모르겠습니다. 그
러나 그런 사람은 어느 누구도 하나님께서 허락하지 않으시면 아무 것도 누릴
수 없다는 것을 알아야 할 것입니다.

오늘 주일설교 본문에서 말씀하신 대로 주 안에 사는 사람들은 결국 하늘나
라에 들어가게 될 것입니다. 고난 속에서 하나님의 손길을 수없이 체험하고,
그것이 감사가 되고, 믿음이 되고, 참된 지식이 되어, 마침내 머리에 면류관을

쓰고 그 나라에 들어갈 것입니다. 그리하여 사랑하는 님을 마주 뵈옵고 기쁨의 눈물을 주룩주룩 흘리며 모든 시름을 잊을 것입니다. 주관하여 주십시오. 다 이길 수 있게 하여 주십시오. 다시금 숲들이, 나무들이, 들판들이 처음처럼 기쁨의 노래를 부를 수 있게 하여 주십시오. 여러 가지 이유로 마음이 아프고 생활이 아프고 몸이 아픈 이웃들이 회복하시는 님의 은혜로 감사의 노래를 소리 높여 부르게 하십시오. 그들로부터 영광과 존귀를 받으십시오. 아멘.

 추읍산 화실에서

가까운 호수공원이나 정발산엘 가도 되는 것이지만 더 깊이 들어가서 자연속에 푹 묻히고 싶었습니다. 보름 전부터 마음먹고 있었지요. 그러나 한 이틀이라도 떠나 있으면 안되는 일들로 인해 자꾸 미루어졌습니다. 떠날 때만 해도 바지가랑이를 붙드는게 두엇 있었지만 더 이상 미룰 것이 아니다 싶어 강행했습니다.

용문역으로 Y형이 차를 가지고 마중을 나와 있더군요. 십여분 남짓 달려 그의 별장 겸 화실에 도착했습니다. Y형의 화실은 열댓 가구 밖에 안되는 작은 동네를 지나 맨 윗 쪽에 자리하고 있습니다. 집 앞에는 작년 봄 심었다는 잔디가 제법 뿌리를 튼실히 내려서 봄에 갔을 때와는 분위기가 영 달라 보였습니다.

화실에서 밖을 내다보면 눈길은 한참 비탈을 내려 달리다 추읍산으로 올라갑니다. 추읍산 능선은 굴곡 없이 수평을 한참 유지하다가 오른쪽으로 부드럽게 떨어지는 여유로움이 있습니다. 흔한 삼각형태가 아니어서 매우 편안해 보이고 듬직해 보입니다. 저는 그 산이 마음에 들어 눈길을 많이 주었습니다. 밤이 이슥해졌는데 그때의 감상을 적었습니다.

'밤은 침묵 속에 가라앉아 안식 속으로 들어간지 오래다. 듬직한 저 앞산의 오른편 한켠이 아까부터 왠지 환하게 빛나고 있다. 그 이유가 무엇일까? 집 뒤쪽으로 올려 뻗은 산비탈 너머로부터 둥근 달이 떠올랐으나 밝게 빛을 뿌리지 못하고 구름 속을 뺀질 들락거린다. 그런 중에도 간간이 보내오는 엷고 은밀한 달빛이 매우 부드럽다. 조금만 더 지나면 달은 구름을 완전히 빠져나와 밝게 지상을 내려다 볼 수 있을 터, 산 밑으로부터 바람이 올라와 나뭇잎을 소슬하게 흔드는 소리, 서걱대는 그 소리에 내 어렸을 적의 뒷동산이 설핏 되살아난다.

"그래! 저게 산의 소리지. 가을밤의 소리지"

떠들썩하던 여름밤의 합창은 간 곳이 없고 간간이 들리는 풀벌레 소리는 완연히 힘을 잃었다. 좀 더 지나면 괴괴한 고요가 이 골짜기를 메우겠지.'

님이여!

산과 들과 강과 하늘, 그 외의 모든 것들은 기다림의 연습을 하고 있는 것입니다. 님이 오셔서 새롭고 찬란한 옷을 입혀 주실 것을 하루하루 신음하며 기다리고 있는 것입니다. 밤의 추읍산을 보며 그런 생각을 하지 않을 수 없는 것은 추읍산이 벌렁 누워버린 모습을 하고 있기 때문만이 아닙니다. 가을 한낮의 활발한 움직임을 멈추고 밤의 안식 속에서 내일을 기다리고 있는 추읍산을 보며 그 속내를 더 확실하게 읽을 수 있었기 때문입니다.

언제 님이 오실지 사람이 어찌 알겠습니까? 그건 자연도 마찬가지지요. 그러나 장구한 세월 요동하지 않고 그날을 기다려온 산야, 그 산야는 잠시 왔다 가면서도 자주 흔들리는 우리네보다 얼마나 의연한지요. 추읍산을 바라보며 님을 어떻게 맞이해야 하는지를 배웁니다.

잠자리에 들었습니다. 불을 끄니 모든 공간이 완전히 새까맣더군요. 옛날 생각이 났습니다. 그 때엔 밤이 그렇게 새까만 것이었지요. 그러다가 달이 밝게 떠오르면 점차 환해지는 것인데, 지금 달이 큰 구름 속으로 들어갔는지 어둠에 눈이 익어도 방안은 사뭇 어두웠습니다. 귀를 자극할만한 소리가 전혀 들리지 않는 가운데 숙면을 했습니다.

그런데 얼마나 잤을까? 문득 잠이 깨어 화장실을 가다가 잠시 밖을 보았는데 이게 웬일입니까? 달빛이 어찌나 고상하게 정원을 비치고 있던지요. 산 그림자, 나무 그림자가 다 보일 정도로 환했습니다. 눈이 잘 떠지지 않아서 이내 잠자리로 다시 들어갔지만 잠깐 본 보름밤, 그것도 산 속에서 맞는 보름밤의 정취는 특별한 것이었습니다.

아침이 되었습니다. 저는 님에게 한동안 기도를 올리고 밖으로 나왔습니다. 첫서리가 내렸더군요. 공기가 꽤 쌀쌀해져 있었습니다. 동네를 내려와 신작로를 따라 걸었습니다. 벌써 햇살은 골짜기의 논달뱅이 한켠을 비추고 있었는데 무르익은 벼들의 색깔이 고왔습니다. 황금들판이라 말들하지만 그 풍성한 빛깔을 황금이란 단어조차 제대로 담아내지 못합니다. 어림도 없지요. 연둣빛이 조금 서려있으면서 원근의 깊이감이 중후한 색채, 그런 깊이 있는 색깔을 실감 있게 표현하기란 얼마나 어려울까요? 벼들은 무르익을 대로 익어서 추수의 손길만을 기다리고 있었습니다. 그것들은 농부들이 낫을 휘둘러 추수해주기를 바라고 있을 것입니다. 그 벼들을 보며 님의 말씀을 생각했습니다. 님께서 들판을 보시면서 말씀하셨지요. 추수하려면 아직 넉 달이나 남은 때였습니다.

"그러나 내 말을 잘 들어라. 저 밭들을 보아라. 곡식이 이미 다 익어서 추수하게 되었다. 거두는 이는 이미 삯을 받고 있다. 그는 영원한 생명의 나라로 알곡을 모아들인다. 그래서 심는 사람도 거두는 사람과 함께 기뻐하게 될 것이다. 과연 한 사람은 심고 다른 사람은 거둔다는 속담이 맞다. 남들이 수고하여 지은 곡식을 거두라고 나는 너희를 보냈다. 수고는 다른 사람들이 하였지만 그 수고의 열매는 너희가 거두는 것이다.(요4:35-38)"

님께서는 들판을 있는 그대로 바라보시지 않고 영적으로 보셨습니다. '주관적인 해석과 이의 적용', '믿음의 선행적인 인식' 입니다. 그렇습니다. 우리들은 당신께서 거두신 아름다운 열매들이고 우리들은 다시 추수꾼으로 성장하여 당신께서 주신 낫을 휘둘러 알곡을 거두어 들여야 합니다. 아름답고 소중한 영혼들을 거두어 당신께 바쳐 드려야 합니다.

'무소유, 무욕'

자연이 그렇습니다. 그것들은 다 주기 위해서 있습니다. 열매를 주고 잎새를 주고 뿌리를 주고… 그렇게 다 내어주고 다 벗어버리고…

이내 야산까지 단풍이 물들어 오겠지요. 곧 찬란한 가을노래가 시작될 것입니다. 고운 음색으로 노래하다 떨어지며, 떨어지며… 그런 후엔 들판도 나무도 숲도 숲들의 산도 조찰하게 엎드리게 될 것입니다. 겨우내… 그러나 자연은 지금 행복해 보입니다. 앞으로도 행복할 것입니다. 욕심이 없으니까요. 소유하기를 바라지 않고 다 나누어주기를 바라니까요.

님이여!

추읍산 밑 계곡의 돌돌거리며 흘러가는 물방울들을 보십시오. 어디에 무얼 남겨두고 가지를 않습니다. 돌돌, 지절지절… 이야기하며 노래부르며 다 두고 떠내려갑니다. 아무리 멋진 바위, 멋진 소가 있어도, 아무리 멋진 소나무가 자기들을 쳐다보아도 그냥 떠내려갑니다. 그런데 사람들만 더 가지려 하고, 더

쌓으려 합니다. 그것이 되레 짐이 되어 자신을 짓누르고, 사슬이 되어 자신을
옥죄어 온다는 것을 모르고 말입니다.

그 분의 눈빛 같은 햇살
아득히 먼 곳으로부터,
혹은 가까운 곳으로부터 날아와
가을천지를 쓰다듬는다
개천 가 행복한 호박을 쓰다듬는다.

서두를 것 없는 호박들의 낮잠
노랗게 빛을 받아내며
배가 부르다
덩달아 나도 배가 부르다.
어느새 긴 내 그림자가
옆에 눕는다.
내 마음도 함께 눕는다.

님이여!

가을의 투명한 공기를 통해 세상을 보니 다 아름답습니다. 그러므로 가을을
가을답게 하는 일등공신은 투명한 공기일 것입니다. 사물 스스로가 선명도를
결정할 수는 없으니까요. 그처럼 우리 내부의 공기가 맑지 않으면 사물을 아름
답게 볼 수 없을 것입니다.

맑게 본다는 것은 욕심의 안개를 걷어내고 사실대로 보는 것이지요. 따라서
우리는 우리를 오염시키는 그릇된 것들이 내부로 침투하지 못하게 늘 깨어 있
어야 하겠습니다. 그러기위해 당신과 늘 함께 있어야 하겠습니다. 인도하여 주
십시오.

가을 속으로

　제가 그렇게 가을을 붙들고 싶어 하는 것이 다 아직 알차게 여물지 못한 때문이라 생각합니다. 그렇지 않다면 수목이 붉게 물드는 것을, 낙엽이 지는 것을 그리도 서운해 하겠습니까?

　아내도 저처럼 바쁘게 지냈지요. 불경기는 예외가 없어 아내도 몇 달째 매우 힘겨워했지만 현대를 살아가는 사람치고 바쁘지 않은 이는 하나도 없는 것 같습니다. 저 역시 최근 참 바쁘게 지냈습니다. 너무 여러가지에 발을 걸치다보니 그리될 수밖에 없었지요. 그러나 그것이 주께서 허락하신 것이라는 것을 알고 정말이지 최선을 다해 생활했습니다. 그렇더라도 아내와 저는 시월마저 그냥 떠나보낼 수 없다 여겼습니다. 그래서 서로를 다독거리고자 함께 길을 나섰지요.

　우리는 알지도 못하는 생소한 곳으로 가질 않고 지난 봄 돌아다녔던 청평, 가평 일대를 훑기로 하였습니다. 그래서 숙소도 지난 봄에 묵었던 청평호반의 고즈넉한 곳으로 정했습니다. 그곳은 창 아래 호수의 일렁거림이 선명히 들어오고, 건너편 산자락이 붉게 타는 것을 편안히 감상할 수 있는 곳이지요. 우리는 그 창가에 탁자를 마주해 놓은 의자에 앉아 따끈한 커피를 한 잔씩 마셔야겠다 생각했습니다. 그러면서 생활에 대해서는 아무것도 생각하지 않고 오로지 가을을 더 진하게 느껴야겠다고 생각했습니다. 그러나 우리가 도착한 시간은 캄

캄한 밤이었고 아무것도 보이지 않았습니다. 아침을 기대하고 일찍 잠자리에 들었습니다.

이른 아침 일어나 보니 안개가 주변을 완전히 뒤덮어 버렸습니다. 안개에 점령당한 특별한 아침이었습니다. 그래도 저는 대충 챙겨 입고 손가락에 꿰어 찬 디카를 달랑거리며 숙소 밖을 나왔습니다. 안개 낀 호반이라도 산책하면서 그 속에 숨어있는 가을 정취를 찾아내려는 것이었지요.

안개의 심연이었습니다. 꿈인 듯, 생시인 듯, 시계(視界)는 한 이십여 미터. 물오리 한 쌍이 물꼬리를 길게 단 채 호수 위를 짓쳐 나갔습니다. 저를 보자 호르록 날아올라 안개 속으로 사라져 버리더군요.

하늘과 호수의 경계를 지워버린 안개, 밤과 아침과의 경계를 지워버린 안개, 온갖 아름다운 공간과 그 안의 모든 것을 뿌옇게 지워버린 안개. 안개는 우리가 호흡해야 할 가을의 대부분을 지워버리고 말았습니다. 그래서 많은 부분 그냥 상상만 할 수밖에 없었습니다.

'푸른 호수 건너 붉게 물든 산자락이 얼마나 아름답게 노래하고 있을까? 그 위에 펼쳐진 하늘이 얼마나 맑고 편안하게 가을 산에게, 가을 호수에게 미소하고 있을까? 아니, 더 빛나고자, 더 기쁘게 노래하고자 밤을 기다렸던 노랑, 빨강, 주홍, 연둣빛 단풍들이 가을의 훼방꾼인 안개에게 얼마나 서운해 할까? 코스모스들은, 들국화들은, 이름 모를 야생화들은… 그리고 출렁거리면서도 아침의 평화를 모든 이웃에게 나눠주기를 바랐던 맑고 푸른 호수는…'

님이여!
호숫가를 천천히 걸었습니다. 늦은 가을손님들을 위하여 코스모스가 아직도 자신의 아름다움을 남겨두고 있었습니다. 안개를 타고 내려앉은 이슬방울을 함초롬히 머금은 빨강색과 분홍빛의 코스모스. 희뿌연 안개를 배경으로 힘겹게 서있는 그 모습이 특별해 보여 줌렌즈를 약간 당겨서 몇 컷 눌렀습니다. 그 옆 산비탈에 버티고 선 상수리나무 숲에선 안개가 어찌나 진하던지 이슬방울 떨어지는 소리가 빗방울 소리 같았습니다. 이따금씩 안개등을 켠 자동차들이 안개 속에서 튀어나와서는 황망히 제 곁을 스치고 지나갔고요.

가만,

자세히 보니 호숫가에 서 있는 소나무, 상수리나무들은 수양버드나무처럼 몸체를 기울여 수면에 나뭇가지를 끌고 있었습니다. 하늘로부터 만이 아니라 호수로부터도 에너지를 공급받고 싶어 한 때문이겠지요. 그것은 온갖 피조물이 물을 기반으로 하여 만들어졌음을 나타내는 한 증거라 생각되었습니다. 그러나 그것은 혼돈을 자초하는 것입니다. 수목이 올곧게 자라기 위해서는 힘주어 땅에 발을 디딘 채 부지런히 하늘만 올려다보아야 하는 것이지요. 그래야 더 튼튼히, 더 높이 자랄 수 있고 더 많은 열매를 맺을 수 있는 것이지요.

님이여!

저는 님 앞에 죄스러웠습니다. 가을을 맘 편히 떠나보내지 못하고 그것이 아쉬워 세상 사람들처럼 행동했으니까요. 다 부질없는 생각이었습니다. 괜스레 때를 묻히는 것일 뿐, 오히려 우리는 가을 속에서 작은 것이라도 감사하며 뿌듯할 수 있어야 했습니다. 나의 열매를 헤아려보고, 나의 빛깔을 다시금 확인해보고 지나간 봄 여름 가을 동안에 주께서 어찌 인도해 오셨는지에 대해 성찰할 수 있어야 했습니다. 꼭 그래야만 했습니다. 방황이라니요? 서글픔, 비애라니요? 그래서 잠시라도 흔들리는 모습을 하다니요?

다 온당치 않습니다. 그 누구보다 멋지시고, 미더우시고, 완전하신 당신 안에
있는데 늘 감사해야지요. 늘 기뻐해야지요. 늘 든든해야지요. 그래서 당신으로
인해 낙엽과 관계없이 늘 새로워져야지요.

호숫가로 돌아다니다 오랜만에 다시금 갈대의 서걱거리는 소리를 들었습니
다. 그것이 신음소리겠습니까? 아니지요. 서로 비비적대며 온몸으로 부르는 가
을합창이지요. 하긴 때로 아프고 때로 힘들기도 하겠지요. 그러나 저는, 우리
는 갈대처럼 어울려 부대끼면서 그 속에서 아름다운 언어, 아름다운 노래를 빚
을 수 있어야 한다 믿습니다. 님께서 저에게 원하시는 대로 더 빛나기 위해, 더
많은 이웃을 품기 위해 애써야 하겠습니다. 그래서 이웃들의 아픔과 좌절과 절
망을 어루만져 참된 평화를 부지런히 심을 수 있어야 하겠습니다.

님이여!
이번 가을엔 왠지, 윗부분을 질끈 동여맨 배추들이 눈에 자꾸 밟히더군요. 험

난했던 여름을 비껴 그처럼 통통하게, 그처럼 싱싱하게 자라날 수 있다니요? 텃밭에서 주인들의 세심한 보살핌 아래 비스듬한 가을햇살 한 아름 받으며 안으로, 안으로만 여물어가고 있는 것들. 얼음장 같은 서리를 덮어써도 여간해서 사그라지지 않는 배추의 끈질김은 참 대단한 것이라 생각합니다. 서리 한 번에 폭삭 주저앉는 잡초들과는 근본부터가 다르지요. 저는 그 배추들이 끝까지 한 줄기 햇살이라도 끌어들여 더 풍성하게, 더 단단하게 결실하는 모습을 보며 대단하다 생각했습니다. 그런 모습, 여기저기서 보며 가을의 또 다른 아름다움이라 생각했습니다.

님이여!

이 가을, 제게 주신 열매들을 헤아려보니 결코 적은 것이 아니었습니다. 주로 내적인 것이 많았습니다. 그것이야말로 특별하고도 보배로운 것이지요. 많은 깨달음들, 세세하게 이끄시던 따스한 손길들의 기억, 제 사역에서 새로운 경지를 열어 가심이 확실한 님의 섭리. 제 안에 조금 더 성숙해진 믿음의 열매들, 저는 더 담대해졌고, 더 작아졌고, 더 많이 버렸다 셈합니다.

그러나 사실 너무 부족하지요. 금년의 남은 두 달 동안 더 열심히 뉘우치고, 더 열심히 노력해야 하겠습니다. 세세한 손길로 계속해서 인도하여 주십시오.

님이여!

가을을 어떻게 바라보고, 가을을 어떻게 떠나보낼 수 있는가는 매우 중요한 문제이지요. 그것은 하나의 감상으로 그치고 마는 것이 아니라 내 속에 어떻게 열매를 거두어들일 수 있는가와 직접적으로 연결되는 것입니다. 그래서 가을이 가기 전에 사색의 골짜기를 걸으며 나를 돌아보고, 또 돌아보는 작업을 해야 한다 믿어집니다.

어제 다시 호수공원의 참나무숲을 거닐었습니다. 진정 회개하고 새로운 결심을 한 후에 다시 그 숲길을 걸으니 나무들이 달라보였습니다. 발밑에 수북이 쏟아 놓은 잎사귀들을 내려다보고 있는 수목들, 그것들의 가난함이 왜 그리 자유로워 보이던지요? 전에는 그것이 우수로 다가와 가슴 한 편을 비게 만들더니… 이제는 오히려 수목들이 무거운 짐을 훌훌 벗어버리고 할일을 다한 듯 의연해 보였습니다. 그리고는 떡 버티고 서서 편안히 하늘을 우러르고 있는 것으로 느껴졌습니다.

정말이지 수목들이 낙엽을 아쉬워하겠습니까? 아닐 것입니다. 결코 아닐 것입니다. 발목까지 덮이는 잎사귀들은 오히려 감사와 찬송의 언어들이고 그것들은 발언저리에 떨어져서도 여전히 그 언어의 생명력을 잃지 않고 있다 생각합니다. 그러므로 전 그 숲 사이로 난 짧은 오솔길을 즐겁게 걸었습니다. 감사한 마음으로 걸었습니다. 나도 하나의 나무이고 나도 그 나무들처럼 복된 노래를 변주하여 부를 수 있다 생각했습니다.

아, 가을이 지고 있습니다. 그러나 가을 숲에는 슬픔이 없습니다. 감사와 찬미와 영광만 이어질 뿐입니다. 새로운 자유, 새로운 삶을 준비하시는 님의 손길에 모든 것을 내어맡기고 있는 것입니다.

저도 그래야지요. 정말이지 제가 할 수 있는 것이 아무것도 없다는 것을 뼈저리게 체험하도록 이끄시는 요즈음, 모든 것을 당신께서 이루어 가시리라 믿습니다. 저는 스스로 걸림돌이 되지 않기 위하여 조심조심 걸을 것이고 그러기 위하여 성령의 음성에 민감히 귀 기울이는 훈련을 계속하겠습니다. 인도하여 주십시오.

갈대와 인생

갈대는 언제보아도 참 힘들어 보입니다. 가냘픈 허리에 강아지꼬리 같이 북슬북슬한 머리를 이고 있는 것조차 힘에 겨워 보입니다. 게다가 한겨울 사정없이 후려치는 북서풍을 온몸으로 받아내자니 오죽하겠습니까? 제가 사는 동네 옆 도랑 가에 갈대들이 무리 지어 많이 피어있지요. 어제 오후, 전 그것들을 작품에 담기 위하여 세심하게 관찰했습니다. 그러는 중에 갈대의 아픔이 자꾸 제게 전달되어 왔습니다.

갈대의 몸짓은 결코 춤일 수가 없는 것, 차라리 절규요 몸부림입니다. 잎새들은 모두 양지쪽을 향해 쓸려 있었고, 바람이 불 때면 고개를 가눈다는 것은 생각도 못할 일, 그저 정신없이 휘청거릴 뿐입니다. 그런 갈대를 보며 인생을 생각하는 정서야말로 어쩌면 당연한 것이라 생각합니다. 우리 역시 바람을 맞으며, 변화와 고통을 겪으며, 자주 흔들리지 않으면 안되기 때문입니다.

그러나 님이여!

그것들이 그렇게 모질게 휘둘리고 있다고는 하나 여간해서 꺾이지 않습니다. 지난 겨울 폭설이 무릎을 덮을 만큼 두텁게 쌓였을 때도 잘 버텨냈잖습니까? 진흙에 억세게 발을 디디고 있을 뿐 아니라 늘 하늘을 올려다보며 하늘로부터 위로와 평화와 힘을 얻지 않습니까?

　그러고보면 갈대야말로 얼마나 공손한 존재입니까? 고개를 늘 숙이고 있는 것이 머리가 무거운 때문만도, 바람이 드센 때문만도 아닙니다. 감히 하늘을 우러러 똑바로 쳐다볼 수 없는 겸손, 그러면서도 당신을 늘 의식하며 당신의 자비를 바라는 모습. 이는 또다른 하늘 바라기의 한 모습입니다.

　갈대는 희게 빛날 줄을 모릅니다. 온통 먼지를 뒤집어쓴 때깔하며, 비루먹은 개 꼬랑지를 한 몰골. 어디에도 환히 빛날 만한 가능성이 없어 보입니다. 모든 허영과 모든 화려한 것과 모든 편안한 것과 결별한 채 배부르고 등 따순 것을 태생적으로 멀리하는 갈대의 모습. 그래서입니까? 늘 몇몇이 기대어 어울린 채 서로를 의지하며 한 철을 견디어 내는 것이… 서걱대며 서로의 아픔과 슬픔을 이야기하고 아름다웠던 것과 안타까웠던 것을 회상하는 것이… 그러면서 서로들 다독이며 다짐하고 있는 것이…

　님이여!

　고통스럽게 한철을 견디다가는 결국 흙이 되어버리는 갈대의 환원 또는 갈대의 귀의. 참 우리와 많이 닮아 있다 여겨졌습니다. 그러면서 당신의 말씀이 떠올랐습니다.

　"상한 갈대를 꺾지 아니하며 꺼져가는 등불을 끄지 아니히고…(이사야42:3)"

　그렇지요. 당신의 자비가 아니었더면 진작 꺾였을 것입니다. 진작 아궁이에 던져졌을 것입니다. 다 당신 자비하신 은혜로 우리가 살고 있는 것이지요. 우리는 다 상한 갈대처럼 연약한 자였으며, 비루하고 보잘것없는 자였으며, 때론 사정없이 흔들리며 아파하는 자였으며, 오염된 물에 발을 담그고 살던 자였으며, 때때로 곤죽이 되어버린 진흙에 뿌리를 내리고 뒹굴던 자였습니다.

그런 자들이 당신의 은혜를 입어 날마다 밝은 빛을 쬐며 빛 속을 거닐고 있으니 얼마나 황감한 일인지요? 얼마나 큰 은총을 입은 자들인지요? 당신께서는 정녕 우릴 꺾어버리지 않으셨습니다. 대신 말씀으로 훈훈히 위로하시고 싸매시고 고치셨으며 새 힘을 얻어 당신 안에서 새로운 삶을 시작하게 하셨습니다. 갈대와 관련된 당신의 질책이 생각났습니다.

"너희는 무엇을 구경하러 광야에 나갔었느냐?
바람에 흔들리는 갈대냐?
아니면 화려한 옷을 입은 사람이냐?
예언자냐?(눅7:25, 26)"

오늘 우리는 구경꾼으로 있어서는 안됩니다. 바람 부는 광야에서 힘겹게 흔들리고 있는 갈대의 겉모양만 보아서는 안됩니다. 그런 사람들은 필연적으로 화려한 옷에 마음이 갈 수 밖에 없습니다. 외식하는 자가 될 수밖에 없습니다. 흔들리는 갈대로부터 우리의 모습을 읽어내야 합니다. 갈대로부터 우리에게 말씀하시는 당신의 음성을 들을 수 있어야 합니다. 그래야만 세례요한처럼 당신께서 오실 길을 바르고 곧게 닦아드릴 수 있습니다.

님이여!
갈대는 늦은 봄에서 초여름 경 다음 세대에 자리를 내어주고 눕습니다. 꺼떡거리며 바람에 흔들리고 사는 우리들도 마침내 갈대와 흡사하게 우리의 육신을 떠나보낼 것입니다. 우리의 육신이 날마다 「후패」하고 있다는 것보다 더 멀쩡한 사실이 어디 있겠습니까? 그러나 우리는 그 한계를 넘어 그리스도의 영광에 참예하게 될 것입니다.

　네. 영광스런 부활이 반드시 있을 것임을 믿습니다. 그에 대한 믿음을 늘 보증해 주시면서 힘 있게 살아가라고 등을 떠미시는 성령의 인도하심에 감사드립니다. 아울러 성부 오른편에 앉아 계셔서 우리를 위해 늘 기도하시는 우리의 영원한 신랑이신 당신, 우리의 단 한 분밖에 없는 그리스도 예수께 감사와 찬미를 드립니다.

아내와 함께 비봉을 오르며

님이여!

저희 부부는 오늘 북한산을 오르기로 했습니다. 너무나 많은 이들이 아무것도 아닌 헛된 것을 향하여 엎드려 절하는 추석, 님을 가장 진노케 만드는 이 못된 범죄가 민족적으로 전국의 도처에서 행해지고 있는 추석에 우리들이 산을 오른다는 것은 추석을 깔아뭉개는 행위가 될 것입니다. 더 자세하게 말하면 헛되게 조상을 숭배하는 것이 인간의 근본도리를 다하는 것인 양 목소리를 높이는 사람들을 비하하는 행위가 될 것입니다. 이런 답답한 날에 그런 세상으로부터 멀리 떨어져 자연 속으로 들어가는 것은 당신을 사랑하는 사람에게, 그리고 딱히 별일이 없는 날의 매우 좋은 선택이라 생각합니다.

날씨는 님의 마음인 듯 좋지 않은 편이었습니다. 어제까지 그렇게 새파랗던 하늘이 잔뜩 찌푸려져 있어 등산하기에는 산뜻하지가 않았지요. 그러나 아무려면 어떻습니까? 산에 가면 흐린 날이라 해도 맑은 공기가 무한정 있고 당신만 바라보며 사는 나무들과 바위들과 멋드러진 봉우리 등등 있어야할 것들이 어김없이 다 있는데요. 그 모든 것들이 우리를 반겨주는데 갈까 말까를 망설일 이유가 어디 있겠습니까?

우리는 일찌감치 가족들과 함께 경외하는 당신을 향하여 추도예배를 드렸습니다. 이어 감사의 식사기도를 드린 후 송편을 곁들인 조금 풍성한 아침을 들었습니다. 그리고는 집을 나섰는데 전철을 타고 불광역까지 가서 국립보건원으로 난 길을 걸어올라 갔습니다. 도로에는 벽제 공동묘지로 향하는 차량들이 한없이 꼬리를 물고 서 있었지요. 저런 열성이 당신께로 향했더라면 얼마나 좋았을까 하는 생각이 들어 안타깝기만 했습니다.

저네들이 어찌 당신에 관한 소문을 듣지 못했겠습니까? 정보화시대에 눈 멀고 귀 먹은 사람이 아니고서는 당신의 위대하심에 관한 소문을 몇 번씩은 다 들었을 것입니다. 부족하지만 저 같은 전도자들은 아직 이 땅에 많이 있으니까요. 그러나 저들의 콧대는 높기만 했고 저들의 가슴은 쇠방패 같아서 좀처럼 당신의 들어오심을 허락하지 않았습니다. 그런 그들이었지만 아무 도울 힘이 없는 조상신에게만큼은 가슴을 활짝 열어젖힌 채 그렇듯 열성이었습니다. 저네들 중 한 사람도 치성에 대한 응답을 받은 사람이 없으리라는 것은 너무 확실한 것입니다.

도대체 어느 조상이 후손들의 경배를 받을 수 있으며 지성으로 차려놓은 음식을 먹기 위해 지옥문을 열고 잠깐이라도 외출을 나올 수 있답니까? 지옥이 그렇게 관대하고 자유로운 곳이랍니까?

그러나 저들을 미워할 수만 없는 것이 당신의 가르침입니다. 다 나의 형제자매요, 이웃이며 내 동포이기 때문입니다. 그래서 저들을 위한 기도는 중단될 수 없고 저들을 회심시키기 위한 노력을 중단할 수가 없습니다. 정녕 님께서 이 민족을, 우리의 이웃을 불쌍히 여겨주시기를 바랄 뿐입니다.

님이여!

산은 여전했습니다. 그렇게 푸르렀던 잎새들은 아침저녁 서늘해진 바람으로 인해 싱싱함이 한풀 꺾여버렸고 모두들 가을로 가는 채비를 서두르고 있었습니다. 우리는 한발 한발 걸음을 옮겨 자꾸 숲속으로 들어갔습니다. 점점 위로 올라가면서 세상이 발밑으로 눈에 더 많이 들어왔고 그럴수록 산은 점점 고즈넉해져갔습니다. 당신의 눈빛 아래 조용하게 숨죽이고 있는 수목들과 바위에 둘러싸여 세상을 내려다보니 세상은 마치 연기 나는 전쟁터를 바라보는 마음이었습니다. 전쟁이 잠시 소강상태로 들어가고 그 곳을 빠져나온 병사 하나가 휴우! 한숨을 쉬며 격전지를 물끄러미 쳐다보는 마음. 저 매연이 두텁게 덮인 세상이 하나의 전쟁터가 아니면 무엇이겠습니까?

우리는 단지 육신을 단련하기 위해 산을 오르는 것은 아니었습니다. 각자 다양한 생각들이 있겠지요. 저는 산과 산에 있는 모든 것을 보며 겸손히 자신을 돌아보기 위해, 그리하여 당신의 뜻을 더 잘 알 수 있기 위해 산을 올랐습니다. 바위와 나무들과 바람과 그 바람을 일으키는 차고 시원하고 뜨겁고 후끈거리는 공기와 계곡을 흘러내리는 물방울들, 그리고 산에 사는 각종 새들과 각종 곤충들, 작은 동물들을 보며 항상 많은 것을 배웁니다. 뿐만 아니라 그 모든 것을 포함하는 거대한 산, 그 자체에서도 많은 것을 느끼고 많은 것을 배웁니다.

북한산은 바위가 많은 산이지요. 바위의 생김생김도 참으로 변화무쌍하고 멋지지만 제겐 그 바위틈을 비집고 용트림하며 싱싱하게 크는 소나무가 먼저 눈에 들어왔습니다. 어떤 것은 겨우 목숨을 지탱하느라 비루먹은 모습을 하고 있기도 하지만 어떤 것은 그 험한 환경 속에서도 힘 있게 자라서 서너 길이 넘는 것도 있었습니다. 다 살가운 것들이지요. 헌데 저는 좋은 환경 속에서 편안하게 치솟아 훤칠한 것보다 바위 틈새에서 거센 바람을 맞으며 앙마디게 자란 나

무에 더 마음이 가더군요. 그것들은 그리도 모질게 자라났지만 푸른 솔잎을 소담스럽게 머리에 얹은 채 의젓하기만 했습니다. 저는 그런 목숨들에게 자주 따뜻한 시선을 주었습니다.

우린 먼저 족두리 봉을 올랐습니다. 마치 족두리를 얹어 놓은 것 같다 해서 붙여진 이름이지요. 봉우리까지 별 어려움 없이 오르긴 올랐는데 내려가는 것이 문제였습니다. 아내와 저는 바위를 우회해서, 매어진 쇠밧줄을 붙들고 살금살금 내려왔습니다. 아내는 많이 힘들어했지요. 그러나 그렇게 한번 힘들여 내려오더니 그 후로 웬만한 곳은 겁을 내지 않게 되었습니다.

족두리봉을 내려와서 우리들이 올라갔던 곳을 보니 그 바위는 매우 험악한 모습을 하고 있었습니다. 서너 곳에 밧줄을 걸어놓고 암벽훈련을 하는 사람들이 있더군요. 그들을 한동안 지켜보았습니다. 영화에서, TV에서는 자주 보았지만 이렇게 가까이서 암벽 훈련하는 모습을 보기는 처음이었습니다. 그들은 75도 가량 되는 경사면을 성큼 성큼 쉽게도 올라가더군요. 저도 군 시절에 유격훈련을 받으면서 외줄 로프를 타고 계곡사이를 건너가기도 했고, 높은 바위에서 로프를 타고 뛰어내리고 오르던 적이 있었습니다. 추석날 저네들이 암벽 훈련을 한다는 것도 꽤 특별한 것이지요. 그들은 그렇게 바위를 오르면서 짜릿한 스릴과 쾌감을 즐기는 것이었습니다. 그들에게는 그것이 추석날 맛난 음식을 먹는 것보다, 좋은 사람 만나는 것보다 더 즐거운가 봅니다. 과하지만 않으면 남자들에겐 괜찮은 취미라 여겨졌습니다.

님이여!

우리는 자꾸 앞으로 나아갔습니다. 점점 거세지는 바람을 온몸으로 받아내며, 땀방울을 등줄기로 흘러내리며 다음의 목적지인 비봉을 향해서 나아갔습니다. 그런데 왜 우리는 산을 자꾸 닮고 싶어하는 것일까요? 그 산 속에 있는 바위와 나무와 그 위를 나는 새들과, 새들 위의 하늘과 그것들의 숨소리, 향기마저… 우리는 그것들로부터 즐거움을 느끼고 겸손을 배우고 순종을 배우고 그러다가 나중에는 아예 그 모든 것과 하나가 되고 싶어 합니다. 왜 그런 마음을 갖게 되는 것일까요?

이는 우리가 본래 그들과 하나였기 때문이라고 생각합니다. 이에 관해서는 평소에 많은 생각을 했고 많이 말씀을 드렸기 때문에 여기서 더 말씀드리지 않겠습니다. 아무튼 산은 다시금 저희들 가슴 깊이 자리를 잡았고 우리는 이를 기뻐하여 마지 않았습니다.

가파른 비탈을 한동안 헐떡이며 오르다 보니 이내 산등성이에 이르렀습니다. 산등성이를 타고 또 얼마를 더 올라가야 했습니다. 오르다 오르다 내리막길이 얼

마간 있고 다시금 오르막을 올려 채며, 어떤 곳은 산등성이인데도 되레 발밑이
폭신거릴 만큼 모래흙이 쌓여 있었습니다. 바람이 모래흙을 휘날려 옮겨다 놓은
것이었습니다. 그래서 나무들은 저 아랫녘처럼 아무 장애 없이 자라서 키가 훤칠
하게 커 있었습니다. 그러나 정상부근이 다 그런 것은 아닙니다. 거센 바람이 모
든 모래알갱이들을 남김없이 날려버려 삭막하기까지 한 것이 보통이지요.

　막상 비봉에 다다르자 우리는 그곳을 넘어가지 않고 우회하기로 했습니다.
몇 년 전 겨울산행을 하며 넘어가 본 적이 있는데다 벌써 다섯시간 가까이 산
행을 해서 피곤하기까지 했거든요.
　우리는 편안하게 생긴 바위에 걸터앉아 잠시 쉬었습니다. 그리고는 서해 바
다가 어디 보이는가 하여 바위에 올라 멀리 살펴보았습니다. 아주 먼 곳까지
보였습니다. 인천 앞바다가 보였고 해안을 따라 길게 바다가 보였습니다. 날씨

가 쾌청했더라면 바다는 환히 빛났을 텐데요. 그런데 잠시 후 바다가 빛나기 시작했습니다. 구름이 호수만큼 열리고 그곳을 통로로 햇빛이 쏟아져내려 꼭 그 호수만한 넓이로 바다가 빛났습니다. 당신의 빛, 진리의 빛도 그렇게 열린 가슴으로만 임한다는 생각이 들었습니다. 그리고 열린 만큼 은혜가 쏟아져 내린다는 생각을 했습니다. 적게 열면 적게 임하고 넓게 열면 넓게 임하는 것이지요. 그것이 당신의 공평하신 섭리입니다. 그래서 "네 입을 넓게 열라. 내가 채우리라."말씀하신 것이라 믿습니다.

님이여!

저는 바위를 깔고 앉아서 가슴을 활짝 열고 산의 모든 것을 다 받아들였습니다. 눈에 들어오는 수목들의 푸른 색깔들, 항시 그곳에 우뚝 버티고 있는 거대한 바위들, 저 멀리 이어지는 산맥, 그리고 서해바다까지 다 저의 가슴에 끌어들였습니다. 그리고는 해가 질세라 서둘러 내려왔습니다.

내려오는 길 역시 멀고 험난하더군요. 그러나 가슴에 잔뜩 산을 안고 내려오는 저와 아내의 마음은 흐뭇했습니다. 좋은 하루였습니다. 님께서는 당신의 불편한 마음을 나타내시기 위하여 하늘을 온통 회색구름으로 덮어 놓으셨지만 오늘 님 안에서의 하루는 매우 소중한 느낌과 경험들로 채워졌습니다. 이제 한동안 산은 제 안에서 꿈틀거리며 힘이 되어줄 것입니다. 그리고 그런 에너지는 당신의 뜻을 따라 살아가는데 많은 도움이 될 것입니다.

앞으로 적어도 한 달에 한 두 번은 산에 올라야 하겠습니다. 묵은 때를 많이 씻어내는 유익한 시간들이 될 것이라 생각합니다. 그렇게 실행할 수 있도록 저를 인도하여 주시기 바랍니다. 그리하여 항상 산의 마음으로 살 수 있게 하여 주시기를 바랍니다.

가을이 내게 남긴 것

지난 가을, 님께서는 소중한 깨우침을 제게 주셨습니다. 님이 내리시는 채찍을 맞으며 여러 날 아파했지요. 전 그런 중에도 늘 감사의 기도를 드리지 않을 수 없었습니다. 그 채찍이 님으로부터 온 것임을 선연히 헤아릴 수 있었으니까요. '제가 무엇이관대, 이토록 일일이 마음 쓰시며 바로잡아주시는 것인지, 내버려두면 아들도, 아무것도 될 수 없는 자인데, 그런데 어찌 이토록 일일이 간섭하시면서 즉시즉시 발걸음을 돌이키게 하시는지…'

아파하는 사이 그렇게 아름답던 단풍이 다 져버렸습니다. 이젠 호수로변과 호수공원에서 우리의 가슴을 뭉클뭉클하게 만들었던 벚나무의 화려함도 거의 사라졌고 노랑과 연두와 갈색이 적절히 어우러져 하모니를 이루던 상수리나무의 아름다움도 볼 수 없게 되었습니다.

금년에는 어느 해보다 단풍이 고왔지요. 가을비도 많이 내리지를 않았고 서리도 아직 내리지 않았기 때문입니다. 벚나무 중 드물기는 하지만 아직도 나무하단에 아름다운 단풍을 매어달고 있음을 볼 수 있습니다. 이 가을엔 잎새란 모든 잎새들이 끝까지 빛을 발하고 있는 것입니다. 참으로 대단했던 가을이었습니다.

금년 가을, 전 '색깔이 우리에게 줄 수 있는 감동이 이렇게 대단한 것이로구나!'하는 것을 새삼 느꼈습니다. 각각의 색깔들이 다른 이미지로 다가오면서 고유한 메시지와 고유한 느낌을 만들어냈던 것입니다. 노란 잎새는 우리의 마음을 아주 따뜻하게 만들고, 빨간색은 우리의 가슴속에 있는 뜨거운 감정들이 술렁거리게 만듭니다. 노란 빛깔이 감도는 연두색도 아주 훌륭한 역할을 하지요. 울긋불긋 들뜬 분위기 속에서도 무언가 새로운 희망을 샘솟게 하고 그래서 우리들 속 깊이 있는 생명의 에너지를 꿈틀거리게 합니다. 그런데 놀라운 것은 한 숲에, 한 나무에 여러 가지 색깔이 사이좋게 어우러져 있어서 그때그때 특별한 감정의 움직임을 만들어내고 있다는 것입니다. 어떤 색깔이 우세하냐에 따라 때로는 우리의 가슴이 따뜻해지기도, 때론 뜨거워지기도, 차분해지도 하는 것이지요. 그러나 사실 그런 표현도 적절치가 않습니다. 아무리 문학적으로 훌륭한 표현을 한다 해도 그 거대한 색채의 물결이 일으키는 파장을 어찌 다 설명할 수 있겠습니까? 가을 숲의 다양한 정경은 마치 미술전시장에서 수많은 작품들의 이미지가 다 다르고, 그때마다 우리의 마음이 다르게 작용하는 것과 같습니다. 같은 숲이라도 어느 지점에 눈길을 주고 있으며, 어떤 감정의 상태에서 바라보고 있는가에 따라 우리의 느낌은 시시각각으로 달라집니다.

님이여!

어제 저녁 예배를 마치고 집까지의 먼 길을 쭉 걸어왔습니다. 그렇게 먼 길을 걸어본 것은 아주 오랜만이었는데 걸으면서 금년 가을을 정리할 수 있었습니다. 지난 가을 나무들이 어떻게 가을을 맞고 보내는가를 세심하게 보아두었지요. 이제 많이 조용해진 나무들, 숲의 모습을 보면서 님의 메시지를 어떻게 정리해야할지를 생각했습니다.

걸으면서 저는 파아란 하늘을 많이 쳐다보았고 그 가을하늘이 왜 그리 파란지를 알 수 있었습니다. 나무들이 여름과 편안하게 이별하고, 가을과 겨울을 보다 편안하게 맞이할 수 있게 하려는 님의 배려였던 것입니다.

사실 나무들이 여름과 결별하면서 푸르렀던 잎새들을 모두 털어버려야 한다는 것은 쉽지가 않았을 것입니다. 그만한 내면의 준비가 필요했을 것입니다. 그래서 님께서는 그 나무들이, 숲들이, 산들이 하늘의 깊은 곳까지 바라볼 수 있도록 배려하셨습니다. 하늘의 헤아릴 수 없이 맑고 깊은 '푸른 심연', 아무런 장애 없이 하늘의 미소와 하늘의 메시지를 보내고 받을 수 있는 청정한 하늘, 거기엔 하늘의 따뜻하고 깊은 속내를 읽는데 장애가 되는 어떤 것도 없습니다. 님께서는 그런 하늘을 가을마다 준비하시면서 나무들의 하늘에 대한 신뢰를 심고자 하셨던 것입니다.

하늘만 바라보면 된다는 것, 다만 하늘에 시선을 고정하고 있으면 된다는 것, 그러면 거기 계신 님께서 선한 섭리를 따라 다 이루신다는 것, 하늘만 바라보면 아무리 험난한 겨울이라도 능히 이겨낼 수 있다는 것을 믿도록 하셨습니다.

푸른 하늘에는 님의 그 같은 배려가 있었습니다. 그래서 나무들은 기꺼이 다 털어버릴 수 있었던 것입니다. 기꺼이 다 털어버리는 것이 더 풍성해질 수 있고 더 새로워질 수 있음을 알게 되었던 것입니다. 그렇게 해야 더 커질 수 있고 더 단단해질 수 있다는 것을 알았을 것입니다.

님이여!

하늘로부터 님이 보내시는 따뜻하고 서늘한 빛을 받아 새색시처럼 예쁘게 차려입었던 수목들, 저는 그런 수목들의 의연함과 자유함과 편안함을 읽으면서 '내가 어찌해야 하는가'를 배웠습니다. 전 참 미련했지요. 나무들처럼 하늘을 골똘히 바라보지 못하고, 하늘의 맑고 깊음 속에서 님의 음성을 잘 분별하지 못했습니다. 왜 그리 산만하고 왜 그리 분주했는지요? 왜 그렇게 님의 말씀을 듣는데 둔감하고 게을렀는지요?

그러나 님의 은혜로 이제 정신을 차렸습니다. 이제사 당신 앞에 조용히 앉아 오롯이 말씀의 거울을 들여다보게 되었습니다. 오직 님만 바라보리라 결심하고 수없이 저 자신에게 다짐했습니다. 허망했고 부질없었던 욕망의 찌꺼기들, 이제 다 버리고, 철저히 미워하며 살기로 했습니다. 결코 두 주인을 섬기는 헛된 수고를 하지 않겠습니다. 인도하여 주십시오. 주관하여 주십시오.

제3부

말씀 속으로

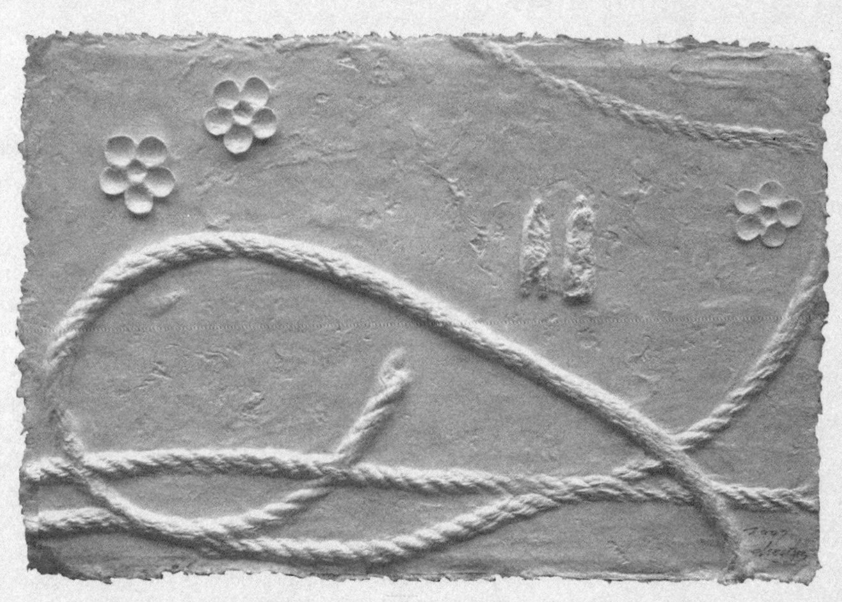

아버지를 더 잘 알게 하십시오

사도요한은 님의 기도 말을 가슴에 고이 묻어두었다가 그의 복음서 17장에 세세하게 기록했습니다. 그 중에 한 말씀을 적습니다.

"나는 이 사람들에게 아버지를 알게 하였으며 앞으로도 그렇게 하겠습니다. 그것은 아버지께서 나를 사랑하신 그 사랑이 그들 안에 있고 나도 그들 안에 있게 하려는 것입니다. (25절)"

주께서 계속하여 아버지를 알게 하시겠다는 것은 단순한 지식의 확장이 아니었습니다. 아버지에 관해 더 깊이 깨달아 그분의 심정, 희망, 사랑을 더 잘 헤아리게 하시겠다는 것이지요. 그 깨달음은 성령으로 가능한 것인데, 님께서는 이미 성령 강림을 여러 차례 말씀하셨습니다.

그런데 깨달음은 말씀을 묵상할 때만 있는 것도, 부르짖어 산골짜기를 울리는 '외침기도'를 해야만 하는 것도 아닙니다. 다양하고도 진지한 노력들과 함께 말씀을 조용히 읽으며 새롭게 발견되는 것을 메모하고, 훌륭한 설교를 들으며, 생활 속에서 당신의 손길을 느끼며, 성도끼리 믿음의 대화를 나누는 중에도 가능합니다.

님께서 아버지를 잘 알 수 있게 하시겠다는 기도말에서 이미 그 '앎'은 당신의 은혜로만 가능하다는 것이 전제되고 있습니다. 또한 "앞으로도 그렇게 하겠습니다."라는 말씀에서 그 앎이 한 순간에 완료될 수 없음도 전제하고 있습니다. 그런 의미에서 돈오돈수(頓悟頓修 단박에 깨달아서 단박에 인격을 완성한다는 참선논리)는 말씀과 배치됩니다. 아무리 본질적인 문제에 관해서 큰 깨우침을 얻었다해도 단 한 번의 깨달음으로 완전한 경지에 이른다는 것은 불합리한 것이지요.

저의 경우만 하더라도 많은 횟수의 깨달음이 있었는데, 그럼에도 불구하고 지금 저는 이렇게 부족합니다. 더 많이 깨달아야 하고 더 많이 아버지를 알아야만 이 미련함에서 벗어날 수 있습니다. 만일에 돈오돈수의 논리처럼 진리를 깨달은 제가 더 이상 깨달음의 필요성이 없다면 어찌될까요? 그리하여 어떤 수도승처럼 구도자적인 노력을 중지해버린다면 어찌될까요? 그보다 더 큰 교만이 없을 것이고 그보다 더 큰 시험이 없을 것입니다.

님이여!

존경하는 바울사도는 그 앎을 위해 필사적이었습니다. 그만큼 아버지와 당신을 아는 것이 얼마나 소중한 것인지를 알았기 때문이었을 것입니다.

"나에게는 그리스도를 아는 지식이 무엇보다도 존귀합니다. …그것은 내가 그리스도를 얻고 그리스도와 하나가 되려는 것입니다.(빌3:8)"

"내가 바라는 것은 그리스도를 알고 그리스도의 부활의 능력을 깨닫고 그리스도와 고난을 같이 나누고 그리스도와 같이 죽는 것입니다.(빌3:10)"

바울의 그 바람이 '지식의 탐욕'이 아님은 명백한데, 그는 이미 많은 것을 깨달았고 많은 체험을 했었지요. 그런데도 그가 그리스도를 더 얻고, 더 알려고 하는 것은 무엇일까요? 나아가 그리스도와 하나가 되려는 것의 본질은 무엇일까요?

온전히 그리스도를 덧입어 그리스도처럼 되려는 것이었습니까? 그리스도처럼 된다는 것, 그것은 매우 위험한 것은 아닐까요? 그리스도처럼 행세하겠다는 말로도 들릴 수 있으니까요.

물론 바울이 그리스도의 완전성에 도달함으로써 그리스도의 심장을 가지고 사랑하며 섬김으로써 하나님께서 더욱 기뻐하시는 상태에 이르겠다는 열망일 것입니다. 바울사도는 이미 복음의 능력을 많이 드러냈었습니다. 온갖 질병을 고치고 죽은 사람까지 살렸으며 여러 기적을 일으키고 수많은 귀신을 쫓아내었습니다. 그럼에도 그는 아직 자신 안의 죄와 비참을 보았을 것입니다. 그래서 더욱 회개하며 더 큰 은혜를 갈망하며 성화(聖化)를 위한 노력을 계속했을 것입니다.

님이여!

그렇다면 그리스도를 더 얻는 것과 그리스도인의 능력과는 어떤 상관관계가 있는 것입니까? 그리스도께서 더 많이 오시면, 즉 그리스도께서 더 많이 자신을 차지하고 계신다면, 그리하여 그분의 심성, 주의 평화, 주의 자유, 주의 기쁨, 주의 온유, 주의 절제 등 많은 은혜들이 추가된다면… 그리되면 그것이 그리스도의 능력이 되는 것이겠습니까? 그리하여 그리스도를 자연스럽게 드러냄으로써 그리스도를 더 많이 나타내고 더 많이 전파할 수 있는 것이겠습니까? 더 많은 치유와 더 빈번한 기적과 더 많은 구마를 할 수 있는 것이겠습니까?

그러므로 님께 간구합니다. 제자들에게 아버지를 더 알게 하시겠다는 주의 바람이 제 속에 풍성히 이루어지게 하여 주십시오. 바울사도의 소원을 동일하게 가지고 있는 제가 그리스도를 더 얻고 더 온전히 그리스도와 하나가 될 수 있게 하여 주십시오. 그리하여 내적으로 온전히 강하게 하시고 성숙하게 하시고 이를 통해 당신을 더욱 힘 있게 드러낼 수 있게 하여 주십시오. 아멘.

 # 내 마음에 드는, 잊을 수 없는 이름

이스라엘 백성은 모세가 하나님을 만나러 시내 산에 올라간 사이 아론을 부추겨서 금송아지를 만들었습니다. 대언자 역할을 하던 모세가 오랫동안 보이지 않자 자꾸만 불안해졌던 때문이었습니다.

"믿음은 바라는 것의 실상이요, 보지 못하는 것의 증거니라."라는 말씀처럼 참된 믿음은 '보이지 않는 것을 믿는 것'이라는 점을 백성들이 몰랐던 것입니다. 그래서 그들은 자신들이 만든 금송아지 앞에서 먹고 마시며 춤추고 놀았습니다. 상징적으로 금송아지가 하나님의 형상이라 여기면서 그랬던 것입니다. 그것이 하나님 말고 다른 무엇을 지칭한 것은 결코 아니었습니다. 그럼에도 그것은 하나님 앞에 엄청난 범죄였습니다.

하나님께서는 대노하셨지요. 모세도 진노했습니다. 그래서 모세는 자제력을 잃고 손에 들었던 십계명 돌판을 자신도 모르는 사이 번쩍 들어 내동댕이쳤습니다. 사십일이나 금식하며 하나님으로부터 받은 소중한 것을…

백성들에게 곧 하나님의 무서운 징벌이 임했습니다. 레위인들이 의기충천, 칼을 빼어들고 일어나 우상숭배자 삼천을 찔러 죽였습니다. 그래도 하나님의 서운한 마음은 완전히 가시지 않았습니다. 그래서 모세에게 "너는 이제 곧 내가 말한 곳으로 백성을 데리고 가거라. 내 천사가 앞장 서 갈 것이다. …너희는 고집이 센 백성이기 때문에 내가 너희와 동행하다가는 도중에 너희를 없애버릴지도 모르니 너희와 함께 올라가지는 않겠다."말씀하셨습니다.

이에 모세가 간절히 아뢰었습니다.

"하지만 당신의 파송을 받아 저와 같이 갈 분이 누구신지 아직 가르쳐 주시지 않으셨습니다. 당신께서는 저에게 '너는 잊을 수 없는 이름, 너는 내 눈에 든 사람'이라 하셨는데, 정녕 당신의 눈에 드셨다면 저의 갈 길을 부디 가르쳐 주십시오. 제가 당신을 잘 앎으로써 항상 당신 눈에 들게 해 주십시오. 이 민족이 당신의 백성인 것을 기억해 주십시오. 만일 당신께서 함께 가시지 않으려거든 우리도 여기를 떠나 올라가지 않게 해 주십시오. 당신께서 우리와 함께 가지 않으신다면 저와 당신의 백성이 당신의 마음에 들었는지 어떻게 알 수 있겠습니까? 함께 하셔야만 세상의 모든 백성보다 당신의 백성을 우대하신다는 것이 증명됩니다."

님이여!

여호와께서는 모세의 이 기도를 매우 기특하게 여기시고 다시금 말씀을 내리셨습니다.

"내가 너를 데리고 가서 너를 편하게 하리라. 너야말로 과연 내 마음에 드는 자요, 잊을 수 없는 이름이다. 지금 네가 청한 것을 다 들어주리라."

모세가 간청한 '모든 것'을 다 들어주신다는 것, 그보다 풍성한 응답은 있을 수 없습니다. 그렇다면 그 무엇이 하나님의 마음을 그처럼 감동케 했습니까? 한 번 결정하시면 번의하시는 일 없이 그대로 실행하시고야 마는 분이신데 어찌 그 지엄한 결정을 철회하시고 최상의 칭찬까지 아끼지 않으셨습니까?

저는 모세의 기도를 자세히 들여다보면서 모세의 마음이 참으로 순수했고 사랑의 본질에 매우 충실한 기도를 드렸다 생각되었습니다. 다른 무엇이 아니라 여호와 하나님을 원하는 마음, 하나님을 진실하게 사랑하는 사람만이 가질 수 있는 그 마음이 모세에게 있었습니다. 그 마음이야말로 무엇보다 소중했다 생각합니다.

하나님께서 아브라함에게 나타나 말씀하신 적이 있지요. "나는 너의 지극히 큰 상급이라." 하나님께서 주시는 그 무엇, 이 세상에 속하였거나 저 세상에 속하였거나 간에 다른 무엇이 아닌 하나님 자신이 아브라함의 상급이라는 사실. 이는 주의 말씀대로 '지극히 큰 상급'이며 그보다 더 큰 상은 있을 수 없습니다. 하나님께서는 그처럼 당신 자신을 아브라함에게 주시기를 원하셨고, 그렇게 대단한 사랑을 드러내셨습니다.

그런데 믿음의 사람 모세는 '하나님의 원의' 대로 하나님 자신을 원했습니다. 당신께서 함께 해 주시기를… 자신과만이 아니라 이스라엘 민족 전체와 함께 해 주시기를 구했습니다. 그 마음이 하나님 마음에 합당하게 받아들여진 것이고, 하나님의 마음을 감동하게 만든 것이었습니다.

님이여!

인간사에 있어서도 참된 사랑은 그렇게 상대의 인격에 중심을 두어야 합니다. 상대방의 배경이 한 인격보다 중요하게 고려되어서는 안 됩니다. 재산, 학벌, 명예, 그로 인한 가능성 등은 부차적일 뿐입니다. 자신의 중심을 주고 상대방의 중심을 사랑하는 마음, 그것이 사랑의 참된 모습입니다. 환경은 상황에 따라 달라질 수 있어도 개인의 본질은 쉬이 달라지지 않기 때문입니다.

그런데 현실적으로 그렇지 못하며 심하게 왜곡되고 굴절되어 있습니다. 사랑이란 이름으로 상대방의 몸을 탐닉하는 것도 마찬가지입니다. 몸도 한 인격을 구성하는 일부일 뿐이므로 그렇고 그 몸이라는 것이 시간이 흐르면서 변하기 때문에 그렇습니다. 그렇다면 한 인격 전체를 사랑한다는 것은 과연 무엇이라 설명할 수 있습니까? 님의 지혜를 구하면서 다음과 같이 풀어봅니다.

「나는 그가 다른 누가 아닌 '그' 이기 때문에 사랑한다. 그는 고유한 이름을 가지고 있으며, 고유한 특성을 가지고 있으며, 고유한 분위기를 가지고 있다. 그 고유함이란 여러 특성들이 고유하게 조화된 바로서의 고유함이다. 뿐만 아니라 나와의 관계에 있어서도 그는 고유하다.

만남의 시작과 그 후의 과정, 그것은 반복될 수 없고 재현될 수 없다. 그와의 추억들도 고유성에 포함되어 있음은 당연하다. 따라서 그와의 관계 속에서 앞으로 일어날 크고 작은 일들도 고유성에 포함되어 마땅하다. 그러므로 한 인격이란 개개의 요소를 떼어서 생각할 수 없고 모든 것이 유기적으로 관련을 맺은 총체적인 바의 것이다.」

님이여!

당신에 대한 사랑도 인격적이어야 함을 생각합니다. 당신께서 무한히 높고 영광스러우시며 지엄하시고 전능하신 분이기는 해도 사랑의 대상이기 때문에 인격적일 수밖에 없습니다. 당신께서는 그런 사랑을 우리에게 바라셨고, 우리도 이에 맞갖게 반응할 때 당신께서 영광스러워 하십니다.

모세가 예의 그 기도를 드리기까지는 하나님께서 매우 서운해 하셨었습니다. 그런데 모세의 고백으로 인해 마음이 감동되셨고 노기가 풀렸습니다. '참으로 인격적인 하나님' 이라는 사실을 확인하는 대목이 아닐 수 없습니다.

그렇습니다. 가나안 땅을 들어가기까지, 아니 그곳에 들어가 땅을 차지한 후

에도 당신께서 함께 하지 않으신다면 무슨 의미가 있습니까? 당신께서 아니 계시고 사람만이 있다면 무엇이 좋겠습니까? 비록 환경이 좋아 젖과 꿀이 흐른다 한들 그것이 다 무엇이겠습니까? 이를 뒤집어서 사람이 당신께서 주시는 것을 바라기만 하고, 정작 당신에 대해서는 관심이 없다면, 그렇다면 님의 보람이 무엇이며 님의 기쁨이 무엇이겠습니까?

당신은 정녕 우리가 드리는 예물이나 공로를 원하시는 것이 아니라 우리의 전체, 우리의 중심을 원하십니다. 당신으로 감격하고 당신을 향해 오롯이 열려있는 마음, 당신보다 더 사랑하는 것은 있을 수 없으며 당신에 비하면 제 아무리 귀한 것이라 해도 배설물에 불과한 것으로 여기는 오롯한 마음을 원하십니다.

그렇습니다. 우리를 인도하시며, 우리를 위해 온갖 희생을 아끼지 않으시는 당신의 기쁨은 다른 데 있는 것이 아니었습니다. 우리가 당신의 마음을 헤아려 드리고, 그래서 한 마음으로 당신을 사랑하고, 당신의 기뻐하시는 모습으로 살아갈 때 당신은 큰 기쁨을 느끼십니다. 우리가 당신의 말씀, 당신의 법도를 따라 정의롭게 살 때 그것이 당신을 기쁘시게 하는 것이었습니다.

그렇습니다. 그래서 당신께서는 모세의 순수한 기도를 그처럼 기뻐하셨고 그래서 최상의 칭찬을 아끼지 않으셨습니다. "너야말로 과연 내 마음에 드는 자요, 잊을 수 없는 이름이다." 모세가 받은 말씀은 그야말로 메시아적인 수준이었지요. 대단하고 의미심장한 것이 아닐 수 없습니다.

"이는 내 마음에 드는 아들이요, 내 사랑하는 아들이다."

예수께서 요단강에서 세례를 받으시고 뭍으로 올라오실 때 하늘로부터 들려온 음성이었습니다. 지당한 분부이셨습니다. 마땅한 말씀이었습니다. 예수 그리스도야말로 당연히 가장 기뻐하는 분이요, 당신 마음에 가장 흡족한 분입니다. 아무렴요, 주님께 대해서는 그 이상의 표현도 가하다 사료됩니다. 아버지의 뜻을 이루기 위하여 높고 높은 보좌를 버리고 낮고 낮은 이 땅에 강림하셔서 당신 몸을 제물로 내놓으시기까지 한 분, 그런 분을 어디서 만날 수 있겠습니까?

님이여!

제 마음이 늘 그렇게 순수하기를 바랍니다. 죄악이 많은 세상에 섞여 살면서 순수한 마음 유지하기가 매우 어렵습니다. 게다가 저는 아직 믿음의 연단을 받는 중에 있고 그래서 고난의 풀무불이 아직 꺼지지 않은 상태에 있습니다. 여러 어려움을 헤쳐 나가기 위하여 인간적인 술수를 부릴 가능성도 상존해 있습니다. 그래서는 안됩니다. 그럴수록 님을 더 의지해야지요. '완전한 것에 유의' 해야지요.

당신께서 도와주셔야 하겠습니다. 하시 당신께서 도와주시지 않으면 언제 불순해질지 알 수 없는 자가 아닙니까? 저 스스로 바르게 설 수 없는 자가 아닙니까? 인도하여 주십시오. 성령께서 늘 함께 계시니 성령의 도움을 늘 의지하겠습니다. 늘 님의 보혈공로를 의지하겠습니다. 주관하여 주십시오.

 # 예수님의 족보는 나의 족보입니다

마태는 주의 족보를 아브라함으로부터 시작하여 다윗을 거쳐 요셉으로 내려오고 있습니다. 그에 비해 누가는 거꾸로 거슬러 올라 결국엔 하나님께 까지 이르는 방법을 택하고 있습니다.

저는 이 판이한 관점을 어떻게 이해해야 하는가에 관해서 곰곰이 생각해 보았습니다. 그런 후에 이를 가지고 기도하기 시작했지요. 기도하면서 이번 성탄절에 당신께서 베푸시는 은혜의 강물이 흐르기 시작했습니다.

님이여!

마태는 하나님께서 우리 믿음의 조상 아브라함에게 나타나 언약하신 것을 주목했습니다.

"네 고향과 친척과 아비의 집을 떠나 내가 장차 보여 줄 땅으로 가거라. 나는 너를 큰 민족이 되게 하리라. 너에게 복을 주어 네 이름을 떨치게 하리라. 네 이름은 남에게 복을 끼쳐 주는 이름이 될 것이다. 너에게 복을 비는 사람에게는 내가 복을 내릴 것이며 너를 저주하는 사람에게는 저주를 내리리라. 세상 사람들이 네 덕을 입을 것이다.(창12:2-3)"

"나는 전능한 신이다. 너는 내 앞을 떠나지 말고 흠 없이 살아라. 나는 너와

나 사이에 계약을 세워 네 후손을 많이 불어나게 하리라.(17:1-2)

나는 너에게서 많은 자손이 태어나 큰 민족을 이루게 하고 왕손도 너에게서 나오게 하리라. (창17:6)"

큰 민족을 이루게 될 것이며 왕손이 나오게 될 것이라는 약속. 그것은 곧 메시아의 약속임이 분명합니다. 마태는 그 언약이 믿음의 조상 아브라함의 계보를 이어 어떻게 면면이 흘러왔는지를 밝히고 있습니다. 전능하신 하나님의 약속, 그 예언의 말씀이 역사의 험산준령을 넘고 넘으면서도 어떻게 끊어지지 않고 흘러왔는가 하는 점을 담담하게 기록하고 있는 것입니다.

그 흐름은 하나의 큰 강물이었습니다. 참되고 보편적인 생명이 그리스도를 통해 온 세상에 퍼지는 놀라운 비전을 담고 있다는 점에서 「생명의 강물」이라 말할 수 있습니다. 결코 단절되는 일없이 도도하게 흘러온 그 강물. 거기에는 인류에 대한 하나님의 무한한 사랑과, 인류를 죽음으로부터 구원하기 위한 하나님의 굳은 의지가 깃들어 있습니다. 그렇게 아브라함으로부터 52대를 흘러온 강물은 요셉에 이르렀고 마리아의 몸을 통해 마침내 구원자는 탄생했습니다. 생명의 근원이시며, 인류의 희망이고 왕이신 하나님의 아들 예수 그리스도가 오신 것입니다.

'임마누엘' 의 별칭을 가지고 오신 그분. 그분에 관한 족보는 더없이 의미심장한 것이지만 마태는 어떤 수사 없이 인간적인 흥분을 담담히 억누른 채 사실에 입각하여 '구원역사' 를 써내려갔습니다.

율법이 있었으나 부패한 심성으로 인해 그 좋은 율법이 무거운 짐이 되었고 아픈 멍에가 되었지요. 이스라엘을 제외한 모든 이방족속은 구원의 여망조차 없었습니다. 그처럼 암울한 인류에게 생명의 빛을 비추시기 위해 오신 구원자 예수, 우리는 그분의 오심이 하나님께서 수천 년을 두고 집요하게 추진해 오신 구원역사의 결정체였음을 발견하며 감동합니다.

그런데 누가는 예수 그리스도의 족보를 기록하면서 특별하게도 거슬러 올라가는 방법을 택하고 있습니다.

"사람들의 아는 대로 (예수는) 요셉의 아들이니 요셉의 이상은 헬리요, 그 이상은 맛닷이요, 그 이상은 레위요, 그 이상은 멜기요, 그 이상은 얀나요, 그 이상은 요셉이요, 그 이상은 맛다디아요… 그 이상은 에노스요, 그 이상은 셋이요, 그 이상은 아담이요, 그 이상은 하나님이시니라.(눅3:23-38)"

그의 호흡은 마태보다 길어서 아브라함을 거슬러 인류의 조상인 아담에 이르고 거기에서 대뜸 하나님까지 이르렀습니다. 예수 그리스도는 하나님으로부터 비롯되었으며 동시에 사람의 족보를 따라 나신 '사람의 아들'이라는 점을 강조하고 있는 것입니다. 따라서 그 족보 안에 들어있는 모든 사람이 하나님께서 지으신 하나님의 아들딸이라는 것도 함께 증언되고 있는 것이지요. 사람과 하나님이 한 줄기로 이어지고 있다는 인식, 그것은 하나님께서 사람을 지으셨기 때문에 하나님이 사람의 아버지가 될 수 있다는 식의 단순한 사고 그 이상입니다. 그것이 무엇일까요?

"우리를 만드신 하나님은 우리를 존재케 하신 분일 뿐더러 우리를 사랑하시어 우리 안에 들어오시기를 원하셨다. 예수 그리스도의 강생은 그런 열망이 성취된 것이고 이를 통해 인류는 새로운 차원, 새로운 경지의 삶을 누리게 되었다. 즉 하나님은 모든 사람과 개별적인 관계를 가지는 완벽한 아버지가 되었고 따라서 사람은 전능하신 하나님의 아들이 되는 자격을 법적으로 보장받게 되었다."

님이여!

아무리 비약을 거듭한다 해도 한 가문의 족보가 하나님에게까지 이를 수는 없는 것입니다. 그럼에도 이런 비약을 가능하게 한 것은 성자의 지극한 비하를 통해 드러난 하나님의 사랑과 자비하심 때문이었습니다.

"그가 여인의 몸에 나신 것은 우리로 아들의 명분을 얻게 하려 하심이니…"

더욱 놀라운 것은 이방족속에 불과한 사람들조차도 그리스도의 강생으로 은혜의 수혜대상자가 되었다는 점입니다. 그리스도 이전의 하나님은 어디까지나 이스라엘의 하나님이셨지요. 그런데 그리스도를 통하여 '누구든지' 주 예수를 부르는 자는 구원을 얻게 되었고 하나님의 자녀가 되는 자격을 얻게 되었습니다. 예수 그리스도 덕분에 우리도 아브라함을 믿음의 조상으로 모신 선민이 되었고, 2천년의 간극을 단숨에 뛰어넘어 예수 그리스도의 족보를 그대로 잇게 된 것입니다. 정녕 하나님까지 거슬러 올라간 누가의 그 족보는 예수 그리스도의 족보를 넘어 모든 믿는 이방인들의 족보가 된 것입니다.

그런 의미에서 이방인들의 성탄은 더욱 감격스러운 것이어야만 합니다. "그리스도가 오시기 전에는 어둠이었고 멸망이었으며 죄를 뒤집어쓴 채 벗을 길이 없었으며 그래서 절망뿐이었는데… 그런데 그리스도로 인하여 그 기쁨의 소식이 지상의 모든 족속에게 미쳐 은총의 햇빛이 광범위하게 비치게 되었습니다. 이제 이방죄인의 멍에를 지지 않게 되었고 이른바 선민이라는 사람들에게 차별대우를 받을 필요가 없게 되었습니다.

말씀이 육신 되어 오신 님이여! 말씀이 떨어지기만 하면 어둠의 혼돈 속에 찬란한 빛이 비치고 창공이 생겨나며 뭍이 드러나 바다와 육지가 갈라져 순종하게 하시는 당신께서 썩어질 육신을 입으셨다니요? 포대기에 싸여 말구유에 눕혀진 비하의 극치, 이것이 메시아의 징표가 되었다니요? 그런 당신 앞에 우리의 경배와 우리의 찬미는 어떤 것이어야 하는지요? 실로 송구하기 이를 데 없어 아무리 은혜라 하여도 덥석 그 은혜를 받아들이기가 민망스럽습니다.

님이여!

마태복음의 족보엔 특별히 다섯 여인이 등장하고 있습니다. 창녀처럼 변신하고 시아버지 유다로부터 씨를 받아 대를 이은 다말, 저 여리고성 안 신전 창녀였던 기생 라합, 시어머니 나오미를 따라 남편의 나라에 돌아왔고 그곳에서 왕의 혈통인 보아스를 만나 다윗왕의 할아버지를 낳은 룻, 자기 남편을 죽인 다윗왕의 첩으로 들어와 솔로몬을 낳은 바쎄바. 그리고 순결하기 이를 데 없는 그리스도의 모친 마리아. 마리아는 그리스도를 낳기에 흠 없는 미덕과 믿음을 가진 처녀였지만 나머지 네 여인이 족보에 그 이름을 올렸다는 것은 족보의 결정적인 흠이 될 수 있습니다. 그리스도가 성스럽고 무흠한 계보를 따라 오신 것이 아니라 죄악의 질곡을 거쳐 오셨다는 것을 설명하고 있기 때문이지요.

그런데 그 점은 그리스도께서 오신 족보의 기록에서조차 죄악의 흔적을 발견할 수 있었다면 다른 족보들은 어떠했을까를 추측하게 합니다. 우리 민족의 조상들은요? 아니 나의 조상들은요? 이에 대하여 당신 앞에 무엇을 읊조린다는 것은 수치스러울 뿐인 것임을 잘 알겠기에 유구무언, 입을 닫아야만 하겠습니다.

님이여!

죄악의 절정에, 역사의 절정에 이 땅을 찾아오셨던 당신, 그리고 오늘 가난하고 겸손한 이들 안으로 매일 오시는 당신, 당신께서는 이제 역사의 끄트머리에 죄악의 역사를 마감하시고 정의로 충만한 나라를 세우시기 위하여 왕의 왕으로 다시 오실 것을 기대합니다. 따라서 오늘의 성탄절은 다시 오실 당신을 전제할

때에만 기쁨이 되고 평화가 될 수 있습니다. 그러므로 우리는 이천년 전 쌔근쌔근 잠들어있는 아기 예수의 모습에 왕 중의 왕, 군주 중의 군주이신 당신을 오버랩 시켜 바라봅니다. 연약하기 이를 데 없는 고사리손의 당신과 영광과 권능과 아름다움의 원천이신 당신의 극명한 대비, 우리는 항시 이 두 모습을 소중히 가슴에 품어야만 하겠습니다. 당신의 비하가 있었으므로 우리의 구원이 시작되었고 당신의 놀라운 신성이 있으므로 우리의 소망이 실현될 것이기 때문입니다. 마라나타!

 # '달리다 쿰'이 계속되게 하소서

　회당장 야이로에게는 외동딸의 중병이 매우 가슴 아팠을 것입니다. 백방으로 딸의 소생을 위해 노력했겠지요. 그러나 병은 깊어만 갔습니다. 생명의 하나님께 많이 간구했을 것입니다. 그런 그에게 예수님에 관한 소문이 들려왔지요. 그는 결심을 하고 예수님을 찾아 나섰습니다. 예수님께 나아간 그는 예수님 발 앞에 엎드려 절절히 간구했고 다행이 예수님으로부터 허락을 받았습니다. 그래서 자신의 집을 향하여 예수님과 함께 가고 있는데 그만 비보에 접하고 말았습니다. 자신의 딸이 죽었다는 것이었습니다. '올 것이 왔구나! 이제 다 끝났구나!' 야이로는 가슴이 철렁 내려앉고 긴장이 일시에 풀려 다리가 후들거렸을 것입니다. 그러나 예수께서는 그런 그에게 "걱정 말고 믿기만 하라. 그러면 딸이 살아날 것이다." 말씀해 주셨지요. 소녀가 죽어있는 집에 당도한 예수께서는 모여든 많은 사람들에게 "아이는 죽은 것이 아니라 자고 있다."말씀하셨습니다. 사람들은 코웃음을 쳤지요.

　"달리다 쿰!"

　예수님의 이 말 한 마디에 소녀는 숨을 쉬며 깨어나 일어나 앉았습니다. 모두들 놀라워했지요. 누구보다 많이 놀란 것은 아이의 부모였을 것입니다. "세상에, 죽은 내 딸이 살아나다니!"

님이여!

이 기적으로 인하여 예수님은 생사화복을 주관하시는 분이심이 확실해 졌습니다. 죽음을 원치 않으실 뿐 아니라 모든 이들에게 부활을 주시는 분임도 뚜렷해졌습니다. 이 기적 외에도 예수님은 죽었던 이를 살리는 기적을 두 번 더 일으키셨습니다. 한 번은 상여를 떠메고 가는 이들의 발걸음을 멈추게 하고 과부의 아들 청년을 살려내셨습니다. 또 한 번은 장사한 지 나흘이나 된 나사로를 무덤에서 살려내셨습니다. 놀랍고 놀라운 일이었지요. 그러나 이는 어찌 보면 예수께서 하나님의 아들이시기 때문에 당연한 것이라 생각할 수 있습니다. 지금에 와서 이 기사를 반복하여 읽는 성도들에겐 심드렁하기까지 합니다.

님이여!

그런데 그 일들은 아주 먼 옛날 일로 그치고 마는 것이 아니라 오늘의 나와 관계되는 것으로 생각되어야만 합니다. 오늘 나의 생활 속에도 "달리다 쿰!"의 역사는 너무나 절실하기 때문입니다.

그렇습니다. 예수께서는 죽음을 원치 않으셨습니다. 죽음은 모든 것을 정지시켜 개인의 삶을 무화(無化)시켜버리는 것이지요. 죽음으로 인해 활기 있는 모든 것들은 일시에 중지되고, 모든 조화도 깨어지고 맙니다. 이내 육체는 냄새를 피우며 썩고 마침내는 아무것도 남지 않게 되지요. 더 이상 말할 수 없고 노래할 수 없으며 생산적인 어떤 무엇이 일어날 수가 없습니다.

소녀의 죽음, 그녀는 부모들의 귀여움을 받으며 친구들과 어울려 놀고 열심히 공부도 했을 것이며, 자라나면서 점점 예뻐지고 똑똑해져 갔을 것입니다. 때론 맑은 목소리로 당신을 찬양하며, 작고 예쁜 손을 모아 당신께 경건히 기도했을 것입니다. 자주 기쁨과 평화가 샘물처럼 퐁퐁 솟아났을 것이고, 때론 그것이 비온 뒤 샘물처럼 흘러나와 이웃사람들을 기쁘게도 해주었을 것입니다.

그런데 그런 소녀가 죽었고 그의 모든 활동들은 다 정지되고 말았습니다. 더 이상 소녀의 재잘거림과 소녀의 노래와 소녀의 미소를 보거나 들을 수 없게 되었습니다. 당신께서도 그 소녀로부터 어떤 경배와 찬양도 받으실 수가 없게 되었습니다.

그런 상태를 님께서는 원치 않으셨습니다. 그래서 당신께서는 그를 살리셔야만 했고 마침내 '달리다 쿰!' 한 마디에 소녀는 살아났습니다. 모든 것은 원래대로 회복되었습니다.

"이 아이에게 먹을 것을 주어라."

이 말씀은 소녀가 온전히 회복되었음을 의미하는 것입니다. 그녀는 중병으로 오랫동안 제대로 먹지 못했을 것입니다. 병이 들면 식욕이 떨어지고 먹는다 해도 음식물을 제대로 소화할 수 없지요. 그런데 그런 소녀에게 이제 먹을 것을 주라 하심은 그가 음식물을 잘 소화할 수 있게 되었다는 것을 뜻하는 것이 아니고 무엇이겠습니까?

님이여!

그 '달리다 쿰!'은 단지 죽은 자가 일어나는 일회적인 것으로 한정되지 않고 나와 이웃의 삶 여러 영역에 확대 적용되어야만 합니다. 이미 예수 그리스도를 주님으로 모신 사람들은 모두 '달리다 쿰!'의 말씀을 받을 만한 사람들입니다. "믿기만 하라. 그러면 네 딸이 살아날 것이다." 라는 말씀처럼 '믿기만 하라, 네 무거운 짐이 벗겨지고, 네 산 같은 근심이 사라지고, 네 암흑같은 절망이 사라질 것이다. 다시금 네 안에 활력이 솟아나 팔 다리에 힘이 생기고, 가시와 엉겅퀴 같은 혼란이 사라질 것이다' 라고 믿어야 합니다.

네, 오늘 우리 주님의 사랑과 임재와 권능을 믿으면, 말씀대로 여러 죽은 것들이 살아날 것입니다. 침체된 경제, 병든 몸, 단절된 인간관계가 회복될 것입니다. 사라졌던 기쁨과 평화가 회복될 것입니다. 그 죽음과 정체가 오래되어 제아무리 견고하다 해도 상관이 없습니다. 주님의 말씀만 있으면 온전히 살아나 활기가 넘칠 것입니다.

님께서는 야이로의 딸이 누워있는 집 안으로 들어 가셨듯 우리의 삶, 우리의 생활 속으로 들어오기를 원하십니다. 우리의 진실된 영접을 원하고 계십니다. "제 집으로 오셔서 제 딸을 고쳐 주십시오." 예수님의 발 앞에 납작 엎드려 눈물의 간청을 드렸던 야이로처럼 그렇게 겸손되이 기도하기를 원하십니다. 그렇지 않고 예수님의 능력, 예수님의 힘을 빌리기만 할 속셈이라면 '달리다 쿰!'을 기대해서는 안됩니다. 예수께서는 그런 비인격인 관계를 기뻐하지 않으시기 때문입니다. 문제가 해결된 후에 홀대받을 것이 뻔한 상태, 은혜가 은혜 되지 못하는 상황을 원치 않으시기 때문입니다.

님이여!

베드로, 야고보, 요한, 바울등 주님의 제자들은 달리다 쿰을 보고 몸소 체험했을 뿐 아니라 이를 나누어 준 사람들입니다. 오늘의 우리도 그러해야 합니다. 우리가 작은 예수로 살아가는 것일진대 예수 그리스도의 권능이 생활 속에서 드러나는 것은 마땅합니다. 현실적인 '달리다 쿰'과 영적인 '달리다 쿰' 둘 다 중요하다 생각됩니다. 근본적인 것은 영적인 것이지만 현실 속에서 여러 다양한 모습으로 '달리다 쿰'이 일어나야 한다는 것 역시 매우 중요합니다. 예수께서 죽은 자를 살리시는 기적을 세 번이나 일으키신 것을 보아도 알 수 있는 것이지요.

오늘 나와 이웃의 삶에 그런 달리다 쿰이 빈번하게 재현되기를 원합니다. 눈의 기능이 죽어 있는 장님들에게는 사물을 볼 수 있는 달리다 쿰의 역사가, 귀의 기능이 죽은 이들에게는 들을 수 있는 달리다 쿰의 역사가, 귀신이 들려 건전한 판단작용이 죽어있는 이에게는 귀신이 나가는 달리다 쿰의 역사가 있기를 바랍니다. 하늘나라는 말에 있지 않고 능력에 있기 때문입니다.

우선 성령의 능력으로 충만케 하여 주십시오. 그리하여 먼저는 저의 삶 속에 정체되어 있거나 죽어있는 것들이 깨어 일어나게 하여 주십시오. 생명의 활기가 없는 분야에 달리다 쿰의 말씀이 들어오므로 생산적인 활동이 재개될 수 있게 하여 주십시오. 그리하여 온전히 '생육하고 번성' 하게 하여 주십시오. 그런 권능이 내 이웃들에게 퍼져나갈 수 있게 하여 주십시오. 아멘.

베다니에서의 이별

님께서는 드디어 이 세상을 떠나 하늘로 훨훨 올라가셨습니다. 그렇게 제자들을 많이 사랑해 주시더니… 시도 때도 없이 몰려드는 수많은 사람들을 그토록 자상하게 돌보시며 아껴주시더니… 그를 통해 세상에 대한 당신의 절절한 사랑을 많이도 보여주시더니… 구원의 과업을 이루시기 위하여 마침내는 모진 십자가의 수난을 다 참아내시고 부활을 통해 온전히 죽음을 이기시고 승리하시더니…

그런데 마침내 제자들과 사랑하시는 사람들을 떠나 승천하셨습니다. 이제 당신의 모습은 더 이상 이 땅에 보이지 않게 된 것입니다.

주님을 떠나보내고 다시금 고아같이 외로움을 겪어야 할 제자들, 그들에겐 떠나가시고 없는 당신께서 지상에 계실 때 자주 들려주시던 말씀과, 수많은 초월적인 권능의 역사들이 기억 속에 선명히 남아 있었을 것입니다. 말씀과 권능은 늘 같이 갔지요. 말씀이 진리였음을 증거하기 위하여 기적은 자주 행해져야만 했었지요. 언제나 기적보다는 말씀과 진리가 우선이었고 기적은 말씀을 실증하기 위하여 행해졌습니다.

그런데 사람이 스스로는 말씀의 참된 의미를 깨달을 수는 없었습니다. 당신께서 가슴을 열어주셔야 하고 눈을 열어 주셔야만 했습니다.

"그러나 그들은 눈이 가리워져서…(눅24:16)"

"그제야 그들은 눈이 열려 예수를 알아보았는데…(눅24:31)"

이 기록은 엠마오로 가는 제자들과 주께서 만난 것을 기록한 대목에 있는 것입니다. 그들이 열두제자에 속하지 않았음은 분명한데 그렇다면 주께 중심을 걸고 따라다녔던 열심한 성도였을 것입니다. 늘 주님을 가까이서 뵈었던 그들이었지만 그들은 주님을 전혀 알아보지 못했습니다. 영광스런 모습으로 부활하셔서 분위기가 완전히 달라지셨다 하더라도 어느 정도는 감을 잡을 수 있었을 텐데… 성서를 인용하며 주께서 말씀하실 때엔 그들의 마음이 그렇게 뜨거울 수가 없었지요. 성전에서 말씀을 하실 때나, 산 위에서 말씀하실 때처럼 매우 힘 있고 감동적인 가르침이었지요. 그런데도 그들은 앞에 계신 분이 주님이신 줄을 알지 못했습니다.

열한 제자도 마찬가지였습니다. 주님을 따라다니던 여인들이 확신을 가지고 부활하신 주님을 전해 주었는데도… 웅성거리며 모여 있던 그들 한 가운데로 들어와 평화의 인사를 하시는데도 그들은 전혀 주님을 알아보지 못했습니다.

사실, 부활이란 이제까지 있어보지 않았던 초유의 일인지라 믿지 못하는 것이 당연한 것인지도 모르겠습니다. 직접 주께서 나타나신 것조차 믿지 못한 그들이었는데 진리를 설파하시는 것이야 더욱 믿기 어려웠겠지요. 그래서 주께서는 엠마오의 제자들에게. 열한제자들에게 (성서를 깨닫게 하시려고 그들의 마음을 열어 주시며… 눅23:45) 은혜를 베푸셨습니다. 그런 은혜가 있어서 그들은 부활하신 주님을 믿을 수 있었고, 주의 모든 말씀들이 참된 것임을 확신할 수 있었습니다.

님이여!

하루치의 열기를 예비한 태양이 아직 지상에 온전히 퍼지기 전, 주께서는 역사적인 그 이별의 언덕으로 제자들을 데리고 가셨습니다. 그리고는 손을 들어 축복해 주셨지요. 지상에서의 마지막 축복이었습니다. 그 축복의 의미야말로 얼마나 대단한 것이겠습니까? 당신의 지극하시고 애틋한 사랑이 고스란히 담겨있는 아주 인상적이고도 소중한 선물이었을 것입니다. 열한 제자들을 비롯한 오백여명의 무리를 한 사람 한 사람 훑어보시는 주님의 시선은 얼마나 정스러웠겠습니까? 제자들에게 권능을 주시며 전도자로 일시 파견하실 때도 "너희를 세상에 보내는 것이 마치 이리떼에게 보내는 것과 같다."라고까지 말씀하시잖았습니까? 그런데 이제 주님은 아주 먼 길을 떠나시려는 시점이었습니다.

지상과 하늘나라, 그 간격이야말로 얼마나 대단한 것인지요? 언제 어느 날 오신다는 기약을 할 수도 없는 상황이잖습니까? 그들은 그냥 두면 대부분 세상 풍파조차 제대로 헤치며 살아갈 수 없는 아주 순박한 사람들이라는 것을 주께서는 너무도 잘 아시는 터였습니다. 그런 그들을 두고 영영 떠나가시는 주님의 마음이 얼마나 안타까우셨겠습니까?

그래서 당신의 축복은 더욱 절절했을 것이고 그 축복의 바구니에는 좋은 것들이 꼭꼭 눌러 알차게 담겨져 있었을 것입니다. 사람들은 그 축복의 말씀, 작별의 말씀으로 인해 가슴이 벅차올랐겠지요?

"나는 내 아버지께서 약속하신 것을 너희에게 보내 주겠다. 그러니 너희는 위에서 오는 능력을 받을 때까지 예루살렘에 머물러 있어라.(눅24:47)"

그 약속이란 성령을 보내주시겠다는 것이고 위에서 오는 능력이란 성령의 능력을 의미하는 것이었습니다. 성령강림이야말로 주님의 다른 임재방식이었지요. 시간과 공간에 제한을 받지 않고 자유롭게 어디든지 어느 때든지 함께 하시기 위하여 새롭게 오시는 분, 그 분은 주님이시며, 주님을 더 잘 알게 해 주시는 분이시며, 주님의 마음과 주님의 능력을 주시는 분이십니다. 그러므로 성령을 보내주시겠다는 것은 '임마누엘'이 보다 진전된 상태로 이루어짐을 의미하는 것이었습니다.

주께서 지상에 계실 때는 아무리 가까이 계셔도 내 안에까지 들어오실 수가 없으셨지요. 이제는 성령으로 오심으로써 내 안까지 자유롭게 오실 수 있게 되었습니다. 제대로 이해한다면 주의 말씀처럼 '주님이 이 세상을 떠나가시는 것을 오히려 기뻐해야' 마땅합니다.

그러나 실제로는 그럴 수 없는 것이 사람의 정서입니다. 그래서 제자들은 주님의 모습이 점점 보이지 않게 되자 망연자실 했습니다. 그들은 멍하니 하늘만 쳐다보고 있었지요. 그렇게 힘 있게 가슴을 울리던 말씀의 불씨가 아직 따뜻이 남아 있었지만 막상 주님이 보이지 않게 되니 심한 상실감에 사로잡혔을 것입니다.

"왜 너희는 여기에 서서 하늘만 쳐다보고 있느냐? 너희 곁을 떠나 승천하신 저 예수께서는 너희가 보는 앞에서 하늘로 올라가시던 모습으로 다시 오실 것이다.(행 1:11)"

이 말씀을 듣고 그들은 정신이 번쩍 들었을 것입니다. 그리고는 주님의 당부를 불현듯 떠올렸을 것입니다. 그래서 그들은 서로 격려하며 기쁜 마음으로 예루살렘에 돌아왔지요. 주께서 지정해 주신 자리에 날마다 모여 기도에 전념하면서 주님의 약속을 기다렸습니다. 마침내 오순절이 이르렀고 주의 약속하신 대로 성령강림은 이루어 졌습니다.

님이여!

제자들에게 주님과의 이별은 새로운 출발을 위한 중요한 계기가 되었습니다.

주님의 손을 잡아야만 아장아장 걸을 수 있은 유약한 상태에서 또 다른 주님과의 만남을 위한, 성숙한 그리스도인으로의 변신을 위한 꼭 있어야 할 과정이었습니다. 그러나 그 아픔의 과정도 사실은 주님의 말씀과 여러 은혜로 부드럽게 통과할 수 있도록 배려되었으니 염려할 것이 아무것도 없었지요. 그처럼 오늘의 우리도 하나씩의 계단을 올라가는 한 전기를 만납니다. 우리 역시 스스로의 힘으로는 그 계단들을 올라갈 수 없고 주님을 의지해서만 합니다. 보혜사 성령께서 이미 임재하셔서서 늘 우리의 손을 잡아주시니 얼마나 다행한 일입니까?

그렇습니다. 우리는 때때로 소중한 것과 결별해야 합니다. 그것이 베다니의 언덕에서 주님을 떠나보내는 것과 같은 아픔을 동반한 것이라 할지라도 이를 감수해야만 합니다. 스스로는 아무도 그런 이별을 감행할 수 없습니다. 주께서 제자들을 그 언덕으로 데리고 나가셨듯 우리의 손도 그렇게 잡아 주셔야만 합니다. 그리고 그 언덕에서처럼 축복과 언약의 은혜들을 내려주셔야만 합니다. 그리하시면 더 넓게 열려진 은혜의 대해를 향해 주저없이 노를 저어갈 수 있을 것입니다. 더 큰 그릇으로, 더 귀중한 그릇으로 우리를 쓰시려 할 때 도망가지 않고 선뜻 나설 수 있을 것입니다.

제자들에게 '주와의 동행' 으로부터 '성령과의 동행' 으로 이행하는 것이야말로 새롭고 놀라운 경험이었겠지요. 그것은 제자들 개개인의 삶에 있어서도 새 사역의 지평을 여는 것이었습니다. 그런 전환의 길목에서 그들은 기도에 전념했고 마침내 성령을 선물로 받았습니다.

오늘 우리 역시 그처럼 기도해야 할 것이고 그처럼 주님의 인도를 받을 수 있어야 하겠습니다. 멍하니 허공을 쳐다보지 않고 온전히 주의 말씀을 들을 수 있고 따를 수 있어야 하겠습니다. 인도하여 주십시오. 주께서 맡기시는 사역들을 온전히 감당할 수 있게 세세히 지도하여 주십시오.

 # 살진 송아지를 잡아라

님께서는 많은 비유의 말씀을 하셨습니다. 비유는 서서히 실체를 드러내기 때문에 직접적인 어법보다 더 깊은 인상과 오랜 여운을 남길 수 있지요.

돌아온 탕자의 비유 역시 매우 풍부한 의미를 담고 있습니다. 그 이야기는 기복과 반전이 심하여 흥미로울 뿐 아니라 복음이 묘하게 깃들어 있어서 많은 설교자들이 텍스트로 사용하고 있습니다. 여러 각도에서 조명할 수 있고 그 때마다 새로운 맛이 우러나는 이야기이기도 합니다. 저의 교회 목사님도 이 비유를 중심으로 해서 설교를 했는데 그 설교와는 별도로 저의 눈에 새로운 발견이 있었습니다. '살진 송아지'에 특별하게 주목하게 되었던 것입니다.

살진 송아지라는 단어가 세 번 나오는데(23절, 27절, 30절) 이 비유의 분기점은 21절이 되고 있습니다. 거기까지 작은 아들의 죄악과 회개의 이야기가 끝이 나고 그 후부터는 송아지에 관한 이야기가 쭉 이어집니다.

집을 나간 아들이 돌아오자 아버지는 너무나 기쁜 나머지 즉각적으로 송아지를 잡을 것을 종들에게 지시합니다. 조금도 망설이지 않고 그런 결정을 내린 것을 보면 오래 전부터 아들이 돌아오기만 하면 그렇게 하리라 마음먹고 있었던 듯합니다. 우리는 이를 죄에 빠진 인간들이 회개하고 돌아오기를 바라는 하나님의 마음, 돌아왔을 때 그처럼 기뻐하시는 하나님의 사랑이라 알고 있습니다.

그렇다면 왜 살진 송아지였을까요?

우선 송아지는 육질이 연하여 허약해진 작은 아들의 입에 맞았을 것입니다. 아들은 불규칙한 식사, 쥐엄나무 열매나 그 밖의 거친 음식을 먹으며 허기를 메우느라 위장을 비롯한 소화기관이 많이 약해 있었을 테니까요. 또한 살진 송아지는 그 작은 아들뿐 아니라 가족들을 비롯한 여러 이웃들과 함께 기쁨을 나누기에 족할 만큼 풍성한 음식이 되었을 것입니다.

그런데 그런 이유들보다 더욱 중요한 이유는 그 송아지가 이 비유를 베푸시는 '님' 자신을 가리키고 있다는 것입니다. 얼마 안 있으면 당신께서는 집 나간 탕자와 다를 것 없는 온 인류를 위하여 피 흘리고 죽어야 했으니까요. '늠름한 풍채도 없고 자라나는 새순'과도 같은 당신은 정녕 한 마리의 송아지, 한 마리의 어린양으로 비유될 수 있으셨습니다. 그처럼 당신께서는 아버지의 뜻에 따라 순순히 목을 내놓아야만 했었지요.

그런데 큰아들이 이를 반대하고 나왔습니다. 늘 아버지와 함께 살면서 성실하게 살았던 자신을 위해서는 친구들과 즐기라고 염소새끼 한 마리 내어주지 않았다는 것이지요. 그는 창녀들한테 빠져서 아버지의 재산을 다 날려버린 동생을 위해 송아지를 잡는 것에 대해 항의했습니다. 그 아들의 관점 역시 송아지였습니다. 송아지를 잡지 않아야 한다고 하는 것이 그의 주된 주장이었지요. 그러므로 그의 주장, 그의 불평은 사탄의 입장을 대변하는 것이었습니다. 큰아들로 비유되는 유대인들은 송아지였던 당신을 싫어했고 미워했습니다.

마귀의 입장에서는 송아지와 같이 제물이 되시는 당신이 이 땅에 오시는 것부터 막지 않으면 안 되었지요. 그리하여 마귀들은 유대인들을 내세워 집요하게 주님의 앞길을 가로막았습니다. 님께서 대속제물이 되심으로써 인류를 죄에서, 마귀의 압제에서 해방시키시면 견고했던 자신들의 세계, 즉 죄악과 사망의 세계가 다 무너져 버리기 때문이었지요.

살진 송아지가 피 흘리고 죽는 것을 강하게 반대하던 큰아들, 그리하여 마귀의 입장에 서 있던 그 아들. 그 아들이 하나님의 선민, 유대인들이라는 것은 참으로 아이러니가 아닐 수 없습니다. 그러나 그런 반대가 있었음에도 불구하고 그 비유에서처럼 결국 송아지의 피는 흘려졌고 송아지는 작은 아들을 위한, 이방인들을 위한 양식이 되었습니다.

"내 살은 참된 양식이며 내 피는 참된 양식이다. 내 살을 먹고 내 피를 마시는 사람은 내 안에서 살고 나도 그 안에서 산다. 살아계신 아버지께서 나를 보내셨고 내가 아버지의 힘으로 사는 것 같이 나를 먹는 사람도 내 힘으로 살 것이다.(요6:55-57)"라는 말씀 그대로입니다.

님이여!

그처럼 당신께서는 우리를 위하여 당신의 몸을 내어 주셨고 우리는 당신의 살과 피를 나누어 받았습니다. 그 비유의 중심에 있었던 송아지처럼 당신께서는 인류구원 역사의 중심에 계셔서 오늘도 우리와 함께 하십니다. 뿐만 아니라 우리의 삶 중심에, 우리의 인격 중심에 계시면서 날마다 일용할 양식이 되어 주시고 계십니다.

그렇습니다.

그 스토리처럼 당신은 우리 삶의 주제가 되셔야 하고 우리 삶의 핵심이 되어야 합니다. 그리하여 우리는 당신 때문에 배부르고 당신 때문에 힘을 얻어 일하고 당신 때문에 죽어야 합니다.

그러므로 나의 입술이 우리의 살진 송아지가 되신 당신을 찬미합니다. 또한 그렇게 아무것도 아끼지 않으시고 당신을 제물로 내어주신 하나님 아버지의 무한하신 사랑을 찬미합니다. 뿐만 아니라 이 모든 것을 알게 하시고 믿게 하심으로써 당신을 온전히 따라가게 하시는 성령님을 찬미합니다. 할렐루야!

 # 성서, 그 거대한 구원의 역사

작년에 이어 금년에도 11개월 만에 성경을 일독했습니다. 이번에는 신약을 먼저 읽고 구약을 나중에 읽었습니다. 초기에는 진도가 잘 나갔는데 4월에 개인전을 끝내고 이어 5, 6월에 걸쳐 미국을 다녀오느라 많이 지척거렸었습니다. 칠월에 들어서면서 이러다가는 성경일독이 힘들 수 있겠다 싶어 시간을 좀 더 많이 할애했습니다. '일독 돌파'라는 목표가 정독을 힘들게 했지만 말씀의 거대한 숲인 성서를 한 눈에 볼 수 있게 하는데 큰 도움이 되었습니다. 일독을 끝내고나니 성경 전체가 하나의 그림으로 더욱 선명하게 들어오더군요. 물론 개개의 단편 중 은혜가 되는 것이 많이 있었고 특별한 구절구절들이 저의 마음을 강하게 때린 것도 많이 있었지요. 이번엔 특히 이사야서, 예레미야서가 저의 마음에 강하게 남아 있습니다. 다시금 자세히 들여다보리라 마음먹고 있고 그 외에 다른 곳도 다시 돌아가서 차분히 묵상해야 하겠습니다.

님이여!

성경은 인류의 구원을 위한 거대한 '구원역사'라는 단정을 내리게 됩니다. 그 엄청난 중량에 비하면 구원을 배제한 일반역사는 별것 아니지요. 그만큼 하나님의 관심은 인류의 구원에 있고 이를 통하여 하나님께서 끝없이 영광과 찬송을 받으시는 것이라 믿습니다.

처음 창세기에서 새로운 역사가 펼쳐집니다. 어둠과 혼돈으로부터 출발한 세상이 하나님의 말씀에 의하여 하나하나 창조되며, 질서를 잡아가며, 그 중심에 인간을 만드시고 에덴에서 하나님과 함께 살게 하셨습니다. 만물 중에서 유일하게 하나님을 닮도록 창조된 인간은 특별히 하나님과 교제하는 품격을 누리며 영원하고 참된 복락을 누릴 수 있었지요. 그러나 아담과 하와는 그만 죄를 범하여 하나님과의 바른 관계를 잃어버리고 말았습니다. 그 바른 관계란 죄가 전혀 끼어들지 않은 의롭고, 평화롭고, 자유로우며 그것이 영원할 뿐 아니라 하나님과의 관계가 아주 친밀하게 이어지는 것을 내용으로 하는 것입니다. 그렇다해서 아담과 하와에게 자율성이 없다거나 개별적인 특성이 없는 것은 아니었습니다. 창의적이며 생산적인 목표를 세우고 이를 통해 자아를 실현할 수 있는 최상의 상태에 있었습니다.

그러나 '선악과 사건'으로 결정적인 죄악을 저지름으로써 타락한 인류의 조상 아담과 하와. 그들은 이제 죄의 영향을 받아 더 이상 에덴에서 살 수 없게 되었고 그 처지는 비참하게 되고 말았습니다. 그러나 하나님께서는 인간을 아주 버리지 않으셨지요. 곧장 구원을 위한 원대한 계획을 세우셨습니다. 당신께서는 먼저 우리 믿음의 조상인 아브라함 할아버지를 구원의 씨앗으로 심으셨지요. 그의 후손들은 수가 점점 늘어나 이집트에서 거대한 민족을 이루고 하나님의 인도를 따라 '출애굽' 하여 광야 40년을 거쳐 마침내 하늘나라의 모형인 젖과 꿀이 흐르는 가나안땅을 들어가게 되었습니다.

그런데 하나님의 은혜가 풍성했던 그 곳에 죄악이 자라나 마침내는 번성을 멈추고 징벌을 받아 황폐한 땅이 되어버리고 말았습니다. 많은 백성들이 포로가 되어 바벨론으로 끌려갔고 남아있던 사람들조차도 바벨론의 강압통치에 신

음하지 않으면 안 되었습니다. 쌓이고 쌓인 죄가 다 용서받기에 필요한 70년의
종살이 기간이 끝나고 드디어 고토로 돌아온 이스라엘. 그러나 뿌리 깊은 죄성
으로 인해 다시금 죄의 짐을 걸머지고 이번에는 로마의 속국이 되고 맙니다.

바로 이 때 인류의 구원자이신 예수 그리스도께서 오셨고, 그분은 인류의 죄
를 한 몸에 짊어지신 채 십자가에 못 박혀 희생제물이 되셨습니다. 그러나 우리
주님은 죽음을 이기시고 사흘만에 부활하셨으며 '다시 오마' 약속을 남기시고
승천하셨고 성령을 보내셨습니다. 그리스도 예수의 이름으로 온 인류가 구원받
을 수 있는 은혜의 문이 활짝 열리게 되었습니다. 이 은혜야말로 정녕 복음이었
고 이 구원의 복음은 온 세상에 퍼지게 되었습니다. 이 후 신실한 전도자들에
의해 복음이 땅 끝까지 전파된 후에는 마침내 세상의 종말이 오는데 그 때 모든
악의 세력은 그 우두머리인 사탄과 함께 모두 불못에 던져져 자취를 감추게 됩
니다. 그런 다음에는 새 하늘, 새 땅이 도래하는데 그 새로운 세상은 그야말로
새롭고 완전해서 하나님의 정의가 충만하고 기쁨과 평화가 가득한 세상입니다.
그 중심에는 너무나 크고 화려한 도성이 있는데 온갖 보석으로 단장하여 마치
아름답게 치장한 신부와 같다 했습니다. 예수 그리스도를 통하여 죄를 용서받
고 구원받은 성도가 그 도성에서 영원한 행복을 누리며 사는 도성입니다. 거기
에 하나님이 계시고 예수께서 함께 하시는 것은 지극히 당연한 것입니다. 뿐만
아니라 오순절에 강림하셔서 이천년 동안 지상에서 뭇 성도들과 고락을 같이하
신 성령께서 성도들과 함께 사시는 것 또한 너무나 당연한 것입니다.

님이여!
이 구원역사를 통해서 완연히 드러나는 것은 우리 하나님의 무한하신 사랑과

자비하심입니다. 당신의 형상을 닮도록 사람을 창조하신 것부터가 사랑의 시작이었지요. 존귀하신 님의 모습을 닮았으므로 당신의 일부인 것이며 그렇기 때문에 지극한 관심과 배려가 한결같을 수밖에 없었습니다. 피조물 인간 역시, 우리 하나님을 기뻐하고, 사랑하며, 그 안에서 살아갈 때 존재의의가 실현될 수 있음은 당연합니다. 그러므로 창조 자체가 하나님과 인간과의 불가분의 관계성을 가지는데 그 때문에 하나님께서는 모든 사람이 범죄하였어도 차마 버릴 수가 없으셨습니다.

그래서 세상에 메시아를 보내주셨고, 그분을 믿을 수 있는 마음까지 주셨으며, 믿음의 자녀들이 자꾸 늘어나게 하셨습니다. 처음에는 두 사람의 범죄로부터 구원의 역사가 시작되었지만 나중에는 이와 비교할 수 없는 엄청난 수의 사람이 구원의 대열에 들게 되었습니다. 다시 말해 인간의 범죄를 통해서 하나님의 엄청난 사랑과 자비하심이 드러나게 되었고 이를 통해서 더 많은 영광이 하나님께 돌려지게 되었습니다. 하나님의 선하심과 인자하심이 어찌 그리 아름답고 무한한지요?

결국, 모든 역사는 저 높다란 예배당 첨탑의 정점과 같은 '대주재께 가득한 영광과 찬송'을 돌리기 위하여 줄달음하는 것이고 그것이 하나님께서 의도하신 핵심이었습니다. 피조물이 자신을 있게 한 창조주 하나님께 온전히(이 온전하다는 것의 의미는 매우 심오합니다) 영광을 돌려드리는 것이야말로 지극히 합당한 결말이며 참된 것이고 여기에 모순이란 있을 수 없습니다. 거대한 구원의 역사는 총연출자이신 하나님의 선하심과 의로우심만이 드러나야만 합니다. 피조물 인간 역시 그처럼 하나님께 온전한 영광을 돌려드릴 때 자아실현의 완성을 보는 것이고요.

님이여!

그러므로 바울사도가 로마인들에게 보낸 편지에서 언급한 것은 그가 참으로 이 구원의 역사를 꿰뚫고 있다는 것을 확인하게 합니다.

"그런즉 한 범죄로 많은 사람이 정죄에 이른 것 같이 의의 한 행동으로 말미암아 많은 사람이 의롭다 하심을 받아 생명에 이르렀느니라. 한 사람의 순종치 아니함으로 많은 사람이 죄인된 것 같이 한 사람의 순종하심으로 많은 사람이 의인이 되리라. 율법이 들어온 것은 범죄를 더하게 하려 함이라. 그러나 죄가 더한 곳에 은혜가 더욱 넘쳤나니 이는 죄가 사망 안에서 왕노릇 한 것 같이 은혜도 또한 의로 말미암아 왕노릇 하여 우리 주 예수 그리스도로 말미암아 영생에 이르게 하려 함이니라.(롬5:18-21)"

저는 성서에 기록된 놀랍고 풍성한 결말이 낱낱이 이루어지리라 믿습니다. 이제까지 예언의 말씀이 하나도 어긋남이 없이 다 이루어진 것 같이 신실하신 하나님께서 우리 성도들이 바라마지않는 새 하늘, 새 땅을 기필코 마련해 주시리라 믿습니다. 우리는 그날이 있어 살고, 온갖 고난을 받으면서도 낙심하지 않습니다. 또한 우리 주님께서 지상에 계셨을 때 말씀을 그대로 성취하시기 위하여 세심하게 마음 쓰셨던 것을 헤아리며 더욱 미덥습니다. 성령께서도 이 소망이 참되다는 것을 늘 보증하여 주시잖습니까?

우리 하나님의 정의가 다 이루어질 때 불의한 자, 곧 복음을 끝내 믿지 않는 자들은 모두 땅을 치며 통곡할 것입니다. 그러나 그리스도의 피뿌림을 통하여 성결하게 된 모든 성도들은 기쁨에 넘쳐 한없는 감사와 찬송과 영광을 하나님 아버지께 올려드릴 것입니다. 꼭 그렇게 될 것입니다. 아멘.

신정정치에서 왕정정치로

   사사들의 시대에 이르러 이스라엘의 상황은 매우 혼란해졌습니다. 율법이 그들에게 있었으나 그들은 율법의 세세한 규정에 따르지 않았고 유일하신 하나님마저 외면한 채 아세라와 바알을 섬겼습니다.

   그리하여 사사시대의 끝에 가서는 매우 끔찍하고도 불행한 사건이 연속적으로 일어났는데 그야말로 무법한 천지요, 어둠이 득세한 시대가 되었습니다. 급기야는 레위인의 아내가 베냐민 사람들에게 공개적으로 윤간 당하는 사태까지 벌어졌습니다. 그 여자는 참혹하게 윤간을 당한 후 남편 앞에서 숨을 거두고 말았는데 원통해하던 남편이 집으로 돌아가 끔찍하게도 시체를 열두 토막을 내었다는군요. 그리고는 그 시체토막을 각 지파에게 보내어 자신의 억울한 사정을 전국에 알렸고 이에 분노한 전 이스라엘 사람들이 군대를 조직하여 베냐민 지파를 몰살하기로 작정하고 한 곳에 모였습니다.

   마침내 전쟁이 벌어졌는데 마침내 베냐민지파는 겨우 사백여명만 살아남았습니다. 이스라엘 군인들이 남녀노소를 가리지 않고 쳐 죽였기 때문에 지파하나가 완전히 자취를 감출 수도 있는 상황이 되었습니다. 이를 안타까워한 사람들은 남은 사백 명의 베냐민 군인들에게 어떻게 아내를 얻어줄까를 궁리했습니다. 그 결과 베냐민과의 싸움에 참가하지 않은 동족 길르앗주민들을 쳐서 여자를 구해주기로 합의하고 그대로 시행했습니다. 그래도 모자라자 이번에는 축제에 참가한 이방여인을 몰래 납치하여 그 수를 채웠습니다. 그 혼란스러운 이야기는 "이스라엘에 왕이 없으므로 사람이 각각 그 소견에 옳은 대로 행하였더라.(삿21:25)" 라는 말로 끝맺고 있습니다.

이 이야기는 한 사회구성원들의 죄성이 자랄 대로 자라서 통제 불능상태에 이르렀을 때 어찌되는가를 보여준다 하겠습니다. 결국 왕정시대의 개막이 필요하다는 결론을 보이고 있는 것이지요. 그러나 하나님께서는 백성들이 사무엘에게 와서 거세게 요구하는 왕정정치의 개막을 매우 못마땅하게 여기셨는데 이에 대하여 다음과 같이 말씀하고 계십니다.

"백성이 네게 한 말을 다 들으라. 그들이 너를 버림이 아니요, 나를 버려 자기들의 왕이 되지 못하게 하려 함이니라. 내가 그들을 애굽에서 인도하여 낸 날부터 오늘날까지 모든 행사로 나를 버리고 다른 신들을 섬김 같이 네게도 그리하는도다. 그러므로 그들의 말을 듣되 너는 그들에게 엄히 경계하고 그들을 다스릴 왕의 제도를 알게 하라.(삼상8:7-9)"

님이여!

문화가 발달하고 인구가 증가하면서 국가는 보다 복잡한 구조를 갖지 않을 수 없게 됩니다. 이상적이라면 그런 복잡한 구조 속에서도 모든 국민들이 법과 규범을 잘 준수하고 하나님의 뜻을 이탈하지 않는 것이지요. 하나님의 법이 백성들의 중심에 있어서 모든 국민들이 그 법대로 사는 사회. 그리되면 군주정치가 필요할 까닭이 없습니다.

그러나 그런 상태는 법(실정법)이 없어도 편안히 살 수 있어서 맑고 깨끗한 양심이 강물처럼 사회 구석구석으로 흐를 수 있어야만 가능합니다. 그러나 그 당시의 상황은 신정시대의 한계를 이미 저만치 벗어난 상태였습니다. 하나님의 법도 없고 왕도 없는 무정부상태로 혼란 그 자체였습니다. 따라서 "왕이 없으므로"라는 기록은 사회현상에 대한 정확한 진단이기도 했습니다.

하나님께서는 내키지 않으셨지만 백성들의 왕정요구를 들어주시게 되었고 그것이 하나님의 법도를 멀리하는 타락한 백성 때문이라는 것을 은연 중 말씀하고 계십니다. 사람 중에서 왕을 뽑겠다는 것이 하나님의 왕되심을 부정하고 하나님의 직접적인 통치를 거부하는 것이라 규정하신 것이지요.

이에 하나님께서는 군주가 백성들을 어떻게 혹사시킬 것이며 세금으로 그들의 재산을 어떻게 수탈해 갈 것인지를 말씀하셨습니다. 그럼에도 백성들의 요구는 수그러들지 않았지요. 그들은 그 당시 무정부상태의 혼란스런 원인이 자신들의 신앙적, 도덕적 부패에 있음을 인정하지 않고 정치제도에 있다 확신했던 것입니다. 그들이 진정으로 회개하고 하나님의 사람 사무엘의 지도를 받으며 하나님께 절대 순복하기를 바랐다면 그런 생각을 하지 않았겠지요.

사실 그 당시 하나님의 대리자로서 사무엘은 바르게 통치했을 것입니다. 하나님의 말씀을 그대로 대언했고 그것이 현실 속에서 그대로 나타났던 사무엘의 높은 영성, 그들이 사무엘과 함께 하시는 하나님을 믿고 그의 지도를 온전히 따라 바르게 살았다면… 그랬다면 그들에게 있었던 방황과 불안과 혼란은 오래 존재하지 않았을 것입니다. 사무엘 개인에게 권능이 있어서 평화를 일구어내는 것이 아니라 순종하는 백성에게 평화의 하나님께서 축복을 내리시기 때문이지요.

님이여!

　백성들의 요구를 들어주기로 하신 여호와께서는 초대 이스라엘왕으로 사울을 지명하셨습니다. 그리하여 사무엘을 통하여 그에게 기름을 부으셨고 성령에 사로잡히게 하심으로써 왕으로서의 사명감을 갖게 하셨습니다. 그런데 사울왕은 처음엔 순종하듯 하다가 이내 부패한 본성을 드러내었고 급기야 악령에 사로잡힘으로써 악령의 지시를 따라 사는 불행한 인격이 되어버렸습니다. 충성된 신하를 잡아 죽이기 위해 혈안이 되어 군인들을 출동시켰고 나중에는 여호와신앙을 버린 나머지 박수무당을 찾아가 미래의 불안을 털어내려 하였습니다. 결국 첫 번째 정치의 시도는 실패로 끝나고 말았지요. 그렇게 해서 시작된 왕정시대는 오랜 세월 이어졌고 오늘에 와서 대부분의 사람들은 민주주의체제가 최선이라 생각하고들 있습니다.

　그러나 그런 왕정시대 이전에 신정시대가 있었다는 것, 그 신정시대야말로 하나님께서 전권을 행사하시는 시대로서 젖과 꿀이 흐르는 풍요로운 삶을 사는 유일한 길이었다는 것을 인정해야만 합니다. 이제 그런 시대가 도래하고 있습니다. 예수 그리스도께서 오시면 그런 새 시대를 열어 우리를 새 하늘 새 땅으로 인도하실 것입니다. 그것이야말로 우리의 소망이고, 그것이야말로 광야를 걸어가면서도 노래할 수 있는 이유입니다.

　그렇습니다. 이제 그리스도께서 곧 왕의 왕으로 오셔서 그 희망을 성취하실 것입니다. 신정시대를 가로막았던 모든 오만과 편견과 우상숭배와 헛된 사상들을 제거하고 의가 지배하는 세상, 새로운 체계, 완벽한 체계의 새 세상을 여실 것입니다. 그리스도 홀로 그 모든 것을 주관하실 것입니다. 그리하여 주께서 흘리신 피와 말씀에 의해 깨끗하게 된 성도들이 영원무궁토록 영광과 찬송을 여호와 하나님께 올려 드릴 것입니다. 아멘, 주 예수여 어서 오시옵소서!

아무도 막을 수 없는 강물

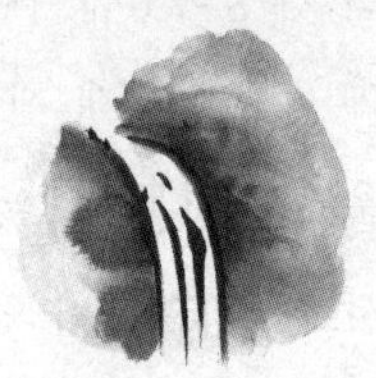

모든 것은 흘러가는데 있습니다. 흐르지 않는 것은 썩고 냄새나기 마련이며 아무런 창조의 역사도 기대할 수 없는 것이지요. 세상도 흘러가고 인생도 흘러가고 세상사 안의 모든 것이 다 흘러가는 것 아닙니까? 어떤 때는 천천히 유연하게, 어떤 때는 급하고 세차게 흐르기도 하는데 전혀 흐르고 싶은 마음이 없다 할지라도 흐르지 않고는 존재할 수 없는 것이 존재의 속성입니다.

제가 한강 인근의 동네에 살 때 저녁 황혼이면 자주 강변으로 산책을 나가곤 했던 적이 있습니다. 저는 강가를 거닐기도 하고 강가에 앉아 고요히 묵상에 잠겨 님께 여러가지를 말씀드렸습니다. 그때 님께서 제게 자주 말씀하셨던 것을 항시 소중한 기억으로 간직하고 있습니다.

우리는 거기서 갈릴리 해변의 일들을 많이 회상했습니다. 님께서 자주 찾으셨던 갈릴리 해변에서는 여러 인상 깊은 일들이 있었고 그런 일들을 묵상하며 강물을 바라보면 자연히 그때의 일들이 많이 떠오르기 때문이었습니다. 사실 님과 그렇게 대화하는 일없이 저 혼자 강변을 산책했다면 그렇게 자주 강변을 찾았을 리 만무했을 것입니다.

갈릴리호수가 바다처럼 넓었지만 그 역시 고여만 있지 않고 움직이며 끊임없이 순환하고 있었습니다. 온전히 고여 있는 사해와는 전혀 성격이 다르지요. (거기서도 미세한 흐름은 없지 않을 것이지만) 아무튼 흐르는 강물을 바라보면서 저는 주님과 함께 흘러가고 있음에 감사했습니다. 세상에 섞여서 세상의 흐름을 따라가는 것이 아니므로 여간 감사한 것이 아니었지요. 님께서 세상을 물로 비유해서 생각하길 바라셨으므로 그런 시각으로 강물을 바라보는 것은 성서적이었다 생각합니다. 그런 의미에서 그리스도인들은 항상 물 위를 걷는 것이며 물 위를 걷는다는 것은 세상을 초월함을 의미하는 것이었습니다.

님이여!

저는 누가 복음을 읽으면서 커다란 강물이 흐르는 것을 새삼스럽게 발견했습니다. 그것은 님께서 일으키시는 강력한 바람 때문이었는데 그 누구도 이 흐름을 멈추게 하거나 역류시킬 수 없었습니다. 또한 그 흐름은 이제까지 볼 수 없었던 매우 풍성한 생명의 흐름이었습니다. 성경의 역사가 태초로부터 시작하여 종말을 향해 가는 거대한 물살임엔 분명하지만 님께서 지상에 오셔서 활약하셨을 때처럼 생명이 약동하며 소용돌이를 일으켰던 적은 없었습니다.

님께서는 사탄에 매여 사해처럼 되어 버린 인간을 죽음으로부터 구원해 내시기 위하여 날마다 참으로 맹렬히 일하셨습니다. 저에게는 그린 님의 모습이 참으로 생명이 꿈틀거리며, 소리지르며, 약동하는 것처럼 보여 경이롭기만 합니다. 그래서 저는 누가 복음을 좀 더 자세히 들여다보기로 마음먹고 그 흐름들을 기록해 보았는데 끝까지 다 기록할 필요는 없었습니다. 워낙 많은 양의 물줄기가 발견되었기 때문이었습니다. 그래서 님의 거룩한 행보를 4장에서부터 11장까지만 정리했습니다.

- 4: 1 　요단강에서 돌아오사 (공동번역 : 광야에 가셔서)
- 4:14 　예수께서 성령의 권능으로(권능을 받고) 돌아가시니
- 4:30 　예수께서 그들의 가운데로 지나서 가시니라
- 4:38 　예수께서 일어나 회당에서 나가서 시몬의 집에 들어가시니
- 4:42 　예수께서 나오사 한적한 곳에 가시니
- 4:44 　여러 회당에서 전도하시더라
- 5:16 　예수께서는 물러가사 한적한 곳에서 기도하시니라
- 5:27 　예수께서 그 후에 나가사(레위의 집에 들어가시니)
- 6: 1 　예수께서 밀밭 사이를 지나가실 새
- 6: 6 　예수께서 회당에 들어가사 가르치실 새
- 6:12 　예수께서 기도하러 산으로 가사 밤이 맞도록
- 6:17 　예수께서 저희와 함께 내려오사 평지에 서시니
- 7: 1 　가버나움으로 들어가시니라
- 7:11 　나인이란 성으로 가실 새
- 7:36 　바리새인의 집에 들어앉으실 새
- 8:1 　예수께서 각성과 촌에 두루 다니시며 하나님의 나라를 반포하시며
- 8:22 　호수 저편으로 건너가자 하시며
- 8:37 　예수께서 배에 올라 돌아가실 제
- 8:42 　예수께서 가실 새 무리가 옹위하더라(밀려들더라)
- 9:28 　기도하시러 산에 올라 가사(베드로와 야고보와 요한과 함께)
- 9:37 　이튿날 산에서 내려오시니
- 9:51 　예루살렘을 향하여 올라가기로 굳게 결심하시고
- 9:56 　함께 다른 촌으로 가시니라

- 9:57 　길 가실 때에 혹이 여짜오되
- 10:38 　예수께서 한 촌에 들어가시니라
- 11:37 　(한 바리새인의 집에) 들어가 앉으셨더니

님이여!

당신의 거룩한 행보는 당연히 11장 이후에도 계속되는 것인데 님의 한 걸음 한 걸음에는 신비한 생명의 역사가 이어졌습니다. 요한사도는 이의 풍성함에 대하여 말하기를 "우리가 다 그의 충만한데서 받으니 은혜 위에 은혜러라. 율법은 모세로 말미암아 주신 것이요, 은혜와 진리는 예수 그리스도로 말미암아 온 것이라.(요1:16-17)" 썼습니다.

님께서 베푸시는 은혜와 진리의 충만함, 그로 인해 세상은 어둠에서 풀려나 참된 빛으로 환해지게 되었으며 생명의 새로운 강물은 그때로부터 시작하여 오늘 이 시대까지 이어졌던 것입니다. 그 풍성함이라니요? 이제까지 얼마나 많은 사람들이 그 강물을 마시곤 새로워졌으며, 얼마나 많은 사람들이 그 강물로 인하여 어둠과 죽음의 권세에서 벗어나 찬란한 생명의 세계로 들어가 기뻐하며 감사했습니까?

그러나 그렇게 엄위한 흐름을 역행하여 생명의 물줄기를 되돌리려는 시도도 끊임없이 이어졌습니다. 님께서 직접 일하시던 때도 그러했거니와 님의 제자들, 제자들의 제자들이 일할 때에도 빛과 생명을 싫어하는 어둠의 무리들이 항시 따라다니며 방해하였습니다. 그렇지만 저네들의 시도는 번번이 실패로 돌아갔고 주님의 거룩한 사역은 역사를 거듭하며 이어졌습니다. 여기서 저는 아까의 범위 내에서 주님의 행보를 가로막으려는 저들의 모습을 정리해 보려고 합니다.

- 4: 1   성령에 이끌리시며 마귀에게 시험 받으시더라
- 4:28-30   회당에 있는 자들이 이것을 듣고 다 분이 가득하여 일어나 동네 밖으로 쫓아내어 밀쳐 내리치고자 하되 예수께서 저희 가운데로 지나서 가시니라
- 5:30   바리새인과 저희 서기관들이 그 제자들을 비방하여 가로되 "너희가 어찌하여 세리와 죄인과 함께 먹고 마시느냐?"
- 6:6   서기관과 바리새인들이 예수를 송사할 빙거(증거)를 찾으려 안식일에 병 고치시는가 엿보되
- 11:53, 54   거기서 나오실 때에 서기관과 바리새인들이 맹렬히 달라붙어

여러 가지로 힐문하고(따져 묻고) 그 입에서 나오는 것을 잡고자 하여 그 목을 지키더라.

님이여!

이상과 같이 열거한 예 중 인상적인 것은 4:28-30에 기록된 것인데 특별하다고 생각되어 잠시 묵상하고 넘어가겠습니다. 요단강에서 세례 받으신 님께서는 안식일에 고향 갈릴리의 회당에 가시게 되었습니다. 회당에 온 많은 이들은 님께서 어떻게 성장하신 분인지를 다 알고 있었겠지요. 목수 요셉의 아들이며 아버지를 도와 많은 일을 했을 것이므로 장차 목수로 많은 일을 할 것으로 생각하지 않았을까요?

그들 중 삼십년 전 님께서 이 땅에 오셨을 때 있었던 여러 기이한 징조와 현상들을 기억하는 사람은 드물었을 것입니다. 사람들은 먹고 사는 일에 바빠 예나 지금이나 남의 집에 있었던 일을 삼십년씩이나 기억하지 못할 것이기 때문입니다.

목동들이 양을 지키고 있는 한 밤중에 홀연히 천사가 나타나 님의 탄생을 알려주었고, 별을 따라 동방에서 온 박사들이 그분을 경배했으며, 예언자가 바로 '이 분이 이스라엘이 기다려 온 메시아' 라고 말한 적이 있었고, 남달리 총명하여 성서에 정통했던 점들을 사람들이 제대로 기억하고 있었더라면… 그랬더라면 님을 특별한 시각으로 주목할 수 있었을 텐데요.

그러나 그들은 그런 일들을 까맣게 잊고 있었습니다. 그래서 님이 가버나움에서 많은 기적을 행하시고 고향에 돌아왔는데도 환영하지 않았습니다. 여전히 주님을 대수롭지 않은 사람으로 생각하고 있었던 것입니다. 그러나 일부는 가버나움에서 있었다는 기적이 오늘 자기네 회당에서도 일어나지 않을까 하는 기대를 하고 님을 주목하고 있었겠지요. 그런데 정작 님의 입에서 나오는 말씀은 고향사람들의 귀를 거스르는 비판적인 말씀뿐이었습니다. 님께서 그같이 말씀하신 것은 그네들이 주를 인정할 마음의 자세가 전혀 안 되어 있었기 때문이었을 것입니다. 나아가 조금이라도 이상한 것이 발견되면 용인하지 않겠다는 적의를 가지고 있었기 때문이라 생각됩니다.

그들은 님께서 자기네들을 힐난하는 말씀을 하시자 대단히 분개했습니다. 그리하여 난폭하게 님을 낭떠러지로 끌고 가서 밀쳐 버리려 했습니다. '이런 자는 아예 없애 버려야 한다.'고 생각했던 것 같습니다. 군중들은 돌변하는 속성이 있기에 그런 과격한 반응이 가능했으리라 여겨집니다. 그렇지 않고서야 이웃과 다름없는 사람을 어떻게 죽이려까지 했겠습니까?

그러나 어찌된 일인지 님을 붙잡았던 그들의 손에 힘이 빠지고 불같이 일어났던 미움은 소나기 후처럼 갑자기 잔잔해졌습니다. 그리하여 님은 아무런 방해를 받지 않고 그들 가운데를 빠져나올 수 있었고 위기를 모면하실 수 있으셨습니다. 이해가 잘 안 되는 부분인데 상황이 어떻게 그처럼 풀어질 수 있었는지요?

'아직 돌아가실 때가 아니었기 때문에? 또는 사람의 마음을 뜻하는 대로 주관하실 수 있는 하나님께서 그들의 마음을 순간적으로 돌려놓으셨기 때문에? 또는 호수처럼 잔잔한 님의 기품에 눌렸기 때문에?' 여러 가지 추론을 할 수 있겠으나 결론 내릴 수 있는 것이 아니라고 생각됩니다. 아무튼 여러 훼방이 님께서 가시는 길에 늘 따라다녔지만 아무도 주께서 이루시고자 하는 구원과 생명의 과업을 방해할 수 없었다는 것이 중요합니다.

님께서는 당초에 계획하신 대로 모든 말씀을 전하셨고 모든 일을 이루셨습니다. 결국 사역의 절정에 이르러 십자가를 지시고 골고다에 올라 거기 못 박혀 죽으신 후 사흘만에 부활하셨습니다. 그래서 도도히 생명의 강물은 흐르고 흘러 마침내 세상 끝날 구원의 바다에 이르게 될 것입니다.

님이여!

생명의 바람을 잠재우려는 자들이 있었는가 하면 반대로 몸을 던져 님과 함께 동고동락하며 생명의 강에 합류했던 사람들도 많이 있었습니다. 이들에 관해서도 자세히 들여다보겠습니다.

- 5:11　　저희(베드로, 야고보와 요한) 배들을 육지에 대고 모든 것을 버려두고 예수를 좇으니라

- 5:28　　그는(레위) 모든 것을 버리고 예수를 따라나섰다.

- 7:11　　제자들과 많은 사람들은 함께 따라갔다.

- 8:2　　복음을 전하실 새 열두 제자가 함께 하였고 또한 악귀를 쫓아내심과 병고침을 받은 어떤 여자들 곧 일곱 귀신이 나간 자 막달라인이라 하는 마리아와 또 헤롯의 청지기 구사의 아내 요안나와 또 수산나와 다른 여러 여자가 함께하여 자기들의 소유로 저희를 섬기더라.

- 8:42　　무리가 옹위하더라(공동번역: 그를 에워싸고 떠밀며 쫓아갔다.)

4장에서부터 11장 사이에 님의 강물에 합류하는 자들의 모습이 다섯 군데 발견되었습니다. 그런데 특별한 것은 '모든 것을 버려두고' 님을 따라나섰다는 것입니다. 군중심리에 이끌리거나 감상적이고 일시적인 현상이 아니라 자신의 중심을 온전히 님께로 이동했다는 것, 참 특별합니다. 그들의 그런 헌신과 동행의 모습은 님께서 십자가를 지시고, 죽으시고, 부활하시고, 승천하신 후에도

계속해서 이어졌습니다. 그들은 님께서 지상에 계시지 않을 때에도 님의 말씀과 지시를 따라 대다수가 순교의 피를 흘려 복음의 삶을 마감했던 것입니다.

님이여!

제가 자주 바라보았던 망원동 앞 한강은 지금도 그때처럼 유유히 흐르고 있겠지요? 아주 오랜 옛날부터 시작되었던 그 흐름은 세상이 끝날 때까지 계속될 것입니다. 그처럼 님께서 일으키신 생명의 흐름은 이제까지 중단 없이 이어져 왔고 앞으로도 계속될 것입니다. 님께서 다시 오셔서 이 땅을 심판하시고 모든 악한 자를 사로잡아 불구덩이에 처넣으신 다음 새롭게 전개되는 새 하늘 새 땅, 새 체계의 세상으로 이어져 영원히 계속될 것입니다. 아멘.

그런데 우리가 발을 붙이고 사는 이 세상에는 님이 지상에 내려오셨을 때처럼 생명의 강물과 함께 시커먼 폐수와 같은 악한 강물도 함께 흐르고 있습니다. 폐수의 양이 그 때보다 더 많아졌는지도 모르지요. 그 악한 강물은 여전히 생명의 강물을 오염시켜 한 사람이라도 더 죽음의 세계로 끌어들이기 위해 진력하고 있습니다.

그러므로 생명의 강물을 마시며 흘러가고 있는 우리 그리스도인들은 강물이 더 오염되지 않게 함은 물론이려니와 온전히 정화될 수 있도록 더 애써야 하겠습니다. 몸을 던져 님을 따라갔던 믿음의 선진들처럼 헌신의 삶을 살아야만 하겠습니다. 그렇게 살 수 있도록 힘을 주십시오.

악취 나는 폐수 속에서 헤엄치던 저를 구하셔서 생명의 강물로 인도하시고 그 생수를 날마다 마실 수 있게 하신 님을 찬미합니다. 님의 아름다우심, 님의 자비하심, 님의 영원하심을 찬미합니다. 그리고 님과 함께 생명을 심는 자가 될 수 있도록 허락하신 하나님 아버지께 존귀와 영광을 돌립니다. 할렐루야!

소년의 예수처럼

어머니는 예수를 보고 "애야, 왜 이렇게 우리를 애태우느냐? 너를 찾느라고 아버지와 내가 얼마나 고생했는지 모른다."고 말하였다.

그러자 예수는 "왜 나를 찾으셨습니까? 나는 내 아버지의 집에 있어야 할 줄을 모르셨습니까?" 하고 대답하였다. 그러나 부모는 아들이 한 말이 무슨 뜻인지 알아듣지 못하였다.(눅2:48-50)

온전히 인성을 입으신 당신께서는 인간의 모든 것을 체험하셨습니다. 따라서 마리아의 뱃속에 잉태되어 핏덩이 고사리손으로 세상에 태어나는 과정 이후도 그냥 건너뛸 수 있는 것이 아니었습니다. 위에 옮겨놓은 본문은 자세히 알려지지 않은 소년기의 신비한 부분을 증거하고 있습니다.

유아기를 거쳐 열두 살까지 자란 당신, 이때까지 당신의 신성은 열두살 인성에 감추어져 있었습니다. 그렇긴 해도 위의 글은 소년이신 당신의 연약한 외양에 범상치 않은 데가 있음을 증언하고 있습니다.

이미 내적으로 많이 성숙해지셔서 예루살렘의 율법학자들과 며칠씩 토론할 수 있는 상태가 되신 것입니다. 학자들의 이야기에 귀를 기울이시고 어떤 의문점이 생기면 묻기도 하시는 열두 살 소년시절의 당신, 그 토론 장면을 지켜보는 사람들은 나이 어린 당신의 비상한 지혜에 감탄해마지 않았을 것입니다. 그러나 그 수준은 공생애 때 보여주시는 당신의 모습과 현격한 차이를 보이는 것이지요. 십이 년 자라신 당신께서는 어떤 쟁점에 관해서 의견을 피력하셨을 것이고 관점을 달리하는 토론상대의 문제점, 장점과 단점을 지적하기도 하셨을 것입니다. 그리고 토론의 바람직한 결론에 관해서도 탁월한 지혜를 나타내 보이셨을 것입니다. 토론은 매우 깊숙한 분야까지 들어가서 때때로 상대방이 궁지에 몰리는 상황도 생겼겠지요. 당신의 예리한 질문에 학자들이 마땅한 대답을 찾지 못해서 쩔쩔매기도 했을 것입니다. 며칠씩 토론하는 것이 지루하거나 힘들게 느껴지지 않았다는 것, 이미 메시아의 자질을 보이고 계셨다 사료됩니다.

"예수는 몸과 지혜가 날로 자라면서 하나님과 사람의 총애를 더욱 많이 받게 되었다.(2:32)"

네~ 당신께서 성장해 가시는 모습은 참으로 이상적입니다.
몸도 자라고
지혜도 자라고
하나님의 사랑을 받으며
사람들에게도 사랑을 받고…
그것이야말로 균형 잡힌 성장이 아니겠는지요? 덩치만 커가고 속은 여전히 유아적인 사람도 있고 반대로 머리만 있고 건강은 영 좋지 않은 사람도 많이 볼 수 있습니다. 그런가하면 사람의 인정만 받으려 하지 하나님의 인정은 도외시하며 성장하는 사람도 있습니다. 그런데 님의 성장은 오랜 시간 꾸준하게 지속되는 것이었습니다. 그리스도이기 때문에 자연섭리를 뛰어넘는 예외적인 것이 결코 아니었습니다. 님께는 매우 지루한 고난이었겠지요. 그 고난이 삼십년 이상이나 지속되었다는 것을 생각하니 다시금 당신께 고개가 수그러집니다.

저는 요즈음 "그가 징계를 받으심으로 우리가 평화를 누리고 그가 채찍에 맞으심으로 우리가 나음을 입었도다."라는 말씀을 자주 묵상하였습니다. 고난의 절정에 이르신 님께서 오늘 여러 상황에 처한 저에게 어떤 의미를 주는지를 섬세하게 깨달으려 했던 것입니다. 그런데 님의 어린 시절을 생각하니 당신의 전 생애가 고난이었음을 새삼 생각합니다.

님이여!

당신께서는 사흘 후에 만난 육신의 부모들을 책망하셨습니다. 내 아버지의 집에 내가 있어야 할 줄을 어찌 모르셨느냐고, 어째서 엉뚱한 곳에서 그리스도를 찾느냐는 것이었습니다. 그리스도가 성전에 계시면서 아버지의 말씀에 몰두하는 것, 그리고 틈틈이 기도하는 것이 당신께서 섬기시는 하나님 아버지의 뜻에 가장 합당한 것임을 어찌 모르셨느냐 하시는 것입니다. 이는 성전의 주인이신 그리스도를 놓아두고 하룻길을 가도록 무심하였던 부모들의 무심함도 드러내고 있는데 마리와 요셉의 모습이 좀 이상해 보입니다.

그린데 주님의 책망이 저의 귀에도 들렸습니다. 최근 며칠씩 기도에 전념하는 시간을 전혀 갖지 못했었습니다. 금년 초 기도원에 가서 한 사나흘 기도해야겠다 마음먹긴 했었는데 이런 저런데 마음을 다 빼앗기고 많은 시간을 흘려보냈습니다. 혹 제가 아버지를 사랑하는 마음이 적기 때문은 아닌지, 말씀을 사모하는 마음이 깊지 못해서 성경을 고작 하루 서너 장씩밖에 읽지 못하고 있는 것은 아닌지, 하루 동안이나 아들을 잊고 있었던 마리아나 요셉처럼 주님을 등한히 했던 것은 아닌지, 그래서 주님은 아버지집에 늘 계시는데 저는 사람들 틈에 끼여 제 갈 길을 갔던 것은 아닌지, 그리하여 시간이 갈수록 당신과의 간격이 멀어진 것은 아닌지 되돌아보았습니다.

빗나갔던 발걸음, 주님으로부터 멀어져간 발걸음을 되돌리는 데는 두세 배의 시간이 필요했습니다. 요셉과 마리아가 사흘 후가 되어서야 주님을 성전에서 발견할 수 있었으니 많이 엇나갔던 것입니다. 그러나 그때라도 발걸음을 돌이켜 주님께로 돌아올 수 있었으니 다행한 일이었지요. 영 못 돌아오고 마는 사람들도 많이 있으니까요.

제가 그렇게 빗나갈 수 있는 소지는 늘 있습니다. 당신을 사랑하는 강도, 의지하는 신뢰의 강도에 어느만큼의 변화는 있을 수 있겠지요. 그러나 그런 변화조차도 되돌리는데는 많은 노력과 결단이 필요합니다. 더욱이 제가 바라는 것은 현상유지가 아니라 당신께로, 아버지께로 더 깊이 다가가는 것 아닙니까? "너희가 뒤로 물러가면 내 마음이 달갑게 여기지 않으리라."는 말씀이 귀에 쟁쟁하군요.

님이여!
당신의 아이처럼 낮아지심으로 인해 당신께서 우리에게 주시는 평화가 완전하고 견고하게 될 수 있었음에 감사를 드립니다. 당신의 징계, 당신의 고난이 너무도 심각했고 너무도 지루한 것이었음을 생각하며 고개 숙여 경배합니다. 그로 인해 우리의 처참했던 지위는 회복되었고 영광에서 영광으로 나아가게 되었음을 감사드립니다. 그러므로 당신께로 더 깊이, 아버지의 말씀 더 깊이로 들어가기를 다시금 다짐합니다. 당신의 그 순진했던 소년시절처럼 늘 아버지

안에, 말씀 안에 머무르는 것을 즐거워할 수 있기를 바랍니다. 당신의 선하신
영으로 인도하여 주십시오.

제4부

생활 속으로

✤ 차이코프스키의 '비창'을 들으며

차이코프스키의 작품이 많이 있지만 저는 특히 그가 말년에 작곡한 교향곡 6번 '비창'을 즐겨 들었습니다. 이 곡은 저를 보다 깊은 사색의 골짜기로 끌고 들어갔는데 그래서 저는 이 곡을 반복해서 들었습니다. 둔중한 무게와 웅장한 스케일을 가진 이 곡은 인생의 깊은 곳까지 들락거릴 수 있게 해 주었지요. 차이코프스키의 삶에 관한 글을 읽어보면 그 이유가 무언지 느껴지는 것이 있습니다.

님이여!

차이코프스키는 노년에 사랑하는 아내를 잃고 홀로되어 몇 년 동안 외로움과 슬픔에서 벗어나지 못하고 있었습니다. 그의 작곡생활은 완전히 중단되고 말았지요. 그러던 어느 날 그는 갑자기 새로운 활력을 얻고 전혀 딴사람처럼 되어 작곡에 들어갔습니다. 이 때 작곡된 것이 예의 Symphony No 6 "Pathetique"입니다.

그런데 이 곡이야말로 차이코프스키 인생의 전 여정을 함축적으로 담고 있다 여겨집니다. 한 편의 소설이라 할 만큼 변화무쌍하지요. 일어섬과 넘어짐, 희망과 절망, 위기와 회복, 평화와 전쟁을 연상케 하는 내용이 변화있게 자꾸만 반복되는데, 때로 비장하기가 이를 데 없습니다. 인상적인 것은 거기에 등장하

는 한 인물이 여러 고난이 있음에도 불굴의 의지를 가지고 전진을 계속하고 있
다는 것입니다.

　장중한 암갈색 톤으로 곡은 시작됩니다. 우리는 그의 인도를 따라 고요히 사
색에 들어가기를 시작하고요. 어두운 방에는 단 하나의 촛불만이 힘없이 타오
르고 있습니다. 그 촛불은 책상 앞 안락한 의자에 힘겹게 몸을 의탁한 한 노인
의 한쪽 얼굴을 붉게 비추고 있습니다. 넓은 방안을 희미하게 비추고 있는 그
촛불의 연약한 불빛과 노인의 얼굴이 묘한 조화를 이루고 있다 여겨지는군요.
노인 안에 불타고 있는 생명도 그렇게 힘없이 타오르면서 이제 얼마 남지 않은
촛불처럼 꺼져가려 하고 있기 때문입니다.
　이내 음악은 도입부를 지나 잔잔히 한 꾸러미의 이야기를 펼쳐냅니다. 잔잔
히 시작되던 그 이야기는 어느 순간 갑자기 활력이 솟구치면서 산을 오르고 하
늘을 오르는 기세로 발전합니다. 그것도 잠시, 곡은 이내 조용히 가라앉으면서
사색적이 됩니다. 그러면서 한 인간의 내면 속으로 깊이 들어가 이 곳 저 곳을
더듬습니다.
　어느새 차이코프스키는 우리를 영혼의 깊은 세계로 이끌고 들어갔습니다. 그
음률에는 슬프면서도 한없이 달콤한 무엇이 있어 계속해서 한 인간을 이끌고
들어가는 어떤 힘이 있습니다. 그 음률의 이미지는 어떤 여인의 미소거나 아니
면 어머니의 따스하고 인자한 미소일 수도 있습니다. 또는 한잔 술에 온갖 스
트레스를 씻기 위해 많은 돈을 들여서 인테리어를 한 어떤 카페의 분위기일지
도 모르겠습니다.
　그런데 갑자기 한 사건이 폭포처럼 한 인간을 덮쳤습니다. 그 사람은 어쩔 수
없이 그 사건과 마주하여 싸워야 했고 싸움은 전진과 후퇴, 승리와 패배의 경

계를 숨가쁘게 오가며 계속됩니다. 어느 시점에 이르면 다 부서질 듯 격렬하지만 그러다가도 싸움은 일시에 소강상태로 들어갑니다. 그리고 어떤 장면에 가서는 궁지에 몰려 절망적인 상황이 되는데 이때 보이지 않는 한 의로운 손길이 그를 구해줍니다. 그래서 그는 다시 힘을 얻었습니다. 그리하여 적진을 향해 저돌적으로 진격해 들어가 적을 유린합니다. 전쟁 중 가끔은 잠시 호수처럼 평온한 상태가 되기도 하는데 그러다가도 사태는 갑자기 돌변해서 사납게 날뛰는 말처럼 상황이 반전되곤 합니다. 그럴 때면 위기감이 전신을 휩싸 오싹 전율을 느끼게 되지요.

그러나 모든 전쟁은 시작과 끝이 있습니다. 그처럼 인생에서 만나는 어려움도 그 당시는 그것이 영원할 것 같지만 고비를 넘기기만 하면 다시 평안을 되찾곤 하는 것 아니겠습니까? 그 노인은 다시금 사색을 계속합니다. 선율은 애조를 띠면서도 무언가 감미로운 것이 적당히 깔려있습니다. 어떤 로맨스를 회상하고 있는 것이 아닐런지요.

"아! 달콤했던 사랑이여! 그토록 나의 가슴을 설레게 만들었던 여인이여! 아르토여! 미류코바여! 지금은 다 어디 갔는가. 이젠 다만 기억의 평원에서 밀어를 나누며 포옹할 수 있다니… 이렇게 감미롭고 고통스러운 회상 속에서만 그대와의 만남이 가능하다니… 그러나 나는 이 기억을 지워버릴 수 없는 것이다. 그대는 나의 인생이며, 나의 보람이며 나의 열매인 것이므로… 다만 추억을 떠올려 기억 속에서만 리바이벌할 수 있다는 것만이라도 얼마나 다행한 것이냐! 아! 옛날이여, 재현될 수 없는 나와 그대의 젊은 날이여!"

바람을 맞으면서 외롭게 걸어가는 그를 향하여 다시 한 떼의 강풍이 후려침니다. 회초리같이 매서운 바람을 한 대 얻어맞은 그의 볼이 에이듯 따끔거립니다. 그럴수록 그는 외투깃을 바싹 끌어올리고 몸을 잔뜩 구푸린 채 황량한 광야를 전진합니다. 외롭게 홀로 사투를 벌이고 있는 차이코프스키, 또는 헤밍웨이의 원작 「노인과 바다」, 그리고 이 음악 속으로 빠져드는 우리 인생들. 광야의 폭풍은 일순간 대양의 파도로 변합니다.

　망망한 바다에 떠있는 나룻배는 거대한 파도의 위력 앞에 한낱 잎새에 불과합니다. 비가 억수같이 쏟아지고 날은 저물어갑니다. 일몰이면 그토록 찬란하던 하늘이었는데… 그런데 오늘은 무섭게 찡그린 채 거친 먹구름들만이 이리저리 몰려다니고 있습니다. 이 거친 바람과 성난 파도와 성난 구름은 다 무엇을 의미하는 것일까요? 건강의 위험, 직장과 사업의 위기, 가족과 이웃과 대 사회와의 관계에서 발생할 수 있는 위기, 또는 사상적이고 종교적인 내면의 격렬한 갈등으로 인한 한 인간의 근본적인 위기 등등… 싸움은, 그리고 위험의 양태는 다양하기 이를 데 없습니다. 예수님의 족보에 등장하는 많은 사람들이 하나같이 다 이런 싸움을 겪으면서 인생의 광야를, 인생의 바다를 지나갔을 것입니다.

　그런데 그의 음악에서 이 싸움은 매우 격렬하게 오랫동안 이어지고 있습니다. 우리의 싸움도 쉬이 끝나지 않고 오래도록 계속되고 있지요. 세상을 떠나기까지는 그런 싸움이 반복될 것입니다.

　광야와 바다의 그 노인은 쓰러지지 않고 힘 있게 걸어가고 있고, 물결을 가르며 세차게 노를 젓고 있습니다. 그는 용사요, 무사입니다. 우리 모두가 다 그런 것 아니겠습니까?

　항구를 향하여 노를 젓고 있는 사람, 그 사람이 어느새 「노인과 바다」에서 열연하는 스펜서 트레이시로 연상되어 돌아가고 있군요.

어디선가 갑자기 상어떼가 몰려들었습니다. 노인이 낚은 고기의 살점을 그 상어란 놈들이 마구 물어뜯고 있습니다. 노인은 난생 처음 보는 그 큰 고기를 잡기 위해 오랜 시간 사력을 다해 싸웠는데 바다의 무법자들이 마구 달려들어 덥석덥석 물어가고 있습니다. 노인은 작살을 힘 있게 움켜잡고는 연신 상어들을 찔러댔습니다. 노인이 벌였던 파도와의 싸움은 이제 상어와의 격렬한 전쟁으로 변했습니다. 아무도 도와주는 이 없는 망망한 바다에서 외롭고 힘든 무법자와의 싸움, 그것은 인간의 본질적인 운명을 암시하기도 합니다.

피를 튀기는 싸움이 얼마나 지났을까? 상어떼들은 다 물러가고 그 큰 물고기는 앙상하니 등걸만 남아버렸습니다. 그리고 그를 맞이하는 항구의 불빛은 저 멀리서 무심히 어둠을 밝히고 있습니다. 바람을 맞으며, 파도와 싸우며 항해하며 싸우다 남는 것이 고작 그것뿐이었다니… 정녕 그것이 인생이란 말인가요?

차이코프스키는 수많은 아름다운 곡을 작곡하였고 그의 작품은 당시 러시아, 프랑스, 이태리, 미국 등지에서 무대에 올려져 격찬을 받았습니다. 그 중 어떤 곡들은 혹평을 받고 묻혀버리기도 했지만 그의 음악적 성과는 대단했지요.

그런데 지난 날을 회상하는 이 곡에서 그의 화려했던 모습은 전혀 보이지 않습니다. 명성으로 인한 포만감은 다 사라져버리고 이제는 앙상한 뼈다귀를 허탈한 마음으로 바라보는 그 늙은 어부와 다를 바가 없게 되어버렸습니다.

음악적인 성취, 이것이야말로 차이코프스키를 이끌고 온 중심이며 그의 핵심이었지요. 그의 자아는 오로지 음악을 통해서 구현될 수 있었으므로… 그래서 그는 법무성의 안정된 직장을 아무것도 아닌 듯이 그만둘 수 있었습니다. 왈츠곡을 포함한 수많은 발레음악, 많은 피아노와 바이올린 소품, 가곡, 합창곡, 그리고 여섯 개의 교향곡들은 얼마나 소중하고 아름다운 열매들이었습니까? 지구가 사라지지 않고, 이 땅에 사람들이 역사를 이어가는 한 그의 음악들이 여러 모양으로 사람들의 가슴 속에서 물결치리라는 것이야말로 너무나 확실합니다.

그런데 이제 그의 기력도 다했습니다. 그는 이제 더 이상 앞으로 나아가지 못하고 지나온 과거사를 회상할 수 있을 뿐입니다. 오선지, 음악하는 동료들, 작곡가, 성악가, 배우, 연주가들, 그리고 음악을 사랑하는 수많은 사람들의 환하게 웃는 얼굴이 그의 뇌리를 자꾸 스쳐 지나가고 있습니다. '

'백조의 호수를 들으며 그들은 얼마나 신나게 춤추며 무대를 돌았던가. 경쾌한 리듬에 맞춰 나풀거리던 하얀 드레스, 얼마든지 우아하게 대화를 엮을 줄 아는 품격 있는 신사 숙녀들, 그들은 항상 나의 주위를 맴돌았는데…'

그러나 이제 그의 촛불이 꺼져가려는 지금에 와서 그 모든 것이 무슨 위로와 기쁨이 될 수 있겠습니까? 다시 한 떼의 사나운 바람이 불어왔습니다. 안간힘을 쓰며 다시 일어나려던 노력은 그 바람 때문에 헛수고가 되고 말았습니다. 인생의 피날레가 찾아온 것입니다.

아, 운명의 4악장이여! 처절하고 쓸쓸하며 고독하고 그러면서도 한없이 적막하고 편안한 피날레여! 안락의자에 고요히 몸을 기대어 힘없이 창밖을 바라보고 있는 차이코프스키, 또는 그 바다의 노인, 또는 우리 각자의 마지막 모습. 창 밖에는 북서풍이 일정한 간격으로 위이잉 소리를 내며 우르르 낙엽들을 휘날리고 있습니다. 점점 확대되고 있는 그의 동공, 그는 다시금 미지의 여행을 떠나려 하고 있는 것입니다.

그런데 다시 격렬한 갈등이 그의 내면에 파도처럼 일어 운명을 거부하려 하고 있습니다. 그러나 그 거대한 운명을 받아들일 수밖에 없는 자신의 한계를 깨닫고는 조용히 순응하는 듯 음악은 도로 잔잔해졌습니다. 고독한 인간, 망망대해에 한 점 잎새로 떠 있는 연약한 인간임이 보다 확실해지는 순간이지요.

님이여!

인생의 마지막은 슬픔일까요? 온전히 슬픔뿐일까요? 그렇지 않을 것입니다. 그것은 한 인간의 결정체와 같은 것이라 믿어집니다. 이제 곡은 더없이 조용하게 가라앉으며 사라집니다. 다 끝난 것입니다. 서산 너머 어둠 속으로 사라지는 저 고요한 태양처럼 너무나 조용히 끝났습니다.

차이코프스키는 인생의 종말이 결코 화려한 팡파레가 울려 퍼질 수 없는「고요한 마침」이라는 것을 이미 잘 알고 있었습니다. 그렇다고 곡성이 난무하는 어느 상가(喪家)의 풍경일 필요가 없다는 것도 잘 알고 있었을 것입니다. 이 곡의 형태로 보아 죽음이란 새로운 시작을 위한 일시적인 사라짐이라 생각했을 것입니다.

우리는 그 음악의 끝을 어떻게 받아들이고 어떻게 해석하느냐에 따라 절망과 희망 중 어느 한 편에 서는 것이라 믿습니다. 그 음악이 고요히 암흑과 무지 속으로 사라지는 것처럼 죽음과 함께 모든 것이 끝나는 것이라 생각하는 사람에게 희망은 있을 수 없습니다. 그러나 그것은 육체가 모든 수고를 끝내고 그 영혼이 안식으로 들어가는 것이며 그 안식은 바다와 같이 새로운 생명이 충만한 상태, 즉 새로운 차원의 무한히 열려진 가능성이라고 생각하는 사람에겐 소망의 입구에 불과한 것입니다.

운명의 거대한 산 앞에서 아무것도 할 수 없는 무기력한 인간, 사람이 운명 앞에, 그 운명을 주관하시는 당신 앞에 과연 얼마만한 존재입니까? 그런 인간이 어떻게 당신 앞에서 큰 소리를 칠 수 있는 것입니까? 성취와 열매를 가지고 우쭐하는 것이야말로 얼마나 소아적인 모습니까?

님이여!

당신은 일엽편주와 같은 차이코프스키의 삶을 인도하셨습니다. 그가 음악가로서의 명성과 성취를 믿고 자만하는 일없이 더 겸손하게 당신을 찾았더라면… 그랬다면 그 음악의 끝은 달라질 수 있었을 것입니다. 그리고 그의 삶이 53세로 끝나지 않고 더 지속되면서 훌륭한 곡들을 당신 발 앞에 더 많이 봉헌할 수도 있었을 것입니다. 이 비창 교향곡이 초연된 후 9일 만에 숨을 거두다니요? 다 님의 섭리 안에서 일어나는 운명적인 것이로구나 느껴졌습니다.

그의 인생을 보면서, 그의 음악을 들으면서 다시 한 번 저의 마음을 다잡습니다. 수태고지를 받은 마리아가 말씀에 순종하며 말씀을 붙들었던 것처럼 다시금 믿음의 사람으로 온전히 걸어가리라 결심합니다. 나의 인생에 들어오셔서 함께 하시는 님의 인도하심을 따라 풍성한 열매를 맺도록 최선을 다하겠습니다. 주관하여 주십시오.

결국 선을 이루시는 분

님이여!

요즘에 엘리야에 대해 많이 생각했습니다. 그는 하나님의 부름을 받은 대선지자로 대단한 활약을 했던 인물입니다. 바알선지자와 대결했을 때 불의 응답을 받아 물에 젖은 장작더미가 타오르며 제물을 태웠고 그의 엄명에 사백오십여 바알선지자들은 즉시로 처단되었습니다. 우상숭배자들에 대한 참으로 통쾌한 승리였지요. 그러나 그렇게 용맹했던 엘리야도 앙칼진 이세벨의 독설 한 마디에 간담이 서늘해져 '걸음아 날 살려라!' 하고 줄행랑을 쳐 싸리나무(개역:로뎀나무) 숲에 숨었습니다. 그리고는 "여호와여 넉넉하오니 지금 내 생명을 취하옵소서. 나는 내 열조보다 낫지 못하니이다.(왕상 19:4)"하며 죽기를 청했습니다.

하나님은 멀게만 느껴지고, 이세벨의 자객은 코앞인 듯 가깝게만 느껴졌던 것일까요? 두려움에 떨고 있는 그는 더 이상 사명자로서의 용기를 상실했습니다. 참으로 허망한 전락입니다.

하나님의 공의가 드러나고 동족 이스라엘이 바로설 수 있기를 소원하며 말씀을 증거했던 엘리야였는데, 그 말씀이 실현될 것을 믿음으로 바라보며 고난의 길을 담대하게 걸어왔던 엘리야였는데 어째서 그토록 중심이 흔들렸던 것일까요?

하박국 선지자를 통하여 선포된 말씀 중에 "나의 의인은 믿음으로 살리라."는 말씀이 있습니다. 엘리야는 오로지 하나님께 대한 믿음 하나로 산 의인임에 틀림없습니다. 그런데 그의 중심을 지탱한 믿음이 무너지니 모든 것이 일시에 무너져 버렸습니다.

사실은 제가 가끔 그랬습니다. 어려움 속에서도 오랫동안 붙들고 왔던 말씀이 현실과 동떨어지게 나타나는 경우가 종종 있었기 때문이었습니다. 저 역시 그것은 믿음의 실패였고 중심을 잡을 수 없는 사건들이었습니다. 저는 때때로 깊은 좌절감을 맛보았지요. 저 역시 엘리야처럼 절박한 기도를 때때로 드렸습니다. 이 문제를 해결해 주시든지, 그렇지 않으면 저를 데려가 주시기를 간구했습니다. 때로는 저도 식음을 전폐한 채 며칠을 간구했습니다. 그러나 님께서는 아무 응답도 하지 않으셨습니다. 그래서 기도하는 것도 너무 힘들기만 했습니다.

다른 사람의 예를 더 살펴보았지요.
"하나님! 이렇게 말씀하신 당신께서
　어찌하여 우리를 버리십니까?
　어찌하여 우리의 군대와 함께 나아가지 아니하십니까?
　어서 이 곤경에서 우리를 도와주소서.(시108:11)"
다윗이었습니다. 그 많은 시련의 고개를 넘어야만 했던 다윗, 시련의 터널은 좀처럼 끝나지 않았으며 죽음의 위협은 수시로 그를 조여 왔습니다. 정녕 언제 죽을지 알 수 없는 절박한 상황을 수없이 통과했던 다윗은 늘 기도했고 그때마다 당신께서는 응답하셨습니다.

"나 이제 흔연히 일어나리라. 세겜을 차지하고 숙곳 골짜기를 측량하리라. 길르앗도 나의 것, 므낫세도 나의 것, 에브라임은 나의 투구, 유다는 나의 지휘봉이다. 모압은 발 씻을 대야로 삼고 에돔은 신 벗어 둘 신장으로 삼으리라. 불레셋을 쳐부수고 승전가를 부르리라. 누가 나를 에돔까지 모실 것인가? 누가 나를 그 견고한 성으로 인도할 것인가?(시108:7-10)"

다윗은 그 언약을 믿었고 그렇게 말씀하신 하나님을 믿었습니다. 그러나 말씀이 있은 후에도 평화의 때는 여간해서 오지 않았습니다. 오히려 시련의 골은 깊어만 갔습니다. 그런 때 한치 앞을 내다볼 수 없는 '사람'은 마침내 "어찌하여, 어찌하여!" 절규하지 않을 수 없습니다.

아삽도 그랬습니다.
"하나님이여!
주께서 어찌하여 우리를 영원히 버리시나이까?
어찌하여 주의 치시는 양을 향하여
진노의 연기를 발하시나이까?
…………
하나님이여!
대적이 언제까지 훼방하겠으며
원수가 주의 이름을 영원히 능욕하리이까?
주께서 어찌하여 주의 손 곧 오른손을 거두시나이까?
주의 품에서 빼사 저희를 멸하소서.(시74:1, 10-12)"

가슴을 찢는 피울음과 같은 아삽의 탄원. 이스라엘의 회복을 기다리며, 이스라엘의 구원을 기다리며 살아왔지만 오히려 포로살이의 설움은 늘어만 갔고 민족의 아픔을 걸머지고 기도하는 그의 가슴은 피멍이 들었습니다.

님이여!

말씀을 바라보며 님의 구원을 기다리는 일은 그렇게 어렵고 고단한 것인가 봅니다. 님은 멀리보시고 전체를 보시지만 사람은 코앞을 보고 부분만을 움켜쥐기 때문이겠지요. 아삽처럼 그렇게 부르짖으며 기도해도 아무 응답도 하시지 않는 몇 날을 지내면서 전 다윗과 아삽의 심정을 이해하려 애썼습니다. 그래서 그들의 기도를 자꾸 들여다보았는데 그런 '어찌하여'의 기도는 이내 감사와 찬양으로 바뀌더군요. 믿음의 선행적인 고백이었습니다.

나중엔 저도 그럴 수밖에 없다는 생각이 들었습니다. 탄원이 푸념이 되고 푸념이 원망이 되며 나아가 원망이 불신이 될지 알 수 없는 것 아니겠습니까? 또한 응답도 해 주시지 않는 그런 기도를 계속 끌고 나간다는 것은 하나님을 죄 있다 하는 것과 같지 않겠습니까?

저는 결심했습니다. 다윗처럼, 아삽처럼 믿음의 선행적인 고백을 드리기로 하였습니다. 그리하여 종전에 제가 하던 믿음의 선행적인 고백대로 기도의 형태를 바꾸고는 다시 제게 주셨던 말씀을 붙들었습니다. 그 말씀대로 이루시는 선하시고 은혜로우시고 전능하신 하나님을 바라보기로 한 것입니다. 그렇게 방향을 정하고 기도한 지 이틀이 지났을 때 당신께서는 말씀으로 저를 깨우쳐 주셨습니다.

"하나님을 사랑하는 자, 곧 그 뜻대로 부르심을 입은 자에게는 모든 것이 합력하여 선을 이루느니라.(롬8:28)"

현실에 좌우되어 일희일비하는 것이 아니라 말씀을 바라보고 님을 바라보며 전진하는 것, 그것이 오직 믿음으로 사는 의인의 태도라는 것을 다시 확인하게 되었습니다. 그동안 좌절 속에서 드려진 기도는 불신의 기도였고 그러므로 당신께서 응답하실 수 없었다 생각합니다. 그러나 제가 믿음으로 방향을 선회하였을 때 당신께서는 저를 불쌍히 여기시고 깨우쳐 주셨습니다.

그렇게 합력하여 선을 이루는 놀라운 사례가 바울사도에게 있었습니다. 그는 유대인들에 의해 예루살렘에서 붙잡혀 로마군인들에게 넘겨지고 다시 가이사랴로 호송되어 오랜 기간 구금상태에서 재판을 받았습니다. 그러나 사건은 황제에게 상소되었고 바울은 이내 로마로 호송되었습니다. 재판 대기를 하며 또 다시 로마의 감옥에서 이년여가 흐르고 바울은 마침내 순교하고 말았습니다.

어째서 일이 그렇게 종결되고 말았는지요? 전도자 바울은 맹렬히 전도해서 복음을 확산, 확산했어야만 했는데… 그런데 어째서 그의 전도가 막히고 하늘나라의 확장에 심각한 타격을 입게 된 것입니까?

얼핏 보아 바울사도의 구금이 가져오는 이익은 아무것도 없고 손실만 있는 것처럼 보입니다. 그러나 님께서는 그런 상황을 합력하여 선을 이루게 하셨습니다.

바울은 로마 감옥에 갇혀 있으면서 개인 계호를 하는 시위대 병사들에게 복음을 전했다더군요. 개인계호는 중범자를 철저히 경비하기 위해 일대일로 24시간 간수를 붙이는 것 아닙니까? 그렇게 붙여진 간수에게 바울은 항상 전도했고 간수는 자주 바뀌었는데 그 간수는 모두 시위대 소속의 병사들이라 하더군요. 그 시위대 병사들은 왕궁을 지키는 최정예군인으로 복무기간이 마치고 나면 그 나라의 엘리트로서 상당수가 귀족이 되었답니다. 그러므로 바울은 감옥에 있으면서 상류사회에 복음의 씨앗을 뿌린 것이고 이것이 나중 기독교가 로마국교로 되는데 큰 역할을 했다는 것입니다.

상당히 타당한 추리라 생각되는데 이점 말고도 바울사도가 달려갈 길을 다 마치고 로마에 피를 뿌려 순교함으로써 대대로 죄에 더렵혀진 땅을 정화시키는

'옥토 만들기'에 이바지한 것도 대단한 의미가 있습니다.

님이여!

장기간의 구금과 억울한 죽음조차 합력하여 선을 이루시는 님께서는 제게도 그같이 역사하신다 믿습니다. 로마인들에게 보낸 메시지와 로마감옥에 갇혀 빌립보인들에게 보낸 옥중 서신을 읽으면서 그 사실이 깊이 깨달아져 왔습니다. 선하신 님께서 성도의 눈물을 귀중히 보시고 고난이 헛되지 않게 하신다는 사실이 제게 큰 위로가 된 것입니다. 그것이 당신께서 보여주신 일관된 섭리라는 사실을 확인하며 큰 힘을 얻었습니다.

저의 무지를 깨우쳐 주시고 믿음 없음을 불쌍히 여기시어 위로와 격려를 주시니 감사합니다. 결국은 선을 이루리라는 것을 믿으며 다시 일어서서 전진을 계속하렵니다. 부족한 자를 더욱 힘 있게 붙들어 주십시오. 아멘.

고난을 넘어 부활로

사순절의 절정에서

아버지의 뜻을 이루는 것은 그리도 높은 고통의 산을 넘어야 하고, 그리도 넓은 고통의 바다를 건너야 하는 것이었습니다. 육신의 끈질긴 온갖 욕구와 저항들, 그로 인한 유혹들이 당신이라고 왜 없으셨겠습니까? "내 마음이 괴로워 죽을 지경이니…"라고 제자들에게 말씀하셨던 성경의 기록이 그 증거인 것이지요. 그러나 당신께서는 그 모든 저항들을 온전히 누르시며 오직 아버지의 말씀을 이루시기 위해 한 걸음 한 걸음 앞으로 나아가셨고 마침내 십자가에 매달려 죽으셨습니다.

"다 이루었다"라는 장엄한 선언.

그 선언을 비명처럼 골고다에 흩뿌리시고 숨을 거두신 당신, 당신의 육신은 점점 온기를 잃어갔고 아무 기능도 할 수 없게 되었습니다. 그러나 그 육신은 삼십삼 년이나 하나님이 사시는 궁전이었으며 진리가 힘 있게 선포되던 나팔이었으며 피를 철철 흘리다 굳어버린 손은 어루만지기만 하시면 어떤 병이든지 낫는 권능의 손이었습니다. 그리고 피범벅이 된 그 발은 진리의 빛을 세상에 비추기 위해 이곳저곳을 옮겨 다니시던 지극히 거룩한 평화의 발이었습니다.

그런 귀하신 몸이었는데 처참히 죽으셨습니다. 아, 그러나 육신의 죽음을 끝으로 모든 고통도 끝이 되었습니다. 님을 더 고통스럽게 만들 그 무엇이 아무것도 남지 않게 된 것입니다. 이제는 무거운 멍에였던 육체를 벗고 훨훨 자유롭게 되신 것입니다. 말씀대로 당신은 땅에 떨어져 썩는 하나의 밀알이 되었고 그로 인해 온 천지에는 생명의 아름다운 꽃이 만개하게 되었습니다.

님이여!

인간에게 처음 죽음이 들어오게 만들었던 것이 육신이었습니다. 육신은 보암직도 하고 먹음직도 하고 지혜롭게 할 만큼 탐스럽게 보이는 열매를 주목했고 마침내 지엄한 하나님의 계명을 어기면서까지 손을 내밀어 열매를 따먹었습니다. 잠깐의 달콤함을 위해, 그 하찮은 감각의 만족을 위해, 거룩하기 이를 데 없는 하나님의 계명을 어겼습니다. 그로 인해 그 후의 인간들은 죄의 지배를 받을 수밖에 없었고 육신은 죽음의 굴레를 떨쳐버릴 수 없게 되었습니다.

그런데 당신은 그런 절망에 빠진 인간을 구원하기 위해 오셨습니다. 그리하여 육체의 악한 욕망들을 낱낱이 죽이셨고 마침내 당신 자신의 육신마저 무참히 죽음에 내어 몸았습니다. 육신에 굴복했던 처음 사람과는 달리 당신은 육신을 철저하고도 완전하게 정복하셨습니다.

그런 후 당신은 하나님의 권능으로 사흘만에 다시 살아나셨고 누구든지 믿음을 통해 당신과 연합하는 사람은 죽음으로부터 벗어나

영원한 생명을 누리게 하셨습니다. 참으로 하나님과 올바른 관계를 맺게 만드셨습니다.

님이여!

저는 님께서 그렇게 다 이루어 놓으신 상태 속에 살고 있는 것이며 따라서 당신의 평화를 누리며, 당신의 의를 누리며, 당신의 승리를 누리며, 당신의 권세를 누리며 살아야 하는 것입니다. 그러나 저는 날마다 육신의 유혹을 심하게 받으며 살고 있습니다. 이 나이에도 여러 욕망들이 아직 생생하게 살아 아버지의 뜻을 수시로 가로막고 있습니다. 작은 일에도 느닷없이 끓어오르는 혈기, 여인의 별 것 아닌 몇 마디에도 쉽사리 마음이 흔들리고, 작은 변화에도 놀라며 두근거리는 심성, 그러다가도 죄를 짓는 데는 얼마나 발 빠른지요? 십자가 밑에서 의연하게 죽으시는 당신의 모습을 올려다보며 저는 때때로 얼마나 비참함을 느끼는지요? 과연 저는 당신을 따를 수 있는 자입니까? 당신의 제자라, 당신의 벗이라, 아버지의 아들이라 불릴만한 자입니까? 육신을 따라 사는 것, 세상의 헛된 풍조를 따라 사는 것이야말로 얼마나 하찮은 것인지 저는 잘 알고 있습니다. 그런 모든 것들은 바울사도의 지적대로 배설물이요, 장애물일 뿐이라는 것도 잘 알고 있습니다. 그러나 이를 알면서도 실행이 잘 되지 않고 있으니 어찌합니까?

그리고보면 제 속에는 선한 것이 하나도 없는 것처럼 여겨집니다. 로마서 7장의 상황과 조금도 다를 것이 없는 상태입니다. 저를 불쌍히 여기시고 도와주십시오. 전번에 말씀드렸듯이 당신의 모습으로 살기 위해 모든 것이 다 필요합니다. 모든 것을 당신께서 채워주시지 않으면 어느 것 하나 제 스스로 메울 수 있는 것이 없습니다. 그렇게 저는 가난하며 비참한 자입니다. 지금이라도 당신께서 손을 놓아버리시면 천 길 낭떠러지로 굴러 떨어질 수밖에 없습니다. 그게 얼마나 확실한 사실인지요?

그러므로 다시 십자가 밑에서 당신의 말씀을 생각합니다.
"무엇이든지 너희가 내 이름으로 구하는 것은 아버지께서 다 이루어 주실 것이다."
늘 기도하겠습니다. 늘 당신을 의지하겠습니다. 그리하여 풍성해지고 강해져서 세상을 환히 비추는 작은 예수, 예수의 그림자로 살겠습니다. 주관하여 주십시오.

부활

부활의 아침입니다. 그동안 부족한 대로 골고다와 아리마대 소유의 무덤가를 배회하며 당신의 고난을 생각했습니다. 철저하게 부패한 육신의 본성과 인간의 한계들에 관해 생각했습니다. 그것은 사색이 아니라 생활로부터 나온 것인데 이는 저의 모습이 결점 투성이어서 양심의 고통을 많이 받았기 때문에 드리는 말씀입니다. 사순절 기간에 교회에서는 2주 동안 특별새벽기도회를 겸한 전도학교를 열어서 매일 전도에 관해 배우고 훈련토록 했습니다.

그 일환으로 그저께 저의 가족은 한 끼의 금식을 했지요. 겨우 한끼라니… 부끄럽습니다. 금식도 금식이려니와 다른 면에서도 절제와 극기가 너무 부족했던 것을 부끄럽게 생각합니다. 그러다가 오늘 부활의 아침을 맞이했는데 당신께서는 그런 저에게 여러 말씀들을 들려주시고 성령의 감동을 많이 허락하셨습니다. 참으로 '은혜' 가 아닐 수 없는데 이를 반추합니다.

안식일 다음 날 부활하신 당신을 찾아온 세 여인에게 당신께서는 몇 마디의 말씀을 하셨고 이어 제자들을 찾아가셨을 때에도 평화의 인사와 더불어 두어 가지 당부의 말씀을 하셨습니다. 그리고 제자들과 약속하신 대로 갈릴리 바닷 가에 나타나셨을 때에도 아주 중요한 말씀들을 하셨습니다.

아! 갈릴리를 생각하면 참으로 여러 가지 추억이 떠오릅니다. 추억의 갈릴리, 무슨 영화제목 같지만 사실 제자들에게 있어서 갈릴리는 많은 추억들이 담겨있 는 곳이라는 생각이 듭니다. 묵상을 통해 갈릴리를 자주 찾아갔던 저 역시 마 찬가지이구요. 그런데 님께서는 재회의 장소로 왜 꼭 갈릴리를 택하셨던 것일 까요? 오늘 아침 저는 지난 번과는 조금 다른 각도에서 이를 생각했습니다.

당신을 만나기 전의 제자들이나 저는 하릴없이 세상 것만을 추구하며 살던 자들이었습니다. 그러던 것이 당신을 만나고 생각이 달라져서 진리를 위해 몸 바치고자 당신을 따라다니며 살았지요. 그러나 항구하지 못했습니다. 다시 세 상을 바라보게 되었고 갈릴리로 돌아가 예전의 고기잡이를 했습니다. 당신께 서는 그렇게 고기잡이를 하는 제자들을 만나셨고 소리쳐 부르셨습니다. 그리 고는 저들에게 조반을 마련해 주셨는데 당신 능력으로 잡은 생선을 손수 구워 나누어 주시기까지 하셨습니다.

제자들은 삼년이 넘는 간극을 두고 두 번 벌어진 고기잡이의 기적을 경험하 며 주님을 만나기 전과 지금을 자연스럽게 연결해서 생각할 수 있었을 것입니 다. 하잘 것 없는 육신을 위해 살던 것이 진리를 위해 살도록 부름을 받았음에 도 불구하고 그 거룩한 사명을 상실했던 자신들의 초라한 모습과 인간적인 한계를 바라보았겠지요. 동시에 자신들과는 달리 모든 예언의 말씀들을 훌륭하게 이루시고 육신의 한계를 정복하시어 의연하게 부활하신 주님의 모습 앞에서 절망감에 사로잡히기도 했을 것입니다. 그런 그들에게 당신께서는 다시금 "내 양을 치라! 나를 따르라!"하시면서 막중한 사명을 일깨우셨습니다.

부활 후의 당신 행적에 관한 간단한 기사들, 거기에는 늘 말씀이 있었습니다. 그처럼 오늘도 당신은 여러 사람들에게 직접 말씀하고 계십니다. 지난 사순절 동안 당신 주위를 늘 배회하던 저에게, 결정적으로는 오늘 님의 부활이 이루어진 무덤가를 찾은 저에게도 당신은 말씀하셨습니다.

"나의 부활을 달가워하지 않는 사람들도 많이 있다. 그러나 그들에게도 부활의 소식은 전해져야 한다. 그림을 통해서… 글을 통해서… 그래! 어려운 상황 속에서도 너는 틈틈이 복음을 주제로 한 그림을 그려서 많은 이들에게 복음의 향기를 풍기며 아버지께 영광을 돌렸다. 그렇다. 많은 이들이 너처럼 어려운 여건 속에서 이를 극복해가며 복음을 전했음을 생각해라. 바울과 베드로, 요한과 안드레… 그들이 평온한 상황에서 전도한 것이 아니라는 것을 너는 잘 알고 있지 않니? 내가 너의 간청을 늘 듣고 있다만 환경을 탓하지 말고 이제까지 했던 것처럼 그림을 통해서 복음이 증거될 수 있도록 더욱 최선을 다하여라. 그림과 같이 글을 통해서도 복음이 전파될 수 있도록 너의 글이 출간될 수 있게 해 주겠다.

그리고 직접적인 전도를 시작하도록 하여라. 일산병원에 입원해 있는 많은 환자들, 그들에게 지금 누가 나와 같은 심정으로 복음을 전하고 있느냐? 나의 종들이 다들 잠자코 있는 동안에 많은 영혼들이 복음을 듣지 못하고 지옥으로 떨어지고 있다. 나의 안타까움을 네가 헤아린다면 이제 더 이상 미루지 말아라.

네가 스스로 보잘 것 없다고 생각하느냐? 그러나 복음은 세상에서 보잘 것 없다고 여겨지던 사람들에 의해 전파되어 오늘에 이르렀다. 사실 너는 보잘 것 없는 사람이 아니라 세상에 속한 사람들을 다스리고 정복해야할 권세 있는 자다. 내가 너와 함께 있지 않느냐? 힘을 내어라."

아, 힘있는 님의 말씀, 자비하신 님의 말씀 가슴에 잘 새기겠습니다. 제게 주신 말씀이 제자들에게 '나를 따르라, 내 양을 먹이라' 시는 말씀과 진배없다는 것을 잘 알겠습니다. 언약하신 대로 힘 있게 살아갈 수 있도록 '모든 것을' 공급해 주실 줄 믿습니다. 아울러 성찬 때 감격 속에서 님의 임재를 확신시켜 주신 것을 다시금 감사드립니다.

가장 아름다운 편지

# 광야 40년의 만나와 오늘

광야 40년 동안 하루도 거르는 일이 없이 내렸던 만나, 그 만나는 백성들이 님의 속을 많이 썩여드렸던 다음 날에도 어김없이 내렸습니다. 아무리 죄를 지었어도 기본적인 양식마저 끊을 수 없는 백성들의 아버지이신 하나님, 한결같은 만나에는 님의 신실과 자비가 가득 깃들어 있습니다. 만일 하루라도 만나가 내려오지 않았다면 그들은 당장에 굶을 수밖에 없었지요. 그러나 님께서는 결코 양식을 가지고 '당근과 채찍'으로 활용하지 않으셨습니다. 가나안땅에 들어가 첫 소출을 낼 때까지 결코 변함이 없었습니다.

사람들은 아침에 일어나면 으레 그릇 하나씩을 들고 천막문을 밀치고 나가 흰 눈처럼 쌓인 만나를 퍼 담았을 것입니다. 반드시 그날 먹을 만큼의 분량만을 거두어야 했습니다. 엿새째 날만 예외였지요. 일곱째날인 안식일엔 만나가 내리지 않기 때문에 그날만큼은 이틀 분을 거두어야 했습니다. 다른 날은 하루가 지나면 모두 곰팡이가 슬고 벌레가 꼬여 먹을래야 먹을 수가 없었는데 그날만큼은 그렇지가 않았습니다. 다 하나님의 면밀한 섭리였지요.

님이여!

그들은 늘 아침엔 만나를 요리해 먹고 저녁엔 메추라기를 요리해 먹었습니다. 그들이 기르던 소나 양 등의 가축을 요리할 때도 있었지만 일상적인 것은 아니었을 것입니다. 만나나 메추라기로 차려진 식단은 매우 단조로웠지요. 예나 지금이나 음식의 종류가 얼마나 다양합니까? 충분치는 않지만 이집트 땅에서 여러 종류의 음식을 많이 먹어본 사람들, 백성들의 입맛은 다양했을 것입니다. 그런데도 매일 똑같은 음식을 먹어야하다니… 옛날 생각이 나기도 했겠지요? 그러나 어쩔 수가 없었습니다. 다시금 불평을 터뜨리다간 님의 진노를 사고 말테니까요. 그래서 그들은 헛된 희망일랑 아예 버리고 '음식이란 맛으로 먹는 것이 아니라 영양으로 먹는 것이다.' 체념했을런지도 모르겠습니다.

만나는 다양하게 요리할 수 있는 음식이 아니었지요. 물을 약간 부은 후 반죽을 해서 과자처럼 불에 구워먹는 게 고작이었습니다. 메추라기 역시 마찬가지여서 단순하게 불에 구워먹는 것 이외에 별다른 방법이 없었을 것입니다. 광야이니 무슨 요리기구가 있는 것도 아니고 이런저런 양념을 구하기도 어려웠을 테니까요.

그래서 이스라엘 사람들은 먹는 것에 신경을 끊다시피 하며 살 수밖에 없었을 것입니다. 그러다보니 몸과 마음이 아주 한가해져 버렸겠지요. '오늘은 무얼 맛있게 먹을까?'하는 것이 단순하게 정리되어버렸으니 이제는 관심의 방향을 다른 곳으로 돌려야만 했습니다.

'허구한 날 일에 파묻혀서 밤낮으로 노동을 해야만 했었는데, 그러면서도 먹을 것과 입을 것과 그 밖의 온갖 걱정을 하며 살아야 했었는데… 아무리 뼈 빠지게 일해도 생활이 넉넉해질 가망이 전혀 없었는데… 늘 불안하고 늘 위축되고… 위로도, 격려도 없고 고생을 알아주는 이도 없었는데…'

그들의 상황은 완전히 달라졌습니다. 노동이 생활의 전부가 되다시피 했던 것이 이제는 그 반대의 현상으로 변해버린 것입니다. 그러나 사람이 의식이 있는 한 아무것도 하지 않을 수는 없는 것이었지요. 멀쩡한 사람이 아무것도 하지 않은 채 시간을 죽이는 것은 차라리 고문과 같은 것이지요.

자연스레 그들은 많은 시간 하나님을 바라보았을 것입니다. 바라보고 싶어서 바라본 것이 아니라 그럴 수밖에 없는 상황이 되어버렸습니다. 그들은 모세의 가르침을 통해 날마다 말씀을 배웠고 이를 묵상했으며 삶에 적용해야 했습니다. "사람이 빵만으로 사는 것이 아니라 하나님의 입에서 나오는 말씀으로 사느니라."는 말씀대로 된 것입니다.

님이여!

그런데 만나는 햇살이 비치면 뜨거운 태양열에 금세 녹아버렸습니다. 무서리가 아무리 하얗게 세상을 덮었다 해도 엷은 가을 햇빛조차 감당하지 못한 채 속절없이 녹아버리는 것과 비슷했지요. 불에 달구어도 녹지 않고 견디던 것이 그렇게 스러져버리다니요? 참 신기한 일이었습니다. 아무것도 없는 빈 하늘로부터 양식아 눈처럼 내린다는 것도 신기한 것이지만 만나의 그런 특성 또한 신기한 것이었지요.

'하나님의 뜻에 합당한 것이면 아무리 연약한 것이라도 불을 견딜 수 있다는 것, 그렇게 시련을 견디어 내면서 일용할 양식, 즉 당신의 도구로 소용될 수 있다는 것, 그러나 하나님의 뜻에 합당치 않으면 그것이 아무리 배부르게 할 것이라 해도 썩어 악취를 낸다는 것, 하나님께서 하시고자 하시면 빈 하늘로부터 얼마든지 양식을 공급받을 수 있다는 것, 그처럼 무에서 유를 만드는 하나님을 모시고 있으니 아무 걱정할 필요도 없다는 것, 사람은 하나님의 말씀을 통해 하나님의 뜻을 알아야만 비로소 사람다울 수 있다는 것…' 등을 깨달았을 것입니다.

 님이여!

 저도 그런 인도를 받으며 살고 있습니다. 당신께서는 이제까지 넉넉하게 거두는 것을 결코 허락지 않으셨습니다. 그러면서도 '이제는 아무런 대책을 세울 수가 없다'는 막막한 상황에서 좋은 일이 생겨 경제가 해결되곤 했던 일이 한두 번이 아니었습니다. 그래서 한 건 한 건의 일이 성사될 때마다 '님의 손길이로구나!' 직감할 수 있었습니다. 그렇게 저는 삼십년 가까이 살아왔습니다. 그 전에도 당신의 인도하심이 있었을 것이지만 당신 안에서, 당신의 손길을 느끼기 시작한 것이 그 정도의 기간이었습니다. 앞으로의 시간들을 생각하면 이스라엘의 광야40년보다 더 길 것입니다.

 이스라엘 백성들은 내일의 양식을 전혀 걱정하지 않았을 것입니다. 이제까지처럼 내일도 모레도 만나가 내려올 것이고 메추라기 또한 매일 저녁 진 주위에 쌓이게 되리라는 것이 해가 뜨고 지는 것 같았을 것입니다. 저 역시 걱정하지 않습니다. 당신의 신실하심은 완전한 것이고 그렇기 때문에 제가 아무리 부족하더라도 계속해서 인도해 주실 것이기 때문입니다.

 최근 화가들의 형편이 자꾸만 어려워졌습니다. 최저생계비에 못 미치는 작가들과 전혀 수입 없이 살아가는 화가들이 많이 있다 들었습니다. 그림을 팔아 생계를 꾸려나간다는 것은 아주 특별한 경우, 즉 최정상의 인기작가가 아니면 불가능한 때를 살고 있습니다. 그러면서도 수년 내에 상황이 좋아질 것이라는 확실한 가능성마저 어디에도 존재하지 않습니다.

 그럼에도 저는 당신의 은혜로 이제까지 잘 지내왔습니다. 항상 내일의 대책이 없었지요. 화가가 무슨 대책을 세울 수 있겠습니까? 그런데도 저는 잘 지내왔습니다. 그러니 앞으로도 잘 지내게 되리라 믿습니다. 그 믿음이야말로 타당한 근거에 의한 것이지요. 당신과 당신의 언약을 기초로 한 것이니까요.

님이여!

당신께서는 이스라엘 사람들에게 점진적인 은혜를 베푸셨습니다. 한꺼번에, 단숨에 모든 일을 해결해 주시는 방식으로 은혜를 베풀지 않으셨습니다. 저도 마찬가지였지요. 저는 돈 많이 벌어 좋은 일 많이 할 수 있게 해달라고 간청하지 않았습니다. 성령을 충만히 받아 당신의 능력을 많이 나타낼 수 있게 해 달라는 기도를 많이 드렸습니다. 그것이야말로 당신의 의를 구하는 것이고, 순수한 소원이므로 곧 저의 기도를 이루어 주시리라 믿었던 때문입니다.

그런데도 당신께서는 어느날 은혜를 충만히 받아 일시에 사람이 달라지는 것을 허락하지 않으셨습니다. 말씀을 하나하나 깨닫게 하시며, 항구하게 전도하게 하시며, 그 전도에 점차 능력이 붙게 하시며, 조금씩 마음의 자유를 회복하게 하시며, 화가로서의 기반을 다져가게 하시며, 글을 발표할 수 있게 하시며, 사람들에게 조금씩 더 인정을 받게 하시며…

다 그렇게 점진적이었습니다. 어떤 때는 '기도가 과연 유용한 것인가?' 하는 회의마저 들 때가 있었지요. 너무 변화없이 고통만 이어졌기 때문이었습니다. 영광의 주님과 함께 한다는 기쁨도 다 사라지고 자신이 초라하게만 느껴질 때도 많았습니다.

'맑고 깨끗하게 살아서 보람된 것이 무엇인가?'

'하나님의 말씀대로 산다는 것이 이렇게 쩨쩨한 결과만 이어진다면 도대체 내가 신앙하는 것이 다 무엇이란 말인가?' 하는 생각이 밀려들곤 했습니다. 그러나 그런 부질없는 생각들은 저의 조급함 때문이었습니다. 만일에 당신께서 일거에 저의 소원을 다 이루어 주셨다면 어찌되었을까요? 그 교만함과 좌충우돌하는 용렬함이란 끔찍한 일입니다. 뻔하잖습니까? 당신의 은혜는 끝까지 은혜로 남지 않고 오히려 패망으로 줄달음치는 통로가 되고 말았을 것입니다. 그러니 님께서 어찌 한꺼번에 은혜를 베푸실 수 있었겠습니까?

다지고 다지시면서, 돌다리도 두드리면서, 교만과 용렬함의 옹이를 하나하나 제거해 가시면서 인도하셨던 님의 인도하심, 님의 섭리는 정녕 합당했습니다.

이제 한 해를 보내면서 금년에도 계속되었던 님의 인도하심을 생각하며 님께 뜨거운 감사를 드립니다. 발자국마다 역력한 님의 손길, 무어라 다 감사드려야 할지요? 저의 모든 것을 드리리라는 결심 다시 드립니다. 이 결심을 받아 주십시오. 당신의 넉넉하심을 믿습니다. 내년에도 당신만 따라가겠습니다.

 ## 광야로 나가겠습니다

님의 나심을 기리는 성탄절이 다가오고 있습니다. 이제 대림 3주. 주께서 이 땅에 다시 오실 것을 대망하여 묵상하는 계절입니다. 이 계절에 '나는 어떻게 주의 오실 길을 닦아야 하는가?'하는 질문을 던져야 합니다. 저도 무리에 섞여 광야의 요한을 찾아가 그의 외치는 소리를 들어야 합니다. 낙타털옷을 두르고 허리에는 가죽 띠를 띠고 석청을 먹으며 살았던 요한. "회개하라 천국이 가까이 왔다."쩌렁쩌렁 강력하게 복음을 외쳐댔던 요한을 바라보아야 합니다.

태어날 때부터 주의 길을 예비하는 자로 사명을 받은 그가 그처럼 가난한 자로, 극기의 모습으로 나타났다는 사실은 무엇을 의미하는 것입니까? 오늘 그때와는 비교할 수 없을 만큼의 풍요한 시대를 사는 저는 과연 무엇을 생각해야 하는 것입니까? 저 역시도 그런 가난과 극기가 있어야 하는 것일까요? 그처럼 세상으로부터 떨어져 나와 주의 모습만을 바라보아야 하는 것일까요? 나아가 요한처럼 강력한 외침과 선포의 모습이 있어야 하는 것일까요?

님이여!

바람 불고 먼지 이는 광야에서 마음의 등불 하나 켜 들고 오롯이 주님의 재림을 기다리는 순결한 신부의 모습, 그 모습이 저에게 얼마나 있는 것일까요? 주께서는 바울 사도에게 영감을 주시면서 특별한 가르침을 주신 적이 있습니다.

"기쁨이 있는 자는 기쁨이 없는 사람처럼 살고, 세상과 거래하는 자는 세상과 거래하지 않는 사람처럼 살라."

그 말씀은 분명 세상과의 구별된 삶을 요구하고 있는 것입니다. 초탈의 경지는 아니더라도 세상과 멀찌감치 거리를 둔 상태에서 삶의 중심을 하늘나라에 두라고 명령하고 있는 것입니다. 그런데 저는 어떻습니까?

'어쩔 수 없이 세상의 먼지를 묻히며 살고 있는 나, 세상으로부터 영향을 받을 수밖에 없고, 자칫하면 세상에 빨려 들어갈 위험 속에 있는 나. 일상 속에서 톱니바퀴처럼 물려 뭇 사람들과 관계를 맺지 않을 수 없는 나, 부정적인 상황과 직간접으로 관계를 맺지 않을 수 없는 나.'

오랜만에 다시금 저의 모습을 세례 요한의 거울에 비추어 보면서 저에게 실망합니다. 저 역시 세상 사람들과 별 차이 없는 목표를 가지고 있고, 그들과 별다름 없이 살고 있습니다. 주께서 원하시는 모습과 너무 많은 차이가 있습니다. 그래서 대림절을 보내며 님 앞에 죄송함과 두려움을 느낍니다.

님이여, 그렇습니다. 저에겐 마음을 다해 광야에서 외치는 요한의 모습이 없었고, 십자가를 지고 주의 뒤를 따르는 충성된 모습이 없습니다. 그 정도의 수준은 예전에 넘은 산맥이라 여겼는데… 그런데 어느새 저는 저만치 뒷걸음질친 상태입니다. 먹을 것 다 먹고, 더 좋은 것, 불필요한 것들을 몸에 걸치고 다니기를 좋아했습니다.

'절제와 극기의 훈련을 한 것이 도대체 언제, 얼마만큼이었던가?'

전 최근 몇 해 동안 주의 뜻을 이루기 위해 몇 날은 고사하고 몇 끼조차 금식하지 않았습니다. 미각이 고급해져서 웬만한 것은 진정으로 감사치도 않게 되었습니다. 그 많은 기름진 음식들, 그것이 왜 필요하냐고, 그 목적이 무엇이어야 하냐고 헤아려 보지도 않았습니다. 습관적인 무절제와 무감각. 주 앞에 부끄럽습니다.

전에는 주의 도우심이 아니면 살 수 없다 하여 수시로 금식하며 기도에 전념했더랬습니다. 금식하지 않을 때에라도 밤을 새워가며 기도에 전념하던 시간들이 많았었습니다. 그런데 자꾸 편안한 것을 찾다 보니 세상 사람들이 즐겨 찾는 곳을 저도 가고 싶어 했고, 보고 싶어 했고, 듣고 싶어 했습니다.

주의 모습과 많이 동떨어져 있으면서도 어찌 이렇게 무감각하게 되었습니까? 어찌 이러고서도 아무런 죄송함도 느끼지 못하고 있습니까? 구별된 성도의 긍지는 다 어떻게 된 것입니까? 자랑스럽고, 고상하고, 특별한 권세를 가진 그리스도인으로서의 자긍심. 그런 자존심은 다 어디 갔습니까? 주께 감사기도를 드리며 자주 눈물을 훔치던 감격들은 다 어디 갔습니까? 그런 거룩한 기쁨들이 이처럼 희미하게 소멸되어가고 있는데도 어찌 절절한 회개가 없었던 것입니까? 신앙의 연조를 더해갈수록 승화되고 깊어져야 하는데… 그런 성숙한 모습들이 내화되어서 그리스도를 점점 닮아가야 하는데… 그런데 어째서 이렇게 점점 속화되고 있는 것입니까?

님이여!

요한은 세상적으로 좋고, 편하고, 품격 있는 것과는 아예 단절하고 살았습니다. '먹음직도 하고 보암직도 하고, 지혜롭게 할 만큼 탐스러워 보이는' 세상 문화의 겉옷을 하나도 걸치지 않았습니다. 오히려 세상과 결별한 채 세상 사람들을 향해 강력하게 복음을 외쳤습니다. 그러면서도 그에겐 전혀 두려움이 없었습니다. 복음을 전하다가, 주의 오실 길을 예비하다가 목이 '뎅겅' 잘려나간다 해도 요한은 그것을 겁내지 않았습니다.

"회개하라. 천국이 가까이 왔다."

이 외침이 오늘 저의 귀를 쟁쟁하게 울립니다. 저의 가슴을 아프게 때립니다. 복음전파에 한없이 게으르고, 자주 주저주저 하였으며, 나를 다그쳐 광야에 내몰려는 노력이 너무 적었습니다. 그러고서 어찌 주님 앞에 얼굴을 들 수 있겠습니까? 어찌 요한의 꾸지람을 피할 수 있겠습니까? 그러고서도 어찌 신랑을 기다리는 자라 말할 수 있겠습니까? 어찌 당신의 순결한 신부라 할 수 있는 것입니까?

세례 요한의 때 이미 도끼가 뿌리에 닿아있었다 했습니다. 그때 이미 나쁜 나무는 다 찍혀져 불속에 던져질 상황이었다고 했습니다. 그렇다면 이천 년이 지난 지금에 와서는 얼마나 더 급박한 것입니까?

이젠 주께서 모든 심판의 준비를 끝내시고 성부의 명령이 떨어지기만을 기다리고 계실 것입니다. 그런데도 저의 이웃들은 먹고 마시며 시집가고 장가가는 데 열중하고 있습니다. 심판은 꿈에도 생각 못하고 수많은 이들이 불구덩이를 향해 달려가고 있습니다. 배부르고 넉넉하다 하면서 경제성장이 어떻고 소득수준이 어떻고를 말합니다. 실상은 강도를 만나 거반 죽은 비참한 상태에 있다는 것을 알지 못합니다.

그들에겐 긴급히 선한 사마리아인의 손길이 필요합니다. 그런데 구호의 손길을 펼쳐야 하는 저는 너무 느긋합니다. 전후좌우를 살펴가며, 보다 좋은 때, 좋은 상황을 기다리며 스타일관리를 하고 있습니다. 종은 종이로되 게으른 종이며 충성스럽지 못한 종입니다.

님이여!

요한은 기득권자들을 향하여 강력하게 일갈했습니다.

"독사의 족속들아! 닥쳐올 징벌을 피하라고 누가 일러 주더냐? 너희는 회개했다는 증거를 행실로써 보여라."

결국 그는 그렇게 외치다가 목이 잘렸지요. 과연 여자의 몸에서 난 자 중에 그보다 큰 자가 없다는 주의 말씀이 합당합니다. 그렇습니다. 주의 신부는 요한처럼 순결해야 하고, 요한처럼 용감해야 합니다. 그렇게 마땅히 광야로 나아가 주의 오실 길을 예비해야 합니다. 주께서는 그것을 오늘 우리에게 요구하십니다. 다른 누가 아닌 이 부족하고 게으른 저에게 요구하고 계십니다.

그러므로 회개해야 할 자는 다른 사람이 아닌 저 자신입니다. 전 주 앞에 무릎 꿇어 "열심히" 뉘우쳐야만 합니다. 찬 마룻바닥에 오랫동안 무릎 꿇어 기도하며 더러운 육신의 욕구들을 씻어야 합니다. 그럴 때 주께서 긍휼히 여기시리라 믿습니다. 요한처럼 죽을 수 있게 해 주시리라 믿습니다.

주여!
저의 눈이 세상궁전을 향하지 않고 거칠고 황량한 광야를 향하게 하시옵소서. 아멘.

✿ 아름다움의 문을 열어주소서

이제까지 많은 미술인들이 새로운 형상의 문을 열어젖히고 아름다움의 창고에 들어가 새로운 아름다움을 발견하는 기쁨을 수없이 누렸습니다. 물론 그것이 아무에게나 주어지는 것이 아니었지요. 그런 특별한 기쁨을 누리기까지 많은 예술인들은 엄청난 노력들을 했을 것입니다. 그 문을 열기 위해 늘 노력하며 님께 간구해온 저 역시 그런 기쁨을 많이 누릴 수 있었음에 뜨거운 감사를 드립니다.

님이여!

그러나 아직도 열려지지 않고, 아무에게도 알려지지 않은 형상은 많이 있습니다. 그 미지의 형상들은 어둠속에 있는 자신들에게 누군가 다가와 일깨워주기를 고대하고 있을 것입니다. 그리하여 길고 긴 잠에서 깨어나 자신을 있게 하신 창조주께 감사와 찬미를 드릴 수 있기를 간절히 바라고 있을 것입니다.

그런데 아름다움의 세계에는 형상뿐 아니라 무궁한 언어의 세계가 있습니다. 이제까지 언어의 산맥에서 광맥을 발견하고 보석 같은 언어의 새로운 이미지를 캐어내기 위해 수많은 문인들이 어마어마한 노력을 해왔지요. 그 결과물이 엄청난 분량으로 서점에 차곡차곡 쌓여서 누군가의 눈길을 기다리고 있는 것이고요. 그럼에도 그 세계 역시 아직 햇빛을 보지 못한 언어들이 너무나 많이 있을 것입니다. 스스로 깨어 일어날 수 없으므로 어떤 아름답고 지혜로운 마음이 다가와 자신들을 흔들어 일깨워주기를 기다리고 있겠지요. 그림을 그리면서 동시에 시를 쓰고 수필을 쓰는 저는 그 언어의 산맥에서도 조금씩 보화를 캐어내는 즐거움을 누리고 있습니다. 과분하지요. 감사하기 이를 데가 없습니다.

님이여!

형상과 언어에 더하여 그런 언어를 멋지게 꿰어낼 언변이 필요합니다. 물 흐르듯 막힘이 없는 유창한 말솜씨, 부드러우면서 힘과 기품이 있고 그래서 편안하게 들리는 음성으로 주의 진리를 술술 풀어냄으로써 듣는 이들에게 감동을 더하는 기술. 때로는 강하게, 때로는 조용조용, 너무 빠르지도 너무 느리지도 않아서 무엇을 말하고 있는지를 힘들이지 않고 헤아릴 수 있게 하고, 바싹 당겼다가 서서히 풀어주고 다시 바싹 당겼다가 풀어주면서 청중의 감정 사이클을 리드할 수 있는 언변이 있으면 좋겠습니다.

말씀이신 님께서는 그 분야에서 타의 추종을 불허합니다. 아주 탁월한 분이시지요. 그래서 당신을 가까이 모시고 사는 사람은 당신으로부터 언변을 선물로 받아 복음을 힘 있게 증거 합니다. 바울사도가 고린도 교우들에게 편지한 것을 보면 이를 잘 알 수 있습니다. 그들은 그렇게 님으로부터 '특별히 언변과 지식을 받았다'고 기록하고 있기 때문입니다. 그런 언변이야말로 복음의 진리라고 하는 구슬을 아름답게 꿰는 은혜가 아니고 무엇이겠습니까? 제게 그런 언변을 더하여 주시기를 바랍니다.

다행히 말을 잘 한다는 소리를 가끔 듣는데 그러나 제가 한 말을 녹음해 두었다가 들어보면 매우 불만스럽습니다. 많이 노력하고 있는데 별 진보가 없습니다. 은혜로 채워주시기를 간구합니다. 그런 은혜는 저뿐 아니라 복음을 힘 있게 전하기를 원하는 모든 전도 동역자들에게도 필요한 것이지요. 악한 자들의 그릇된 언사를 위대한 십자가 복음 앞에 무릎 꿇릴 수 있도록 다 허락하여 주십시오. 아멘.

님이여!

또 있습니다. 그런 언변에 곡조가 붙어 멋지게 님을 노래할 수 있기를 바랍니다. 저 한 사람에게 다 허락하시는 것이 당신 공의에 어긋나는 것이라면 그런 사람을 제게 몇 붙여 주시기를 바랍니다. 그래서 팀을 만들어 그림과 시와 전도와 찬양이 한데 어우러지게 함으로써 시너지효과를 거둘 수 있게 하여 주시기를 바랍니다.

다 철부지 때의 일이긴 하지만 저도 한 때는 가수 지망생이었지요. 제게도 미성을 주셨는데 그러나 저는 수줍음을 많이 타고 나서 그런 끼를 제대로 살리지 못했습니다. 혼자 부르는 것은 많이 했어도 남 앞에서는 많이 부르지를 못했습니다. 자유롭게 노래를 뽐내고 다니면서 분위기를 즐겁고 흥겹게, 그리고 편안하게 만들 수 있었더라면… 하는 아쉬움이 지금도 남아 있습니다. 이제는 어디가서나 잘 뽑을 수 있을 것 같은 용기가 있지만 그러나 박자 감각이 아주 나빠졌습니다. 시기가 지난 것 같습니다.

님이여!

아름다운 형상과 아름다운 언어와 훌륭한 언변과 멋진 노래가 어우러져 한마당 은혜의 향연을 펼치는 문화행사를 구상해 왔습니다. 어느 한 분야만으로 행사를 갖기보다는 여러 분야가 합력하여 선을 이룰 때 하나님의 멋지심과 아름다우심과 오묘하심이 더 한층 드러나게 될 것이기 때문입니다. 그런 일들을 기획하여 기독교예술문화가 성도들에게 더 많은 선한 자극을 줄 수 있기를 바라고 이를 통해 성도들의 내면이 하나님의 형상을 더욱 닮을 수 있다면 그에서 더 바랄 것이 어디 있겠습니까?

우리들 속에 아름다움이 가득해지면 추하고 더럽고 혼란스럽고 기괴한 형상들, 언어들, 소리들이 점차 소멸될 것입니다. 빛이 들어오면 어둠이 물러갈 수밖에 없는 이치이지요.

그런 문화활동들이 더 활발하게 일어나서 하나님 중심의 우리 선한 기독교문화가 잡다하고 악이 가득한 세상문화를 선도할 수 있어야 하겠습니다. 현재, 문화가 힘이 될 수 있음을 많은 사람들이 이해하고 있습니다. 그래서 문화가 국력이라느니, 문화가 경쟁력을 갖추어야 한다느니, 문화전쟁이라느니 하는 말들이 회자되고 있습니다.

아름다움의 원천이신 님이여!

성도인 우리가 아름다움을 잘 이해해야 하는 것은 우리와 동거동행하시는 분이 아름다움의 원천이시기 때문입니다. 그러므로 우리의 인격이 더 고상하고 덕스럽게 되며 칭찬받을 만하고 순결하게 되기 위하여 여러 아름다움을 이해할 수 있어야 하겠습니다. 나아가 그 아름다움을 우리 내부에 가득 채울 수 있어야만 하겠습니다. 그렇게 될 때 우리는 높으신 하나님과 더 품격 있는 교제를 할 수 있을 것이라 믿습니다. 이는 성화의 과정을 밟고 있는 우리들의 궁극적인 푯대가 되기도 하는 것이지요. 그러므로 저를 아름답게 가꾸어 주십시오. 속사람이 자꾸 아름다워져서 그것이 겉으로도 은은하게 번져나올 수 있게 하여 주십시오. 그러다가 아름다운 것이 완벽하게 갖추어진 님의 나라에서 영원토록 아름다움을 누리며 살게 하여 주십시오. 아멘.

왜 악한 사람이 잘되는 것입니까

"하나님이 참으로 이스라엘 중 마음이 정결한 자에게 선을 행하시나 나는 거의 실족할 뻔하였고 내 걸음이 미끄러질 뻔하였으니 이는 내가 악인의 형통함을 보고 오만한 자를 질시하였음이로다. 저희는 죽는 때에도 고통이 없고 그 힘이 건강하며 타인과 같은 고난이 없고 타인과 같은 재앙도 없나니…(시 73:1-5)"

님이여!

오늘 우리의 눈에도 아삽이 보았던 실망스런 상황이 많이 보입니다. 바르고 착하게 살면서 인정을 받는 사람이 실패하고 재앙을 당하는 것을 봅니다. 반면에 교만하고 자기의 이익만 추구하며 선은 아예 고려하지도 않는 사람이 성공을 거듭해 나가는 경우를 흔하게 봅니다.

제가 얼마 전 금식하며 님께 간구했던 Y형제 말입니다. 그 사람이야말로 얼마나 신실하게 당신을 위하여 헌신적인 삶을 살았습니까? 제 보기에는 그는 의인이며(정확히 말씀드리면 그리스도의 피로 용서받은 의인입니다) 그만한 그리스도인도 찾아보기 드문 것처럼 생각됩니다. 그런 그가 인간의 의술로는 회생 가능성이 전혀 없는 상태에 빠져버렸고 이제는 전능하신 님께서 구원의 손길을 베풀어주실 때만을 기다리는 비참한 처지가 되었습니다. 얼마 전 그를 문안했을 때 피골이 상접한 모습을 보면서 얼마나 가슴이 아팠던지요?

그는 간절히 님을 사모해서 직접적으로 님을 기쁘시게 해 드리기 위한 사업을 하고 있는 중이었습니다. 그가 건강하기만 하면 정말로 많은 좋은 일을 하여 하나님께 영광을 크게 돌릴 수 있는 상태에 있었기 때문에 그의 와병이 더욱 안타깝게 여겨집니다. 그래서 많은 이들이 그를 위해 간절히 기도하고 있고 미약하지만 저도 기도의 대열에 동참하고 있지요.

그와는 반대의 예로 활발히 작품활동을 하며 사업도 아주 크게 벌리고 있는 이가 저의 주위에 한 사람 있습니다. 그가 이룩한 사업적인 성공은 대단한 것입니다. 사업에 별다른 경험이 있었던 것도 아니었는데 그는 오래 전에 우연찮게 기업을 인수했지요. 그런데 그 사업이 불 일듯 확장에 확장을 거듭해서 이제는 근로자가 오륙백 명은 족히 되는 중견기업체로 성장하게 되었습니다. 오래전에 서울의 금싸라기 땅에 대형빌딩을 두 개나 가지고 있다는 말을 그로부터 직접 들었는데 지금 그의 부가 얼마나 더 늘어났는지 알 수 없습니다.

그는 작가로도 성공했습니다. 국내 화단에서 인정받기 위해 무진 애를 쓰던 것이 엊그제였는데 몇 차례 해외에서 대규모 개인전을 하더니 이제는 어떤 작가가 국내에서 무엇 무엇을 했다더리고 하면 코웃음을 칩니다. 그를 볼 때 '하나님께서 축복을 내리실 상황에 있는 사람이 아닌데 어떻게 저처럼 될 수 있었을까?' 하는 생각이 듭니다. 그는 유감스럽게도 하나님을 믿지 않을 뿐더러 하나님을 믿는 사람을 매우 어리석게 여기고 있기에 드리는 말씀입니다.

저는 그의 성격을 알기에 후배로서의 예의를 갖추기 위하여 가끔 안부 전화를 할 뿐 가까이 하지 않고 있습니다. 얼마 전 전화를 했더니 그동안 있었던 자

신의 활약상을 장황하게 이야기하더군요. 자신이 얼마나 대단한 작가로 성공을 하고 있는지를 침이 마를 정도로 얘기했습니다. 이야기 끝에 제가 이런 말을 했지요.

"정말 축하드립니다. 앞으로 더 잘 되셔서 후배들도 많이 이끌어 주십시오."

그랬더니 대뜸 제 말을 받아

"이끌긴 뭘 이끌어? 자신의 힘으로 개척해 나가야지."하는 것이었습니다.

저는 할 말이 없었습니다. 본래 남을 돕는다거나 성원해 주려는 마음이 별로 없는 성격이라는 것을 알고 있었지만 그렇게까지 말하다니요. 한번은 님에 대하여 제가 전도하는 것을 한참 듣다가 저의 말을 가로막고는

"천국이 어디 있어? 병 없이 건강하게 살면서 먹고 싶은 것 맛있게 먹고 애들 잘 커주면 그게 천국이지."

그는 그런 사람이었습니다. 그렇게 자기중심적으로 살다가 구원받지 못하고 일생을 마칠 것 같아 안타깝기만 합니다.

님이여!

당신의 공의가 이루어지지 않는 모습은 주위에 얼마든지 있습니다. 빈익빈 부익부 현상이 요즘 더 깊어졌다는데 만일 물질과 축복을 연관해서 생각한다면 빈자는 님의 복을 받지 못한 악한 사람들이고 부자는 당신의 축복을 받은 선한 사람이어야겠지요. 그러나 그런 단선적인 사고를 한다는 것은 어리석은 일입니다. 그 반대의 현상들이 얼마든지 있고 부의 척도와 축복의 상관성은 아주 제한적인 것이기 때문입니다. 그러나 그런 현상들을 보고 "하나님은 없다. 신은 죽었다."라고 생각하는 이들이 많이 있습니다. 사물을 깊이, 넓게 보지 못한 때문이지요.

인용한 본문의 시편기자 아삽은 이런 현상들을 보며 분개하고 의아해 하며 당신께 하소연했습니다. 그러나 그는 당신께 깊이 기도하면서 그 의문이 풀렸습니다. 당신께서 주신 깨달음 때문이었지요. 아삽은 현실 세상에서 당신의 공의가 온전히 이루어지지 않는다 하더라도 심판의 맹렬한 불이 기다리고 있다는 것을 알았습니다.

"주께서 참으로 저희를 미끄러운 곳에 두시며 파멸에 던지시니 저희가 어찌 그리 졸지에 황폐하게 되었는가? …주께서 깨신 후에 저희 형상을 멸시하시리이다.(시73:18-20)"

물론 인간의 생사화복을 주관하시는 당신께서 이 땅에서의 일들을 매사에 관여

하시지 않는 것은 아니라 생각합니다. 보이지 않는 중에 일하시면서 하나하나 불꽃같은 눈동자로 살피시고 그에 합당한 방법으로 인도하십니다. 악인의 형통함에 대해서도 당신께서는 일일이 다 대처하고 계십니다. 사실 악인이 잘 되는 것은 머리에 숯불을 쌓는 것과 마찬가지이지요. 어떤 때 당신께서는 일체 관여하시지 않고 내버려두심으로써 심판의 불을 예비하십니다. 이런 점을 생각한다면 악한 자들의 형통을 보고 아삽이 당신께 가졌던 일시적인 회의는 영적인 이해부족에 있었던 것일 뿐입니다.

님이여!

님께서는 아예 멸망을 받기로 되어있는 악한 자들에게 적용하시는 섭리와는 달리 님의 사랑하시는 자녀들은 세세하게 돌보십니다. 잘못을 저지르면 때론 즉각 회초리를 휘두르셔서라도 악으로 향한 발을 돌이키게 하십니다. 저는 이를 많이 경험했습니다.

요즘 한창 물의를 일으키고 있는 Y씨와 그의 부인 J씨 말입니다. 그들은 다 당신의 자녀가 아닙니까? 당신께서 그들을 형통케 하셨고 그래서 높여주셨다면 그들은 자신들의 행실로 당신의 영광을 드러냈어야 했습니다. 헌데 그만 유혹에 넘어가 거액의 뇌물을 받았고 그것이 들통 났습니다. 그 부부가 받은 뇌물의 총액이 무려 5억원이나 된다고 하더군요. 높은 지위까지 올라갔던 Y씨가 이 일로 하루아침에 추락하여 이제는 교도소에 수감되어 죄수복을 입고 있습니다. 그의 부인도 같은 교도소에 수감되었다고 하더군요.

그들은 수치와 고통 속에서 회개해야겠지요. 엊그제 소식을 들으니 Y씨가 성경을 감방으로 넣어 달라 하여 열심히 당신의 말씀을 탐독하며 마음을 정리하고 있다고 하더군요. 다행한 일입니다. 그런 일이 있기 전 Y씨는 초호화생일

파티를 해서 언론의 입방아에 오르내렸던 적이 있습니다. 그 때도 역시 그들이 신앙인이었다는 것이 알려졌었습니다. 제가 가슴 아프게 생각하는 것은 이런 사건들을 통해서 번번이 당신의 영광이 가려지고 있다는 것입니다. 님의 자녀들이 당신의 영광을 드러내는 것이 아니라 오히려 자꾸 물의를 일으켜서 기독교의 이미지에 자꾸 먹칠을 가하고 있는 것, 이것은 매우 심각한 현상이 아닐 수 없습니다. 결국 전도에 많은 지장을 초래하고 말 것입니다.

그러나 일시적으로 당신의 영광을 가릴 수밖에 없음에도 불구하고 당신께서는 그들의 형통함을 방치하지 않으셨습니다. 그들이 세상사람들로부터 수치를 당하고 자신의 죄악이 얼마나 중대한 것인지를 회개하도록 하셨지요. 그렇게 의지했던 세상으로부터 외면당하고, 그렇게 탐욕을 부렸던 재물이 오히려 자신들을 천 길 낭떠러지로 떨어뜨리는 것이 된다는 것을 경험하게 하신 것입니다. 그런 후에는 오직 당신께서 명하신 길을 따라가는 것이 참된 길이며 당신만이 '나의 의지할 분'이라는 것을 알게 하시겠지요. 그러므로 모든 사람들은 주님의 이 말씀을 마음에 새겨야 합니다.

"주의 교훈으로 나를 인도하시고 후에는 영광으로 나를 영접하시리니 하늘에서는 주 외에 누가 내게 있으리요, 땅에서는 주밖에 나의 사모할 자 없나이다.(시73:24-25)"

그 옛날 애굽에서 종살이하던 이스라엘 백성들, 그들에게는 먹고 마시는 문제를 해결하는 것이 삶의 전부였습니다. 그러던 그들을 광야로 이끌어 내신 당신께서는 말씀으로 그들을 교훈하셨지요. '사람이 빵만으로 사는 것이 아니라 하나님의 말씀으로 사는 것'임을 그들뿐 아니라 오고 오는 모든 세대들이 알게 하시려는 것이었습니다.

오늘 우리의 삶도 마찬가지 아닙니까? 세상적인 것, 물질적인 것으로만 사는

것이 아니라 당신께서 주신 진리의 말씀을 따라 살아야 하는 것이지요. 그것의
핵심은 예수 그리스도를 믿는 것이고 계명을 따라 사는 것입니다. 다른 방법,
다른 길은 있을 수 없지요.

그렇게 당신께서 지시하신 삶을 산 사람들에게는 예비된 당신의 영광, 하늘
나라의 놀라운 영광으로 감싸주십니다. 그 영광을 우리는 이 땅에서 부분적으
로 경험하며 살 수 있으며 이는 하늘나라에 가서 완전하게 될 것입니다.

님이여!

아삽은 그런 점들을 깨달았습니다. 땅에서의 형통함이 다가 아니요, 천국의
상급이 의인들에게 예비되어 있으므로 오직 당신만을 의지하며 당신만을 사랑
하는 것이 소중하다는 것을 알게 된 것이지요.

그런 깨달음은 대단한 기쁨을 동반합니다. "주께서 내 마음에 두신 기쁨은 저
희의 곡식과 새 포도주의 풍성할 때보다 더하니이다.(시4:7)"는 다윗의 고백과
같은 것이지요. 진리를 깨달았을 때의 기쁨, 당신께서 나를 사랑하신다는 사실
을 깨달았을 때의 기쁨을 어찌 세상에서 맛볼 수 있는 여타의 기쁨과 견주겠습
니까? 저 역시 그런 기쁨을 많이 맛본 사람 중에 하나이지요.

주께서 나와 함께 하신다는 사실, 이것보다 큰 자산은 없습니다. 그러나 어떤
이들은 당신 같이 좋으신 분이 계시다는 사실을 모르고 쾌락과 물질과 그 외의
세상에 속한 것들이 자신과 함께하고 있다는 사실로 기뻐합니다. 그러나 그런
모든 것을 주관하시는 당신께서는 자녀들이 그런 것으로 배불러 참되신 당신을
잊지 않도록 다스리십니다. 결심만 하시면 언제라도 얼마든지 세상에 필요한
것들을 주실 수 있는 당신이지요. 그러나 그런 풍족함이 항시 유익한 것이 아
니므로 당신께서는 적절히 조절하십니다.

아삽은 기도를 더 이어갑니다.

"내 육체와 마음은 쇠잔하나 하나님은 내 마음의 반석이시오. 영원한 분깃이시라. 대저 주를 멀리하는 자는 망하리니 음녀같이 주를 떠난 자를 주께서 다 멸하셨나이다. 하나님께 가까이 감이 내게 복이라 내가 주 여호와를 나의 피난처로 삼아 주의 모든 행사를 전파하리이다.(26-28)"

'내 육체와 마음은 쇠잔하나 하나님은 내 마음의 반석이시오 영원한 분깃이라' 라는 말씀을 눈으로 읽으면서 저의 가슴이 뭉클해졌습니다. 이제 제 나이 오십을 앞두고 있으면서 제 몸의 기능도 많이 저하되고 있으므로 매사에 당신을 더 의지하게 되는데 그러므로 당신은 내 마음 속에 더욱 커다란 바위로 자리하고 있습니다. 그런 관계로 아삽의 이 시가 저의 마음을 때리도록 주의 성령께서 역사하신 것이라 생각됩니다. 당신을 사랑하고 사는 것이 나의 분깃이라는 사실은 참으로 내가 복된 자임을 의미하는 것이 아니고 무엇이겠습니까?

그러므로 아삽은 '하나님께 가까이 감이 내게 복이라' 고 고백하고 있습니다. 하나님, 모든 것의 모든 것이 되시는 하나님. 모든 내적, 외적 필요를 채워 주시는 분이신 당신께 가까이 다가가 당신을 사랑하는 것, 모든 것을 다해서 사랑하는 것이 나의 할 일이요, 나의 갈 길이라는 것이지요. 저 역시 전적으로 동감합니다. 이제는 정녕 당신께서 무엇을 주시기 때문에 사랑하는 조건적인 사랑이 아니라 자연스럽게 당신 자체를 사랑할 수 있게 된 것을 감사드립니다. 당신의 좋으심을 오랫동안 맛들인 때문이지요.

그러므로 저는 아삽처럼 '주의 모든 행사를 전파(28)' 하는 삶을 살기로 다시금 결심합니다. 그 일보다 더 중요한 일은 있을 수 없으니까요. 그것은 참된 생명을 나누어 주는 것 아닙니까? 그렇게, 충성된 종으로 살 수 있도록 인도하여 주십시오.

어찌하여 믿음이 그렇게 부족하냐

님이여!

제가 그림을 통해서 하나님을 영화롭게 해 드리기 위해 애써온 것을 아십니다. 그것이 다 님의 은혜로 인한 것임은 두말할 것이 없지요. 말씀을 깨닫게 하시고 세상의 부귀영화가 다 덧없는 것임을 알게 하셨으며 그런 나머지 오직 당신의 발자취를 따라갈 수 있게 인도하신 것입니다.

금년에 제가 선한 마음을 먹고 그림과 글을 조화시켜 전시회를 꾸미기로 한 것도 다 그런 은혜를 바탕에 깔고 있음은 당연한 것입니다. 그래서 전 당신께 기도하며 작품을 준비했습니다. 작품을 제작하며 당신께서 순간순간 지혜를 공급하신다는 것을 느끼는 것은 커다란 기쁨이었고 보람이었습니다. 어찌 제 머릿속에서 그토록 묘한 생각이 떠올랐겠습니까?

문자와 그림은 이질적인 것이지요. 따라서 한 화면에서 문자와 그림이 충돌하지 않게 한다는 것은 매우 어려운 작업이었습니다. 그런데 그것이 상황에 따라 적절히 해결될 수 있도록 그때그때 지혜를 주셨습니다. 성경말씀을 바탕에 중복해서 쓴 후 다시 그 기본화면을 적절히 분할하고 그 위에 이런 저런 그림을 그려 넣었습니다. 그런 다음 하늘나라를 상징하는 하늘 입체판을 올려놓기도 했고 주기도문을 대형화판에 중첩해서 쓴 후 서른 다섯개의 패널로 된 설치

작품을 그 위에 올려놓는 방법 등등… 참으로 신통한 아이디어들이 자꾸 이어 졌습니다.

저는 또 성경이 펼쳐지고 그 안으로 수백, 수천의 무리가 걸어 들어가는 모습 도 그렸지요. 그 작품은 화면의 대소에 관계없이 스펙터클해 보였고 감동을 이 끌어낼 만한 요소를 충분히 가지고 있었습니다. 전 이런 유의 작품을 연작으로 몇 점 제작했고 그 외에도 성경을 중심으로 다양하게 작품을 구상하기도 하였 으며 주께서 무리를 향하여 말씀을 선포하시는 장면도 몇 점 그렸습니다. 그 외에 당신께서 인도하셔서 출판하게 된 시화집 '사랑은 벅찬 강물입니다' 에 들 어있는 시화작품도 여러 점 액자를 만들어 전시장에 걸었습니다.

님이여!

그런데, 그런데 말입니다. 정작 그 성구시화전을 보아주어야할 성도들이 관심 을 보이지 않으니 이를 어찌하겠습니까? 참으로 황당한 상황이 아닐 수 없었습니 다. 그렇게 다양한 방법으로 홍보를 했는데… 주일엔 제 전시가 열리는 교회에 가 서 대표작이 실린 카드를 수백 장 나누어 주기도 했지요. 그런데 일부러 전시장에 그림을 보러오는 사람은 손가락으로 꼽을 정도였습니다. 그 소수는 말씀을 사모 하고 은혜를 사모하는 소수였을 것입니다. 전 그들이 당신께서 기뻐하시는 사람 들이고 그렇다면 소수리도 좋다 생각했습니다. 첫 전시장에서 3주긴을 전시하고 전시장소를 다른 교회로 옮겨 한 달간을 또 전시했습니다. 거기서도 대동소이한 현상이 있었을 뿐입니다. 많이 보아주기만 해도 좋을 텐데… 말씀과 그림을 보며 은혜 받는 사람이 많기만 하면 좋을텐데…

저는 당신께 기도했지요. 아무리 황량한 상황이지만 당신께서 몇 사람 마음 을 움직이시면 제가 활동을 계속할 수 있는 정도의 에너지가 생길 것이란 생각을 했습니다. 그러나 결국 그마저도 안 되었습니다. 두 번째 전시를 마치고 세 번째 전시장소에 그림을 디스플레이한 후 자꾸만 마음이 가라앉는 것을 어찌할 수 없었습니다. 그 다음날 저는 당신께 기도했습니다.

"어찌 이러십니까? 어찌 이렇게 황량하게 하시는 것입니까? 정녕 당신의 뜻은 어디에 있는 것입니까? 성도들이 이토록 관심을 보이지 않는데도 저는 순회전을 계속해야 하는 것입니까?"

지엄하신 당신께 다듬어진 언어로 말씀드려야 한다는 것을 알면서도 저는 있는 그대로 말씀드렸습니다. 솔직하게 저의 황당한 마음을 열어 보여드리고 당신의 도우심을 구했습니다. 그리고 그날 저는 특별한 기도를 드렸지요. 간절히 기도한 후에 당신의 말씀을 구했던 것입니다. 당신께서 친히 말씀해 주시기를 간구했지요. 저는 성령께 모든 것을 의탁했고 저의 입술에 넣어주시는 말씀을 들었습니다.

"아들아! 네 믿음은 다 어디 갔느냐? 어찌하여 믿음을 놓아버리고 그렇게 파도처럼 흔들린단 말이냐? 네가 그렇게 낙망 좌절한다면 너는 나의 사랑을 믿을 수 없다는 것이냐? 나를 더 이상 신뢰할 수 없고 나의 권능을 더 이상 믿지 못하겠다는 것이냐? 내가 그렇게 신의가 없고, 내가 그렇게 사랑이 없는 신이었단 말이냐? 나는 그렇게 무정한 하나님이며 너의 고통쯤 아랑곳 하지 않는 하나님이었단 말이냐? 너의 아버지라는 것도 실상은 말뿐, 그동안 내가 너의 아버지로서 책임을 다한 것이 아무것도 없다는 것이냐?"

저에게 내리시는 꾸중의 말씀은 다 옳았습니다. 저의 낙망은 결국 아버지를 신뢰하지 못하고 님을 신뢰하지 못한다는 것이었습니다.

"그렇군요. 제가 그렇게 님을 신뢰하지 못했었군요. 아버지를 신뢰하지 못했었군요. 저는 그렇게 믿음이 없는 자였군요."

저의 용렬함을 인정하지 않을 수 없었습니다. 님께서는 회개하는 저에게 계속해서 말씀하셨지요.

"아들아! 내가 너의 수고를 알고 있다. 너의 눈물과 너의 땀방울과 너의 사랑과 너의 헌신을 알고 있다. 내가 어찌 그것을 모른 체 하겠느냐? 내가 어찌 그렇게 수고한 너를 위하여 상급을 예비하고 있지 않겠느냐? 모든 것은 내 뜻대로 된다. 내 뜻대로 되지 않는 것이 하나도 없다. 걱정하거나 두려워 말라. 나의 선하심을 한 시도 잊지 말라. 내가 너를 떠나지 않고 너와 늘 함께 하고 있음을 한 시도 잊지 말라. 내 아들아!"

님이여!

저는 당신께서 저를 가을 나무처럼 자꾸 털고 계시다는 것을 느꼈습니다. 여름내 달고 있었던 잎사귀들을 다 떨어뜨리고 아주 가난하게 된 후, 온전히 하늘만 올려다보게 하시는 당신의 섭리를 생각했습니다. 세상의 모든 것을 다 비워버린 후 온전히 당신의 것으로만 채우게 하시는 섭리가 있음을 생각했습니

다. 그것이 다 당신께서 저를 특별히 사랑하시는 때문이라는 것, 제가 온전히 성숙된 자가 되기를 원하시고, 그리하여 참되고 튼실한 평화의 열매를 맺기 원하셔서 그렇게 섭리하신다는 것을 생각했습

니다.

　힘들지요. 참 힘들고 고통스러울 수밖에 없는 것이지요. 그러나 그런 상황으로 인도하시는 분이 당신이십니다. 저는 "당신께 왜 이렇게 하십니까?" 항의할 수 없습니다. 그런 상황에서도 감사해야 한다는 것을 알고 있습니다.

　님이여!

　결국 당신께서는 귀하게 쓰시는 두 종의 마음을 움직이셨고 그들을 통하여 저의 바구니를 채우셨습니다. 그리하여 '나를 책임지시는 하나님' 이신 것을 다시금 보여주셨습니다. 당신께서 저의 입술에 담아주신 말씀이 불과 며칠 후에 실현되는 것을 보며 전 다시 한 번 당신의 사랑을 확인했습니다. 저는 참으로 물질 때문이 아니라 그를 통해 보여주시는 당신의 신실하심과 사랑에 감격했습니다.

　이제 다시금 당신의 선하심에 모든 것을 맡깁니다. 이제 그렇게 저의 마음을 심란하게 만들었던 헛된 욕망들을 다 버립니다. 당신께서 다 비우게 하셨는데 어찌 다시 어제로 돌아가겠습니까? 이젠 당신만 올려다보겠습니다. 당신의 음성에 귀 기울이며 당신의 손길에 민감해지도록 더욱 애쓰겠습니다. 행여 당신의 뜻을 잘 몰라 낙망하며 헤매는 일이 없도록 조심하겠습니다. 당신께서는 약해진 저에게 당신의 권능을 드러내실 것입니다. 반드시 그리하실 것입니다.

　"내 권능은 약한 자 안에서 완전히 드러난다."

 # 우즈벡 미술선교여행을 다녀왔습니다

참으로 오랜만에 글을 씁니다.

그동안 많이 분주했고 그래서 차분히 마음을 내려놓고 당신 안에서 그때그때 생활을 정리하는 글쓰기를 하지 못했습니다. 우즈베키스탄을 다녀온 지 20여 일, 더 이상 미적거리다가는 남을 것이 별로 없겠다 싶어 이제라도 글을 씁니다.

부족한 종이 우즈베키스탄으로 떠나기 전 일찌감치 감기참여를 했었지요. 그런데 그것이 채 뿌리 뽑히지 않은 상태에서 떠났었습니다. 그런 몸으로 우즈베키스탄에 도착해보니 섭씨 30도의 여름 날씨였는데 습도가 적어 무덥지는 않았고 그늘 속에 있으면 시원했습니다. 그러나 다음날 아침 밖엘 나가보니 급격히 기온이 내려가 있었습니다. 쌀쌀한 날씨 속에서 스케줄을 소화하다보니 콧물, 기침이 다시 살아나 저를 쭉 괴롭혔습니다. 그렇지만 못 견딜 정도는 아니었고 다행히 일행들의 스케줄에 따라 어렵잖게 같이 행동할 수 있었습니다.

님이여!

우즈베키스탄은 1992년도에 소련으로부터 독립했고 정치는 대통령중심제로 인구는 2500만, 국토의 면적은 우리나라 남북한 합친 크기의 2.5배에 달하지만 사막이 3분의 2 가량 된다는 점, 주생산물은 세계 4위에 달하는 목화인데 산업기반이 취약해 1차 생산물을 그대로 수출한다는 것, 그리고 언어는 우즈베키스탄 언어 외에 아직도 러시아를 혼용해서 쓰고 가르친다는 것 등을 안내자로부터 들었습니다.

　그곳은 한국과 참 많이 달랐습니다. 우선 공항의 인상부터 황량했지요. 공항이라기보다는 공장이 딸린 평범한 회사건물 정도로 보였는데 버스를 타고 시내로 들어가며 보니 도시의 풍경은 우중충했고 침울해 보였습니다. 그곳 사람들은 문양을 특별히 좋아하더군요. 대다수 건물외벽에 복잡한 형상들을 더덕더덕 붙이고 있었습니다. 심지어 5층 높이의 아파트들도 이슬람 특유의 문양들이 조각물처럼 붙어있었는데 제 눈에는 그것이 곱게 보이지가 않았습니다. 그것들이 다 우상숭배와 관련된 문화체계에서 나왔기 때문입니다. 어디든 이슬람의 그림자가 드리워진 우즈벡의 수도 타쉬켄트, 그리고 고도 사마르칸트. 우리 일행들은 사마르칸트에 다녀온 이틀을 제외하면 대부분의 스케줄을 타쉬켄트에서 소화하게 되어 있었습니다.

　일행은 네 군데로 분산하여 숙소를 정했고 미리 짜여진 일정에 따라 한가한 시간 없이 매일 여러 행사들에 참여했습니다. 전국청소년미술실기대회, 한 우즈 미술전시회, 양국의 전통예술공연 관람, 국립현대미술관 관람, 벼룩시장 구경, 사마르칸트 여행, 사마르칸트 교외 스케치, 리셉션 참석, 청소년미술실기지도 등…

　님이여!

　저는 을씨년스럽고 왠지 역겨운 향내가 풍기는 듯한 도시보다는 우즈베키스탄의 토속적인 문화를 체험하고 싶었습니다. 그러나 그런 기회는 좀처럼 오지 않았지요. 많은 이들이 관광의 의미를 화려한 볼거리에 두고 있었기 때문이었는데 대체로 미술인들의 생각은 그와 달랐습니다. 화가들 대부분은 한적한 시골, 넓게 펼쳐진 대자연의 이국적인 광경과 그곳의 인심을 호흡하고 싶어 했고 이를 화폭에, 카메라에 담고 싶어 했습니다.

사마르칸트를 향해 다섯 시간 동안 차를 달리면서 농촌풍경을 차창 밖으로 볼 수 있었지요. 목화를 따는 모습도 눈에 들어오고, 한국의 소나 염소들과는 다른 까만 소, 얼룩배기소, 누렁소들이 농가 부근에 한가로이 방목되고 있는 모습, 다소 누추해 보이는 농부들이 길가에서 시외버스를 기다리고 있는 모습들이 보였습니다. 그러나 우리들은 그들 속으로 좀처럼 들어갈 수가 없었습니다. 빡빡한 일정 때문이었지요.

나중에 고대하던 기회가 한번 왔습니다. 한 농가에 들어가서 그곳 사람들과 식사도 하고, 함께 사진도 찍고, 약간의 대화도 했으며, 기념으로 몇 자 글을 적어 메모를 전달하기도 했습니다. 시골사람들이어서인지 그들은 참 순박해 보였습니다. 낯선 사람을 경계하지 않고 그렇게 반갑게 맞이할 수 있다니요? 그들의 마음과 환경이 부유하였다면 결코 그럴 수 없었을 것입니다.

우리를 맞은 그네들은 부산을 떨면서 마당에 있는 탁자에 보자기를 덮은 후 음료를 여러 병 내오고, 전통차 '차이'를 거푸 권하였습니다. 한참 음료를 마시며 머물러 있다가 그만하면 되었다 싶어 일어서려 했습니다. 그런데 주인장이 한사코 만류를 하더군요. 하는 수 없어 주저앉았더니 '럼빵'과 고깃국이 나왔습니다. 고깃국물에 럼빵을 적셔서 먹는 것으로 그들의 제대로 된 식사라고 하더군요. 입맛에 썩 당기지는 않았지만 우리는 그들의 인정이 고마워 맛있게 먹었습니다. 참 귀한 시간이었고 귀한 체험이었지요. 식사를 마치고 대문(사실은 쪽문에 불과해 보이는 허름한 문이어서 외부침입자를 막을 수 있는 용도는 되지 못했습니다)을 나서니 입구까지 따라나와 손을 흔들어 주기까지 하였습니다. 나라와 인종과 문화가 다르다는 것이 '이웃'으로 살아가는데 별 장애가 되지 않음을 알았습니다.

　님이여!
　사마르칸트로 가는 버스 안에서 드넓은 광야를 바라보며 당신께 여쭈었습니다. 그리고 그곳에서의 일정을 끝내고 돌아오는 버스 속에서 밤하늘에 총총히 떠있는 수많은 별을 망연히 바라보면서 당신께 여쭈었습니다.
　"이 지점에서 제가 무엇을 생각해야 하겠습니까? 까칠까칠하게만 보이는 저 들판과 같은 우즈베키스탄의 영적인 메마름을 보며 저는 어떤 말씀을 붙들어야 하겠습니까? 오늘 이곳의 상황 속에서 저는 무엇을 바라야 하는 것입니까?"
　제 마음이 답답하고 자꾸만 건조해지는 것을 느꼈기 때문이었습니다. 그러나 당신께서는 계속되는 저의 물음에 아무런 응답을 하지 않으셨습니다. 8일 동안 내내… 그 땅에서는 예전의 이스라엘처럼 이상이 희귀했고 말씀이 희귀했던 것일까요? 그래서 우상숭배의 범죄로 뒤덮인 그곳에서는 당신의 은총이 사막처럼 메마를 수밖에 없었던 것일까요?
　그런 중에도 당신께서는 제게 두 차례 성령의 감미를 허락하셨습니다. 첫 번은 도착한 다음날 새벽, 숙소에서 함께 묵었던 이들과 드린 첫 예배 중이었지요. 제가 예배를 인도하였는데 '너희는 이 마음을 품으라. 곧 그리스도 예수의 마음이니' 라는 말씀을 주제로 하여 말씀을 전했습니다. 죄와 어둠에 빠진 우즈베키스탄 사람들을 그리스도의 마음으로 품을 수 있어야 한다는 요지로 말씀을 증거했습니다. 말씀을 전한 후 정리 기도를 드릴 때 감동이 임했습니다. 그리고 함께 통성으로 기도할 때도 감동은 이어졌습니다. 우리들은 모두 울면서 기도했습니다. 그때 흘린 눈물이 순전히 당신의 은혜였다는 것을 모르는 사람은 아무도 없었을 것입니다. 저는 그런 감동을 통하여 '아, 당신께서는 이 백성들을 사랑하시는구나. 이들이 속히 회개하고 당신께로 돌아오기를 원하시는구나. 그래서 당신의 종들을 많이 파견하셨고 그들을 도우라고 우리를 보내셨구나.'하는 점을 알게 되었습니다.

두 번째는 사마르칸트에 도착한 날 밤 그곳 교회에서 기도회를 가졌을 때였습니다. 우리는 사마르칸트에 사는 이들의 회개와 구원을 위해, 이들을 붙들고 있는 악한 자들을 물리쳐 주시기를 간구하기 위해, 그곳 교회의 교역자들을 위해 특별한 예배를 올려야 했습니다. 찬송과 말씀선포가 끝나고 성령의 인도를 따라 세 사람 이내로 기도하자고 누가 제안했습니다.

그래서 첫 번째는 일행의 여정을 책임 맡은 분이 여러 가지 사항에 관해 간절히 기도했습니다. 그 다음에는 제가 기도했는데 우상문화 대신에 하나님의 문화, 그리스도의 생명력 있는 문화가 꽃피워질 수 있기를 기도했습니다. 그때 제가 굳이 기도했던 것은 그때 기도하지 않으면 사탄의 위패가 있는 그런 곳에서 기도할 수 있는 기회가 다시 오기 어려울 것이라 생각한 때문이었습니다. 그 다음에는 정선교사가 간절히 눈물로 기도했는데 그때 우리들은 모두 성령에 감동되어 눈물을 흘렸습니다. 그 분은 좀 길게 기도했는데 여러 핍박들, 상존하는 추방의 위기로부터 속히 구해주시기를 탄원하는 내용이었습니다. 우리들은 거룩하신 성령의 은혜로 인하여 아주 숙연해졌고, 선교사들이 성령에 붙들려 일하고 있다는 것을 확실히 알 수 있었습니다.

그렇지요. 그 먼 곳, 낯설고 물설고 언어가 틀린 그 곳에서 세상적인 영광은 아무것도 바라지 않고 오로지 영혼구원을 위해 일한다는 것이 인간적인 열성으로 되는 것이 아니지요. 제 눈엔 그들이 참 대단해 보였습니다. 한 선교사는 설교 중에 그런 말을 하기도 했습니다. 선교지로 떠나기 전, 한국에서 유서를 쓰

고 왔다고… 그들은 다 목숨을 내어놓고 그곳엘 간 것입니다. 그러므로 해외선
교는 은혜가 아니면 할 수가 없는 것이었습니다. 당신의 강권하시는 인도함이
없다면 절대로 갈 수 없는 곳이었습니다.

　님이여!
　우리는 8일 동안 그들이 하는 일을 잠시 엿보고 온 것에 불과합니다. '아, 선
교는 이런 것이로구나. 어려움이 있음에도 불구하고 영혼을 사랑하며, 그리스
도 예수를 충성스럽게 따르기 위해 고단한 십자가를 기꺼이 지고 가는 것이구
나.'
　그들이 사람들의 핍박만 받는 것이 아니었습니다. 보이지 않는 악한 세력의
공격도 많이 받고 있었습니다. 한 선교사의 부인은 부인병을 앓고 있었는데 그
것이 심각해서 수술하지 않으면 안 된다는 급박한 전갈을 여행 중에 접했습니
다. 그곳엔 의료상황이 열악해서 한국에 가서 수술을 받아야만 하는데, 돈은
없고 급하기는 하고, 그래서 마음 졸이며 당신께 아뢰는 것밖에 할 수 없었습
니다. 만일 그 선교사 내외가 한국에 있었다면 별 어려움 없이 해결될 수 있었
을 것입니다. 아니 그런 병에 걸리지 않을 수도 있었을 것입니다. 악한 자들이
더 극렬하게 공격을 했던 것이라 믿어지기 때문입니다. 다행히 이내 그들을 돕
겠다는 이들이 생겼고 그래서 그 문제는 잘 해결되게 되었습니다. 그러나 우리
들은 한동안 마음 아파했었지요.

　님이여!
　미술선교의 효과는 그저 그랬습니다. 선명하게 복음을 드러내서는 안 되기
때문이었습니다. 떠나기 전 '문화사절로 간다 생각하라.'는 말을 들었었지요.

첫술에 배부를 수 없다는 것은 이를 두고도 할 수 있는 말이었습니다. 그런 악조건 속에서 은혜가 충만한 전시회를 갖는다는 것은 애당초 될 수 없는 것이었지요. 그저 씨를 뿌리고 왔다 생각합니다. 그것으로도 감사의 조건은 충분하다 생각합니다.

우즈베키스탄을 위해 기도하겠습니다. 우즈베키스탄의 모든 국민들을 불쌍히 여겨주십시오. 그들 모두가 속히 ※무함맏의 가르침을 버리고 오직 예수 그리스도를 통한 구원의 복음을 받아들일 수 있게 해 주시기를 바랍니다. 또한 악한 자들을 꽁꽁 묶어주시기를 원합니다. 그 국민들이 우상숭배하면서 온갖 악한 문화를 일구어내는 것도 사탄에게 미혹되었기 때문 아닙니까? 그러므로 우즈벡의 뭇 영혼들을 지옥으로 끌고 가기 위해 행해졌던 저 저주스런 자들의 궤계를 다 도말하시고 저들이 활개칠 수 없도록 꽁꽁 묶어주시기를 바랍니다.

아울러 그리스도의 용사들이 용기백배 있는 힘을 다하여 일할 수 있도록 한 사람 한 사람에게 성령의 능력을 더하여 주십시오. 주의 종들이 어떤 상황에서도 믿음을 잃지 않고, 오히려 믿음이 점점 굳세어져서 더 풍성한 결실을 할 수 있도록 하여 주십시오. 더 많은 일꾼들을 보내주셔서 더 활기 있게 사역이 이루어질 수 있게 하여 주십시오. 우리 문화선교사들이 그들의 악한 문화를 바꿀 수 있도록 더 힘 있게 일할 수 있는 여건을 마련해 주십시오. 그리하여 그 땅에 선한 문화의 토양이 될 수 있게 하여 주시기를 바랍니다. 역사를 뜻하시는 대로 통치하시는 우리 여호와 하나님의 능력을 믿습니다. 아멘.

※ 이슬람교도들은 모하멧이라 하지 않고 무함맏이라 한다.

제게도 십자가가 허락된다면

님께서는 일찍이 "누구든지 나를 따르려는 사람은 제 십자가를 지고 나를 따라와야 한다." 말씀하셨습니다. 본능적으로 고난을 좋아하는 사람은 없는데 고난을 업고 살아야만 한다는 것은 커다란 부담이 아닐 수 없습니다. 그러나 고난을 몸소 실천해 보이신 님을 주로 받드는 사람들은 그런 분부하심에 아멘으로 응답해야 합니다. 사실 주께서도 고난의 십자가를 지고 싶어서 지셨습니까? 그래야만 아버지의 거룩한 뜻이 이루어지고, 그래야만 인류의 구원이 이루어지는 것이므로 힘들어도 십자가를 지신 것이지요.

님이여!

훌륭한 가치를 지닌 무엇을 이루기 위해서는 그만한 수고가 따르게 되어 있습니다. 반대로 아무런 수고도 없이 그저 콧노래만 부르는데 어떤 훌륭한 열매가 달릴 수는 없습니다. 하물며 거룩하신 하나님의 의, 주의 은혜와 구원, 인류의 구원과 참된 평화를 이루는 것과 같은 고상하고 아름다운 열매를 맺고자 하는데 수고가 따르지 않고 고통이 따르지 않을 수는 없는 것입니다.

그래서 님께서는 사랑하는 당신의 종들을 이따금 골고다로 이끄십니다. 거기서 십자가를 지는 것 같은, 뙤약볕 밑에서 피를 흘리며 땀방울을 쏟는 것 같은, 인내의 한계를 시험 당하는 것 같은, 아무도 도와주는 이 없고 광야에 내 팽개

친 것 같은, 나아가 그런 고통 중에 있는 자신을 향해 수많은 사람들이 돌을 던지며 마냥 조롱하고 악담을 퍼붓는 것 같은, 그리하여 모든 인간적인 희망을 다 상실할 수밖에 없는 상황으로 인도하십니다.

욥을 바라봅니다. 그는 당신의 사랑스런 충직한 아들이었잖습니까? 자선을 많이 베풀어 칭송이 자자했고, 불쌍한 사람들에게 한없이 인자한 아버지와 같았으며 거룩하고 성결한 생활에 최선을 다했던 그였습니다. 하루아침에 모든 재물을 상실하는 절망적 상황에서도 하나님을 원망하지 않았던 사람이었습니다. 그런데도 그는 엄청난 고난을 받았습니다. 왜 그처럼 의로운 사람이 혹독한 시련을 받아야만 했을까요?

"하나님께서 한번 재미삼아 공연히 시험 한 번 해 보시려고? 마귀가 잠자코 있었더라면 아무 일 없었을 텐데 마귀의 설득에 넘어가셨을지도 모른다?"

아닙니다. 당신께서는 사람의 애통함을 원치 않으시고 평화를 원하시며, 당신께서는 시험을 해야 무엇을 아는 분이 아닙니다. 다만 그런 시험을 통하여 그 인격이 더 아름답게 다듬어지고 그럼으로써 더 신실하며, 더 사랑하며, 더 견고하며, 더 겸손하며, 더 충성하는 사람으로 만드시기 위해서였습니다. 욥역시 그 엄청난 시련을 통하여 많이 성숙해졌고, 더 납작 엎드리게 되었으며, 더 많은 평화를 누리게 되었고, 소유도 배를 되돌려 받았습니다. 그 스스로 이런 고백을 하였지요.

"주께서는 무소불능하시오며 무슨 경영이든지 못 이루실 것이 없는 줄 아오니 무지한 말로 이치를 가리는 자가 누구니이까? 내가 스스로 깨달을 수 없는 말을 하였고 스스로 알 수 없고 헤아리기 어려운 일을 말하였나이다. 내가 말하겠사오니 주여 들으시고 내가 주께 묻겠사오니 주여 내게 알게 하옵소서. 내가 주께 대하여 귀로 듣기만 하였삽더니 이제는 눈으로 주를 뵈옵나이다. 그러므로 내가 스스로 한하고 티끌과 재 가운데서 회개하나이다.(욥42:1-6)"

전능하신 당신 앞에 무슨 논리가 있어서 순종하고, 무슨 이유가 있어서 충성하는 것이 아니었습니다. 무조건 순종이며 무조건 감사며 무조건 헌신, 충성이어야만 하는 것이었습니다. 욥은 이 사실을 깨닫고 그처럼 통렬한 마음으로 자복하였던 것입니다. 더하여 그는 자신이 의롭게 살고자 애쓴 것은 아무것도 아니라는 사실, 무어라 장황하게 변론한 모든 언사가 하나님 앞에는 다 불경한 것이며 죄스러운 것이라는 사실임을 고백하고 있습니다. 그래서 오히려 그런 고통을 통하여 하나님을 직접 대면하게 된 것이 황공무지함을 깨닫고 감사와 더불어 회개의 기도를 올리고 있습니다. 그런 마음으로 하나님께 드린 제사를 하나님은 기꺼이 받으시고 마침내 그의 소유를, 그의 평화를 갑절로 회복시켜 주셨습니다.

님이여!

오늘 주일예배에 참석해서 욥과 같은 의인의 이야기를 들었습니다. 우리나라 개신교의 대표적인 순교자 주기철 목사님의 아들 되시는 목사님께서 설교를 하시면서 삼촌으로부터 들은 이야기를 전해 준 것입니다. 그 자신은 너무 어려서 아버지 주기철 목사님이 갇혀 있는 감옥에 면회 한 번 가지 못했고 삼촌과 어머니가 면회를 몇 차례 갔었는데 그 삼촌이 매우 자상한 분이었던가 봅니다.

'삼촌과 어머니와 할머니께서 면회를 가셨는데 일경이 가족들이 보는 앞에서 창문을 사이에 둔 채 주목사님을 발가벗기고 고문을 했더랍니다. 수치심을 가중시켜 배교의 고백을 받아내려는 것이었지요. 천장에 대롱대롱 매달아놓고 마구 때려 실신시켰는데 찬물을 끼얹어 깨어나게 했더랍니다. 그리고는 다시 매질을 하고 다시 실신하고… 할머니께서는 이 참혹한 모습을 보고 혼절을 했더랍니다. 삼촌은 형님의 그런 모습을 보고 충격을 받은 나머지 실어증에 걸려 오랫동안 말을 못했더랍니다. 끝까지 주목사님께서 의지를 굽히지 않으니 이 번에는 사모에게 남편이 배교할 수 있도록 설득하라 강권했더랍니다. 사모님 이 말을 안들으니 마구 매질하였고 매를 맞다 쓰러지니 "지독한 년"이라는 등 의 욕을 마구 퍼부었다더군요.

그 다음에는 주목사님을 나무 책상에 반듯이 눕히고 고춧가루를 코에 잔뜩 넣은 후 주전자에 담긴 물을 흘려 넣어 배가 부풀어 오르도록 했더랍니다. 그 리고는 일경이 배에 올라타고 앉아 쿵쿵 구르니 입에서 고춧물이 좌르륵 좌르 륵 쏟아져 나왔더랍니다.

한번은 주목사님 어머니께서 면회를 갔는데 주목사님의 얼굴이 밝아지면서 꿈 이야기를 하더랍니다. 꿈에 예수님을 만났는데 "너도 나를 버리겠느냐?" 말 씀하시더랍니다. 그때에 한국교회가 일제의 압력에 굴복하여 신사참배를 결정 했던 시기였답니다. 물론 주목사님께서는 충성과 헌신을 말씀드렸지요. 그 후 얼마 못 가서 목사님은 마침내 순교하셨고 시신은 집으로 보내졌더랍니다. 사 모님과 삼촌 등이 시신을 수습하는데 삼촌이 언뜻 보니 목사님의 열 손가락 손 톱이 다 빠져 하나도 없더랍니다. 일경이 손톱 밑에 얇게 깎은 대나무를 밀어 넣어 이를 치켜올리며 고문을 했던 것이지요. 이를 본 삼촌은 매우 큰 충격을 받았고 그렇게 잘 참으셨던 사모님도 이 참혹한 광경 앞에 울음을 터트리고 말 았더랍니다. 자신은 이 광경을 다 지켜보았고요.'

우리 중 많은 이들이 그 간증을 들으면서 눈물을 흘렸습니다. 여기저기서 콧 물 훌쩍거리는 소리가 들려왔습니다. 주목사님 본인이야 십자가를 진다 하지만 가족들까지 그런 고통을 당한다는 것, 그것은 십자가가 의미하는 고통의 범위가 매우 넓다는 것을 의미하는 것이었습니다. 제 마음이 참으로 섬뜩해졌습니다.

님이여!

오늘 이 평화로운 시대에 그런 십자가가 우리에게 허락되지는 않을 것입니다. 그러나 만일에 그런 십자가가 우리에게 지워진다면 어찌해야 할까를 생각했습니다. 당연히 그 쓴잔을 마셔야 하겠지요. 그것을 우리 자신의 힘으로는 해낼 수가 없습니다. 그것은 주목사님도 마찬가지였을 것입니다. 주께서 그 목사님에게 강한 믿음과 용기와 인내력을 주셨기 때문에 인내의 한계를 시험하는 것 같은 고문을 이겨낼 수 있었던 것이지요. 상황이 닥치면 주께서 제게도 그런 능력을 주시리라 믿습니다. 우리들이 흘린 눈물은 그런 십자가를 우리가 지고 갈 때 '내가 너희와 함께 하겠다'라는 주의 어루만지심, 주의 음성이었다 믿습니다.

님이여!

바람이 매섭습니다. 그럼에도 바람을 잡기 위해 저는 아무것도 할 것이 없군요. 그냥 주님을 바라보고 있을 뿐입니다. 십자가를 지는 것도 이와 흡사할 것이라 생각합니다. 모든 시련을 이길 힘을 주세요. 이스라엘 백성들이 고토에 돌아와 다시금 주의 따뜻한 보살핌을 받으며 살게 되는 '회복'이 곧 있으리라 믿습니다. 아멘.

Y 장로의 죽음

님이여!

Y형제는 기어이 당신 품에 안기고 말았습니다. 구월의 늦더위를 식히는 비가 주룩주룩 내리던 주일이었습니다. 그의 소천소식을 듣기 몇 시간 전, 제가 출석하는 교회의 담임목사님이 설교 중에 Y형제의 소식을 전해 주었습니다. 현실적 고통을 초월해서 아주 평화로운 얼굴로 잘 투병하고 있으며 이상 중 천국에 올라가 자신이 살 크고 화려한 집을 보았다는 것이었습니다. 그랬는데 그날 오후 네 시경 담임 목사님과 몇몇 교우들이 방문하여 예배를 드리는 중 세상을 떠났다는 것입니다.

'드디어 그렇게 되었구나!

그럴 수밖에 없었겠지!

수님의 날에, 예배를 드리는 중에 운명했다는 것이 침으로 귀한 일이로구나!

주께서 그의 마지막을 아름답게 마감해 주셨구나!'

실로 만감이 교차했습니다. 너무나 쇠약해 있던 모습을 두 주일 전에 보았었기 때문에 회생 가능성이 없다 생각은 했지요. 이후 저의 기도도 죽음을 잘 준비할 수 있도록 해 달라는 것으로 바꿨더랬습니다. 복수가 심하게 차올라 자주 처리를 해 주어야 했고 발도 심하게 부어 있었습니다. 복수는 몸속의 영양분을 뽑아내어 생기는 것이기 때문에 그의 모습은 매우 참혹했었습니다. 병문안을 온 교우들이 너무나 처참한 그의 모습을 보고 차마 위로의 말을 하지 못했지요. 어떤 이는 이미 차가워진 그의 손을 잡고 소리 내어 울기도 했습니다. 저는 그때 손을 잡고 "힘내세요. 승리하실 줄 믿습니다."라고 말해 주었는데 그것이 저의 마지막 인사가 되었습니다.

님이여!
이제 그의 낭랑한 기도, 조직적이고 치밀한 믿음의 기도는 더 이상 들을 수 없게 되었습니다. 조용하며 애정 어린 미소로 주의 일에 관해 말하던 신실한 모습도 더 이상 볼 수 없게 되었습니다.

본인과 주위 사람들이 더 열심히, 더 큰 믿음으로 기도했더라면 기적을 볼 수 있었을 것인데… 그래서 그가 하나님의 자비를 입고 "무엇이든지 내 이름으로 구하는 것을 시행하리라."는 언약의 성취를 볼 수 있었을텐데… 너무 아쉽고 안타까웠습니다. 본인의 믿음도, 주위 사람들의(당연히 저를 포함해서) 믿음도 사랑도 정성도 다 부족했습니다. 그렇다 하더라도 저는 이 시점에서 무엇이 문제였던가를 점검해 보고 싶습니다. 그의 죽음이 오늘의 교회와 성도들에게 여러 중요한 문제점들을 드러내고 있기 때문입니다.

님이여!
우선 본인의 믿음이 '투쟁적' 이지 않았다는 것이 현실적인 승리를 놓치게 되었다 판단합니다. 그렇다고 그가 죽음을 숙명처럼 받아들인 것도 아니었지요. "하나님의 뜻이면 저를 살려주시겠지요."라는 말을 하는 것을 두어번 들었습니다. 이는 단순하게 "하나님께서 나를 고쳐 주실 것을 믿습니다."라는 것과는 큰 차이가 있습니다. Y형제는 질병을 반드시 정복해야 할 험산준령이라 생각하지 않았습니다. 불치병에 의해 침몰당하지 않고 힘있게 싸워 당당히 승리해야만 된다는 외길을 생각하지 않았습니다. 살아야 한다는 것과 하나님의 뜻이면 받아들여야 한다는 것, 두 가지로 생각했습니다.

그가 기도에 전념할 수 있는 몇 번의 기회가 있었습니다. 그러나 그는 그 기회를 다 지나쳐 버렸지요. 부족한 제가 그를 위해 기도원에 가서 금식기도하고 돌아와 그의 손을 잡고 기도했을 때였지요. 강하게 성령께서 역사하시므로써 우리는 크게 고무되었더랬습니다. 기도 중에 그 형제가 얼마나 큰 소리로 아멘을 외치던지요? 그때는 정말 하나님께서 놀라운 권능을 베푸실 것이라는 믿음이 우리에게 있었습니다. 그래서 저는 당장 기도의 동역자를 한 사람 구했고 그 다음날부터 매일 방문하여 기도하기로 마음먹었습니다. 그도 물론 이를 기뻐했지요. 우리는 날마다 한 차례씩 믿음의 기도, 병마를 물리치는 투쟁적 기도를 드리기로 마음을 합쳤더랬습니다.

그리곤 다음날 오전, 계획대로 방문시간을 알릴 목적으로 그에게 전화를 걸었더니 웬일로 전화를 받지 않는 것이었습니다. 그렇게 2-3일이 지난 후 알고 보니 병원에 재입원을 한 상태였습니다. 단순하게 검진을 받으러 갔던 것인데 상태가 좋지 않아 의사의 권유로 입원하게 되었다더군요.

기도의 용사가 되기로 단단히 마음을 먹고 준비했던 저희들은 타켓을 잃어버린 셈이 되었지요. 성령의 불이 붙은 그때, 계획대로 힘 있게 기도로 밀고 나갔더라면 하나님의 영광을 볼 수 있었을 텐데 하는 아쉬움이 두고두고 남습니다.

그 다음 두 번째 기회는 그로부터 한 달이 지난 뒤에 왔습니다. 그 형제는 의술로는 아무 희망이 없게 되자 이내 퇴원했고 부천의 한 기도원으로 들어가기로 작정했습니다. 저는 그의 그런 결정이 반가웠고 '이번이야말로 얍복강 가에서의 야곱처럼 힘을 다해 씨름하는 기도를 드릴 수 있겠구나' 하여 "참으로 잘 결정하셨습니다."라고 격려해 주었습니다.

그 기도원에는 치유의 은사가 강한 목사님이 계시는데 특별히 매일 안수기도를 해 주시기로 했다더군요. 뿐만 아니라 기도특공대가 조직되어 있어서 강력한 기도의 지원을 받을 수 있다 했습니다. 저는 상당히 기대가 되어 기도원에 들어가면 연락처를 제게 꼭 알려 달라고 했지요. 저도 그 기도원에 가서 한 이틀 금식하며 힘 있게 지원할 작정이었습니다. 제가 그렇게 마음을 쓴 것은 그를 통해 역사하시는 하나님의 권능을 보고 싶었고 이런 기회를 통해 다시 한 번 주님의 사랑을 실천하고 싶어서였습니다.

그러나 그와 가족들은 이 계획도 실천에 옮기지 못했습니다. 상태가 너무 안 좋아서 기도원의 환경이 적합하지 않다고 생각한 것이지요. 안타까운 일이었습니다. 그렇게 해서 은혜의 기회는 다 지나가 버렸고 그를 통해서 하나님의 영광이 드러나는 일은 생기지 않게 되었습니다

님이여!

정녕 님의 뜻은 무엇이었습니까? 주님의 뜻을 이루는 삶을 그토록 소원했던 그를 오십삼 세에 불러 가시는 것이 정녕 당신의 뜻은 아닐 것입니다. 그가 병을 이기고 건강을 회복했더라면 장로의 직분으로 교회를 위하여, 교회 내의 실업인선교회 회장으로, 일산지역 평신도 연합체인 일산기독교 평신도 연합회 회장으로, 그리고 기독교 백화점 대표로 맹활약하면서 아름다운 열매를 풍성히 맺으리라는 것은 확실합니다. 그런데 왜 그 모든 것에서 손을 놓고 그렇게 떠나야만 했습니까?

물론 그는 안식을 누리러 간 것이라 믿습니다. 그러나 추수를 눈 앞에 두고 열

매를 맛보지 못한 농부처럼 그렇게 참혹히 죽어야 하다니요? 그가 병석에 있을 때 병원전도에 관한 계획을 말하니까 "나와 함께 그 일을 합시다."하면서 전도의 열정을 나타낸 그였습니다. 그런데도 님께서는 왜 그를 불러 가셨는지요?

님이여!

나사로, 회당장 야이로의 딸, 과부의 아들 청년이 소생하는 과정을 통하여 주께서 우리에게 보이신 뜻은 여일합니다. 질병으로 쓰러져서 일찍 생을 마치는 것은 결코 주의 뜻이 아니라는 사실, 오히려 이의 극복을 통해서 하나님의 권능이 드러나는 것이 주의 뜻임을 확인합니다. 그러므로 오늘날 주님과 함께 사는 우리들은 주님의 권세를 가지고 사망과 질병의 권세에 대항하여 능히 승리할 수 있다고 믿습니다. 만일 Y형제에게 그런 믿음이 있었다면 상황은 달라질 수 있었을 것입니다. 그는 기도에 전념했을 것이고 순명이니 순종이니 하는 자기 위안이나 자기합리화처럼 여겨질 수 있는 쪽으로는 아예 생각지도 않았을 것입니다. 그랬다면 기도의 동역자, 믿음의 사람도 주위에 많이 모여들 수 있었을 것입니다. 강력한 믿음의 기도에 힘입어 몸속의 각 기관은 암세포와 맹렬히 싸웠을 것이고 수세에서 공세로 상황을 반전시킬 수 있었을 것입니다. 마침내는 완전히 승리했을 것이고요.

중요한 것은 믿음이었습니다. 그에게도 믿음이 있었지요. 그러나 믿음의 양태가 투쟁적인 것이 아니라 순명의 믿음이었습니다. 악조건을 뚫고 나가기에는 적합지 않은 믿음이었습니다. 순명의 믿음은 고요히 명상하며 하나님의 은혜와 사랑 속으로 들어가기에는 적합하지만 대적과의 싸움을 승리로 이끄는 데에는 적절하지 않습니다.

우리는 이 두 가지를 다 가져야 하겠습니다. 하나님의 사랑과 은혜의 세계 속으로 깊이 들어가기도 해야 하고, 믿음의 용사로서 여러 싸움에서 승리하기도 해야겠습니다. 그런데 그 형제는 질병과의 싸움에 필요한 바른 전략과 전술을 갖고 있지 못했습니다. 주님이 함께 계심에도 주어진 권세를 효과적으로 활용하지 못했고 마침내 패퇴하고 만 것입니다. 살아서 더 많은 영광을 하나님께 돌려야 될 사람이었는데… 해박한 성경적 지식과 성숙한 신앙, 하나님께 대한 헌신의 열정이 더 많은 열매를 맺었어야 했는데…

그러나 주님은 자비하셔서 경건한 예배로 그의 삶을 마감하게 하셨습니다. 그의 죽음이 부끄럽지 않게 하셨습니다. 교우들의 마음이 덜 아프게 배려하셨습니다. 아쉬움이 있었으나 결국 그는 승리한 것입니다.

저 자신, Y형제의 모습을 통해 다시 한 번 말씀의 거울을 들여다보고 나를 점검해야 하겠습니다. 모든 경우에 온전히 이겨야지요. 다양한 싸움을 벌이고 있는 저에게 전략에서, 전술에서 보완해야 할 점들을 일일이 가르쳐 주십시오. 늘 승리하여 하나님께 영광을 돌릴 수 있게 하여 주십시오.

Y형제를 받아주신 것을 감사드립니다. 유가족들을 항상 보살펴 주십시오. 그들이 고인의 좋은 점을 본받아 더 큰 믿음으로 승리하게 하여 주십시오.

아멘.

가장 아름다운 편지